心鎖

——十五個夢碎桃花源的故事

流萍 著

推薦序

流萍《心鎖》這本書，寫的是底層社會小人物的故事，寫得很真實，讓我想起半世紀前的我，對中國大陸也是如此的一廂情願，以他鄉為故鄉，回想起來，不勝唏噓。

我鼓勵他繼續寫作，把所見所聞通通都寫出來，我看完之後就贈送給我的教會。牧師是四川人，娶了台灣妻子，他看了也很讚賞，我們都愛台灣，但是老公要留在美國，我堅持回台養老，我反對台獨，但也希望台灣人清楚知道，大陸人對我們並不信任。

文革期間我們夫婦毅然投奔大陸，直到出來前都還被懷疑，始終不被認同，這點是最讓我傷心的，我關注大陸的人權，尤其是婦女的權益，問題實在很大。大陸至今缺乏自由人權，是與台灣價值觀完全不同的國度，台灣人要珍惜得來不易的生活。

知名作家　陳若曦

推薦序 「原鄉」的鄉愁
——流萍《心鎖——十五個夢碎桃花源的故事》讀後

自大陸來台的「外省」第一代，鄉愁是最濃厚的，「鄉愁是一枚小小的郵票」，但海天遙隔，魚雁難返，郵票貼得再足，台灣海峽就是個難以跨越的天塹，許多人終其一生，購不到一張船票、見不到一個親人，只能濕著淚眼，遙看怒海波濤，然後，就蜷屈在一方方的墳土之下。

第二代的外省人，生於台灣，長於台灣，於今也是垂垂老矣，但鄉愁仍在，因為他們從來沒有忘記過父母的「原鄉」。與上一代比較起來，鄉愁倒不是這麼濃厚，畢竟，出生於斯土，成長為斯人，而所交往的也是斯民，這裡就是家，這裡就是鄉，久居不為客，其實是沒有太多的原鄉繫念的。但是，父母親這一代的耳提面命，文化傳統的耳濡目染，總還是對「原鄉」仍存有不少的臆想與憧憬。縱使不必落葉歸根，但血脈的繫聯，多多少少還是願意「作客」於「原鄉」，甚至長住於那塊遙遠的土地上。

台灣的住民，除了原住民外，其實原來都只是「客」，但久客成主，寖漸就忘了原有的「客」的身份，不但漠視原有的主人，更霸道地將來時較短的住民排擠於外。國共戰後來台的「外省人」，尤其被排擠得更厲害，因此，外省人的「客氣」也最為深沉。作「客」的移民，漂泊意識是最強烈的，有許多人真的始終無法理解，為何生於斯長於斯的自己，永遠都當不了自己的主人，即便本土語言說得呱呱叫，也還是無法取得別人的認同。

這也就罷了，當他們因各種因素回到「原鄉」，卻因為久客不歸，也被視同為「客」，「客」是不能作主的，因此，同樣很難融入當地的社會。因此，這些回歸大陸的外省人，兩岸為客，卻一無著落，竟如同孤兒一般，無人憐無人愛。在台灣，是以其血緣被嫌棄；在對岸，也還是因血緣被猜疑。血緣，其實就是地緣，而作「客」的人，即便腳踏著任何一片土地，都是飄飄搖搖，如同無所歸止的沙鷗，孤孤零零，不知根在何處。人家有鄉愁，可他們愁的是不知何處是家鄉。

我的朋友流萍，與我可以說是總角之交，他是成長於眷村的外省人，但我們從小學、國中到高中，都是同班或同學，交情相當深厚。「流萍」是從他的本名化出的筆名，但我覺得他的身心也正如同流萍一般，飄飄漾漾，流蕩無根。他是讀新聞出身的，當過記者，擅寫文章，曾外派至香港多年，通曉五地方言，晚年更久居雲南大理長達十五年，並娶了個大陸的嫩妻，可謂中港台三地走透透。行止無定，心靈漂泊，悽悽惶惶卜其居，對三地各有繫念，也各有期許。

不過，流萍畢竟是生長於台灣的，人生中最重要的階段，都是在台灣完成的，因此，在整個情感的歸宿上，台灣，還是他的「心居」唯一能座落的地方。他在兩岸三地都出版了許多歷史、文化、報導文學的作品，成果斐然，頗受器重。《心鎖——十五個夢碎桃花源的故事》，是他最新出版的作品，主要是寫他十五年間在大理的所聞所見，透過15個人的故事，以他細膩的觀察、富有感情的筆觸，寫下了他的觀感。

這本書想來是不可能在大陸出版的，因為從「心鎖」、「夢碎」的標題用字中，就可以窺出其間必然有諸多的批判，但是，也誠如他在序中所明言的，這本書寫作的目的，是提供一些想去大陸發展、定居的台灣民眾作參考。大理風光怡人、山水秀麗，的確是個宜居的好地方，但世界上任何一個地方，因其風土民情、政治規制的不同，是絕對不可能是完美無瑕的桃花源的。尤其是兩岸分治多年，其實不僅僅是政經文化有極大的差別，在觀念上更顯得是南轅北轍。重作歸客，自然是齟齬多端，各有其難言的隱痛。

書中15個人，有台灣去的，有大陸本土的，有宗教界的牧師、茶園的主人、隱居的修行者、熱愛自然的環保人士、熱衷興學的廟祝……，在他們的身上，都發生了許多多多的故事，人不是赫赫奕奕，事不算烈烈轟轟，卻在在顯示出大陸在「官僚主義」、「形式主義」、「不求有功，但求無過」的觀念下，人的心靈及行動的自由被綁縛得難以施展的限制。大陸的「集體自由」，是絕對與台灣所強調的「個人自由」不同調的，入其鄉，必先問其俗，其中的提撕、警示，相信也是對抱有太多不切實際、太富於夢想的台灣人有幫助的。

武陵人入桃花源，欽羨其間的寧謐美好，但無非也是個過客，桃花源其實也未必真如夢想中的一般美好，我們可以視「原鄉」為桃花源，但真正的「原鄉」，其實就在你的眼前，你的腳下。唐代詩人賈島曾有詩云：「客舍并州已十霜，歸心日夜憶咸陽。無端更渡桑乾水，卻望并州是故鄉。」心居所在，就是原鄉，就是故鄉；鄉愁可以有，但心居落成於何處，恐怕才是最值得關注的鄉愁。

風拂水面，流萍浮蕩，看似無所歸止，但卻須知，水波映漾處，就是你的故鄉，你的桃花源。

知名學者、作家、武俠小說家　林保淳

推薦序

流萍是我大學時的同班同學，以後和我一樣進入新聞界。他十分敬業，也勤於寫作，更有豐富的人生歷練，遇到各種挑戰都勇往直前，不懼艱難。我講的是，他在人生的後半段娶了一位雲南大理姑娘，也因此以大理為自己日後的安家安身之所在，然而兩岸之間不論意識形態、政治制度、生活環境都有極大的不同，特別是思想言論的自由度，他甚至無法以自己的真名寫作。

他往來台灣、大理兩地十五年多，終於把視為人生最終歸宿的大理，以十五位在那裡遇到人士的際遇，寫下自己的「夢碎」——大理，不，嚴格來講應該是整個大陸，絕非想望中的桃花源。他文筆流暢，讀來笑中帶淚，還有些感傷。

傳記文學知名作家　汪士淳

推薦語

作者經歷特別，寫的故事文字生動引人入勝。在一個無法無天的社會生活，還是有些有理想有人性的人，敢與風車作戰。

——政大新研所教授、香港中文大學、新加坡國立大學客座教授　李金銓

這是一本從基層反映中國現況的書，對不排斥統一的台灣人具有警醒的作用。

——知名政論家　范疇

第一篇〈夢中淨土〉就很有意思。

——時報總主筆　陳琴富

這是一本反映中國基層人權的報導文學，作者以真人真事忠實說出了真相，值得一讀。

——知名公知、人權保護者　楊憲宏

作者誠實勇敢，親臨現場調研探訪，社區參與生活實踐，口誅筆伐文辭犀利言詞鏗鏘，最後選擇歸鄉令人感佩。

——知名詩人、作家、教育家　范楊松

此書是一本新《離騷》。

——大學教授、台灣史專家　卓克華

本書是近代中國史上非常重要的一本遊記，紀錄了中共政權的治理模式。應選擇一個有言論自由的地方，寫下一生中最反思的著作。

——知名政論家、作家　楊雨亭

在遍布謊言的當下中國，選擇以筆歸鄉的他，始終堅持做一個誠實的人。桃花源夢碎，伊甸園盡毀，所幸還有這本書，替大時代留下了一則則小人物的哀樂與幻滅。

——台北教育大學語創系副教授　楊宗翰

序曲　歸鄉路遠

上世紀五十年代是個漂浮無根的年代。

那是我出生的年代，我是中國大陸人眼中的國民黨反動派的後代，台獨眼中在台支那人的第二代。

此說緣起中國大陸台籍人大代表汪毅夫，他說，去台灣的國民黨反共派就是反動派，它與台獨都是中共的敵人，而前者更危險。這已很明白，在台外省人後代更壞，我卻一直不願接受，北京當局不是一再強調兩岸一家親嗎？誰是同志？應該是我們這樣的外省人第二代，深藍快要紅統的大中華民族主義者？

為了不想終老於小島，我的退休生活大部分在中國大陸度過，因為媒體出身，對岸先天不信任，島內朋友也懷疑我對台灣不忠誠。其實我就是一個退休老人，娶了中國大陸姑娘就以岳家為終養之地。

這本書就是一個台灣人在中國大陸生活的獨白，算是我在當地的奇特經驗與另類感覺的日子。這本書寫的是什麼？為何寫？主軸是靠我的觀察，以我還算不差的人文素養、知識水平、先天方言便給、廣泛的史地知識，在神州闖蕩十餘年，終於找到自己想做的事情，發掘兩岸異同與真相。

選擇發掘真相以紀實文學角度入手，面對這個題目如何寫？為誰而寫？始終縈繞我心，最終選擇還是從身邊做起，從當下出發，先做能力所及的事，聚焦自我再超越自己，惟有行動起來才是惟一路徑，於是在生老病死，生離死別的人生大限前，再次拿起禿筆寫下人微言輕，但也人同此心，心同此理的經驗之談。

我曾行走過中國大陸的大江大海，也曾寫下自我旅途紀錄。時代的呼喚觸動著我內心那條新巨流河的再生。十多年前我寫下台灣生活的《眷村》一書，淺淺的海峽阻不了民族的臍帶，獲得了中國大陸讀者很大的迴響，我走的《自由之魂》的路，盡人事聽天命，在中國大陸居然也出版了，證明說良心話也不會孤單，渴望自由的人們，總是要拿回人生主導權。

這本書是我六十六歲生日的六六自述，希望幸運之神仍然眷顧到我，然而如今的神州大陸，出版界面對無比艱苦的環境，我已不抱希望，只有在台灣出版。

外省第二代，中港台三地走透透，中國大陸及歐美日發達國家默默觀察與學習，返國後比較自己出生長大的地方，將觀察中國大陸同胞最深入的心得，重新審視對岸同胞的期待值，再回過頭提供給島內同胞些許心得。

筆者盼望，數十年的專業與興趣，成功經驗打造有力信念，經歷兩岸關係三十年，全面投入兩岸三地，連結過去的經驗與思考，最後的呼籲向心中的微光走去。

在中國大陸出了些書，非我族類其心必異，也出了些被改的支離破碎的小書，《暗戰》

一書，被模糊在神鬼之間，《眷村》一書，只著墨於戀戀鄉愁，卻不見容我的卑微意見。《自由之魂》出版社頗有口碑，但是選擇性的民主與法治，讓此書侷促不安在大是大非之間。抗戰叢書想表達的民族獨立與生存，卻矮化庸俗為黨派之作。書寫兩岸的系列文章，只能成為異鄉遊子的美麗與哀愁，我無法找到回歸的捷徑，也無法找到自己的安身立命之所，心中總是有一個使命尚未完成。

這本不到二十萬字的小書，去年年底已完成。我立座右銘於心中，這是我最後的告白，也是我對自己的最後要求，在二二虎年六十六雙耳皆順之際，把這本書出版，文人手無縛雞之力，又普遍無行，文人相輕，自古皆然，為了避免重蹈覆轍，就盡快在台出手，文章報國乃書生最低要求，但能有益眾生，無愧殘生，也惟有在自由的土地上大鳴大放。

我想說的只是大歷史中的小歷史，藉由小歷史中看大歷史，說的都是市井小民，但背後卻是大是大非之間，我忠於歷史，忠於國人，忠於靈魂。一直以來，想把中國大陸的觀察如有可能寫他兩本書，隨後投入實際空間，不被他人主觀認知評價左右，讓後來者做出一番轟轟烈烈的事。

母親說我從小以來就跟其他手足不一樣，脾氣倔，不聽話，從小到大就像逆勢溯溪，不喜順流而下，別人走熱門科系，我喜歡冷門史地，原因是從小一直有個謎團，為何不能去中國大陸？國共之間是一個什麼情況？

我老喜歡看中國大陸地圖，一直以為是中國人，生在台灣還說自己是外省人，外省的中國人又叫我台胞，這又是唱哪一齣？家國情懷亂成一團，從日據到光復，青春的容顏，五十萬孤軍，六百萬孤島，人海茫茫鄉關何處？

黨國教育下死忠的民國派遺老遺少，反攻大陸解救同胞是未竟天職，藍與紅談論遷台經驗，全面肯定與全面否定，藍營威權黨國歷史使命，與綠營四百年的悲哀，亞細亞的孤兒與中華兒女炎黃子孫的共體，我們外省人第二代太難了。

由台灣看中國大陸與中國大陸看台灣，他們與我們的故事，是祖國與殖民地，夢想與現實，民主與黨治。狂飆年代，回歸故土，他鄉為故鄉，管制下的悲喜，中國大陸難有民主，台灣不想統一，對我而言，只是想尋找一安身養老享受田園之樂土。

然而兩岸不一樣，台灣沒有壯麗的大自然田園風光，但有小確幸的心境之美，中國大陸表面有富裕的階級，名山大川遍佈，但在心靈上不會有真正的田園之樂。

中國人，七十年三代人，在共產黨治下，帶來的影響深遠，台灣人根本不了解中國人。而對岸對新台灣人更是霧裡看花，茫然不知所措。

不論是本土與外來，是祖輩原鄉故土還是借來的立錐地，族群縱然融合不了，千千萬萬如同我一樣的苦悶的非純種台灣人，為文化撞擊考察心結，夢碎寶島飛出所謂惡魔之島，追求記憶中的追尋，曾經幻想的香江行終究迷茫斷層，多年來在中國大陸的影響與衝擊，證實故鄉沒有安身立命之所。

四十年前去了英倫三島，首開故國情懷之苦，來自中國大陸的同胞說我家在對岸？原來是母親的老鄉得力於從小愛上的中國大陸地圖，窮苦的眷村生活類比大飢荒的不堪，我思故我在，思鄉火燄不熄。返鄉探親，新舊家園，明天過後，黃昏的故鄉，一幕幕的上演，一齣齣的落幕，終於曲終人散，如夢初醒，大徹大悟，不再迷惘。

台灣人一直以來身處危城而不自知，是因為我們長期被告知，兩岸都是一家人，我們是台灣同胞，他們是祖國同胞，實際上是完全是相反的。

兩岸除了皮膚相似，語言相同，生活習慣雷同，內心深處、精神文明完全兩個世界，歷史、史觀與史實是個完全不同的意識形態，是正統與流變之爭，是人性與黨性的考驗，傳統與變革之分歧。

何處是歸程？西風東風誰壓誰？兩岸看法大不同，民主與獨裁，兩岸解讀不一樣，我愛北京、台北還是華府？誰是敵人誰是朋友？兩岸是割捨還是連結？民族主義與民主憲政的悖論，統一與台灣國的實現？自由中國重現？早已被污名化、簡單化，看不清原本的面目，何處是歸程？

毛澤東曾說沒有調研沒有發言權，蔣介石也推崇王陽明的力行哲學，我花了十數年工夫，深入基層，耳聞目睹許多真相。我身邊的個案，樁樁呈現，在在說明，兩岸因制度不同，各自過出了不同的生活，就像橘逾淮為枳，看起來一樣，其實已變成了兩種不同的水果。

我曾被兩個中國男人所震撼，促成我衝破鐵幕的小吳與小張，如今都是老病纏身的晚景淒涼，與我依然雞同鴨講。也被兩個中國女人所疑惑，玲與芳的癡迷，只想成立遙遠的另一個家。偶然相遇的老鄉與親戚，說不完的內憂外患數十年。婚姻與愛情的爭扎與妥協，岳母與嫩妻，行將就木的老娘與遠揚的女兒，都仿佛是失根的蘭花。

大時代的無解，漂泊的浮萍，永遠的大江大海。我是誰？是身為中國人的悲哀？還是身為台灣人的驕傲？我選擇在中國大陸的山居歲月，以四周的親朋好友為寫作對象，他們都有不同的故事，都有一個讓我難以忘懷的印象。這是大時代的縮影，我與他們相處多年，遠比在沿海城市的泛泛之交來的深刻。

他們都是來雲南的尋夢者，有著自己不同的生活，都曾對自己的未來充滿希望，來到中國大陸西南這個妙香佛國，都被這裡的山水文化所吸引，流連忘返以至定居此地，但是最終大都失望離去，少數無言以對，沉默寡言，了此殘身。如果你能耐心讀完這十五個人的故事，你會選擇哪裡是你的伊甸園？而我的桃花源，看看十五個案例，答案絕對不是所謂的祖國，何方是我的安身立命之處，答案就很明顯了。

*作者按：為保護當事人，故事中人物皆以化名處理。

目次

第二部　那些事

第三部 那些夢

第一部

那些人

夢中淨土

你到底是人是鬼？

我被眼前一個髒臭到不行的中年男子嚇到了。

他矮小瘦弱的身子，身上破爛不堪，不知怎麼形容，既不是架裟又不像長衫，只能蔽體的一團破布，暗垢的臉孔和蓬亂的長髮，哪來的瘋子，正想要怎樣能打發他走，他開口說道，我修行的啦！

咦？不是修行兩字震驚了我，是他的口音，閩南腔。

我是台灣人啦！隨即露出了森森白牙。

啊？你是台灣人！我訝異的張大著口。

是啊，我是見喜法師啊！李師兄說有個教授是台灣人，讓我來見一下，應該就是你吧！

我就是，我心裡打鼓，暗叫一聲我的媽呀，這不是真的吧？

此時，李師兄走了來，解了我們倆的尷尬。

教授是雲南的女婿，知名的學者，你們聊一下，李師兄說他還有點事，晚一點吃飯時再陪我們就走了。

我驚恐萬分，還沒回過神，口不擇言脫口而出，你怎麼混成這樣啊！我覺得他在給台灣人丟臉。

我用台語問他，你是台灣人？

是啊，他的台語比我還好，我是彰化田中人。

沒錯了，說是彰化縣人已不一般了，田中鎮更是沒錯，正港的台灣人，還是中部的在地人。

你就是李師兄的好友，在雞足山住茅棚的瘋和尚？

我事前已經由李師兄口中聽說，今天有個台灣和尚要來，是個與眾不同的修行人，值得一見。我頓生好奇也想看看這個不同凡響的台灣鄉親。

哈哈！他笑了兩聲，說道，大家都說我是瘋子，我沒瘋，我是在修行。

隨後他又說了一連串的佛家術語，我不太懂，沒大搭話，他也看出我這個同鄉好像不是佛教徒，沒啥好說的，也就沒繼續聊聊。

那是我一五年才來雲南不久，在這裡，幾乎沒有佛教徒不知道，在雞足山有個台灣來的瘋和尚，一年四季穿同樣的衣服，不洗澡，住破爛不堪的茅草棚子，沒有人受得了這個罪，只有他行。我聽了不太相信，台灣和尚最嬌貴了，我怎麼在台灣沒聽說過此號人物？

那晚人很多，我也是客，還是主客，是場座談，他沒參加，還好，否則糗大了。我吃完了跟主人家及來賓到客廳喝茶，交流了一陣子，他也在場，不得已也跟他也聊了幾句，他談吐沒有台灣人的輪轉，但是說得很快，語法有點亂，咬字不太清楚，聽起來很吃力，感覺一般，也就散了。

其實，我真的不想認這個同鄉，太髒了，怎麼會這樣？丟死人了！但是我還是跟他換了手機號碼，他沒有微信，怎麼會這樣low呢？看起來真的混得很差，我不打算跟他保持連絡。

過了兩天，他突然打我手機，我猝不及防，他用他流利的台語嘰哩咕嚕說了一堆，好像是要回山上了，能否見一面。我怕他是要跟我借錢，我的台語也不是太好，只能敷衍兩句。我著實被他的外觀嚇到了，不想再見他，便謊稱很忙沒時間。他很失望，我們就沒再見面了！

我隨後上網查了一下，不查不知道，一查嚇一跳，他是台灣名牌大學畢業的，比我的好多了，學的又是當紅的電子工程，當預官又是三民主義教官、輔導長，都比我優秀，退伍後在一家電子公司上班，拿的是我三倍的工資。還自行創業當老闆，也合夥投資海外，開豪車住洋房，不知為何出家當和尚？

原來父母雙亡讓他改變了整個人生觀。他去中台禪寺看惟覺老和尚，惟覺送給他一本金剛經，開啟了習佛之路。隨後他在國外又認識了別墅旁禪寺裡的和尚，一個高僧說你是出家人的命，而且是苦修的命，命中註定要吃苦，很苦很苦。

原來如此，他的事還真讓我佩服，他死命保護茅棚，吃人所不能忍受的苦。另外，我還不知道，李師兄就是當時跟他一起抗爭的難友，我竟然，哎喲！不能這樣啊！我連李師兄都得罪了。

但是，我沒錯，我心裡不服，打從懂事我就沒見過修行人這個樣子的。我佩服他歸佩服，但當時他的外觀真的太嚇人了，怎麼會這樣的邋遢，我實在難以接受。可是再想想，他真是不簡單啊！不能光看外表不看本心吧！我就有想再見他的衝動，但總是陰錯陽差的見不著，李師兄也忙著他的廟，就這樣耽擱下來了。

時序來到一八年，我也算雲南人了，才從各方面聽到他的事跡，真的是奇人一個，我好幾次路過賓川縣，甚至到了雞足山，都想去看看他。但是，他住的地方太偏僻，進出要花一天的時間，必須在山上過夜，也就一直無法拜訪他了。

雞足山是佛教聖山，中原文化、東南亞文化、藏文化等多元文化交融之地，文化價值彌足珍貴，據佛經記載，大迦葉尊者在此守衣入定，等待彌勒菩薩下生成佛。

相比其他佛教聖地，雞足山有自己的特色，那就是頭陀家風，尊者一生都住阿蘭若寂靜處如樹下冢間、茅棚山洞，即使入定華守門雞足山山頂石門，也是身披糞掃衣，以艱苦修行住持正法。他選擇此處就想學習尊者，苦修再苦修。

雞足山後山木香坪歷來是出家人隱修之地，自古住著閉關，實修的茅棚僧人，最多高達數百棚上千僧人。住山僧與當地居民各得其所相安無事。以見喜法師為代表的出家人，持守迦葉尊者頭陀風範，以禪宗持戒修行，他與李師兄一樣，經常夢中得到佛陀的指引，我沒有慧根趕不上。

原來如此，他早以是被外界公認的大師，我卻把他當成瘋子。再聽李師兄說，多年前有企業擬在此建風力發電廠，正是見喜師父積極奔走，尋求佛教協會支持才免於商業開發。法師的正法決心感動了無數人。我更是對過去的無知與無心之過耿耿於懷。

李師兄與他結緣在十年前，就是反對建風力發電廠，他們倆並肩作戰，但是從第二年的二〇一三年開始，政府為了發展觀光，茅棚以各種因素被強拆，這次見喜法師仍領銜抗爭，向各級政府寫信、上訪，隔年仍被拆了。李師兄無限惋惜的回憶那次搶拆事件。

我想，他畢竟是台灣人，來自台灣，台灣佛教界當年維護自身合法權益的行動，想必影響到他，李師兄說他沒見過這麼執著的和尚，茅棚被拆他搭帳篷睡雪地，誓與聖山共存亡。他膾炙人口的一句話，守土有責，修行在這裡，也死在這裡。

見喜的執著激怒了官府，他們沒料到別的修行人都走了，這個台灣瘋和尚卻抵死不退，於是決定來硬的。見喜回憶，我本來在那邊閉關，有一天一些和尚帶一些政府官員，來找我說不要在這邊住了，後來一個更大的領導來了，都等他下命令，他就說，拆！就一個字拆，所有的茅棚就拆了。一個指揮動作啊！

見喜說，我仍在茅棚內拒絕出來，他們就動員當地和尚欺騙我。因為我認識他們，都是愛國的佛教協會下面的廟主，招手向我說，師父你出來一下，我們要跟你說話。我一出來他們就拆房子了，我就繼續敲木魚給他們聽，唸觀世音菩薩給他們聽，唱歌給他們聽。

但是沒有效，他們動作很快，也不問我要不要再看看有東西要帶走，就讓村民七手八腳的拆了茅棚，因為很簡陋，就這樣子很快拆完了。聽人家說來了兩百多人，我也不知道多少，反正一天就把十八個茅棚都拆光了。

當時我在閉關，見喜說，三個和尚上來請佛像，同時動員村民進來看看，又請一些和尚進來，隨後出來大手一揮就拆屋了。據說，這個地方要開發了，或者有的是這樣說，修行者都要請他們下山，這是政府的規定。那時候我們仍然住了五個人，我住在佛子茅棚閉關，我們這邊大概總共有十八個茅棚，這個茅棚叫妙陀茅棚，實際上是真正的關房，你看這個師父的行李都在這裡，前段時間還有一個比丘尼住過。

十八間茅棚拆個精光，還要趕見喜下山，這是他不能接受的，他為了自救，他四處寫信，給環保局寫信不要拆沒下文，寫給信訪局不於受理，他的地址雞足山釋子茅棚區沒有單位承認，是黑戶，他的和尚身分沒人承認，不得已，他得下山找政府。

他很少下山，因為路途遙遠。他必須一早下山，光是由茅棚走到下面的第一個村子就要四個小時，花兩元坐村子的車到鎮上，在鎮上再花十二元坐客運汽車到大理市下關終點，又要三個小時，中間等車、走路，到了市裡已經下午下班後了，只有第二天一早再辦事了。

他更是很少跟政府打交道，去大理下關找台辦還是第一次，他怕嚇壞了政府，特別穿好一點，買了早餐吃飽去去虛火。在大門口他被誤認為乞丐被趕，他拿出台胞證說，別怕，我是雞足山的台灣和尚，才讓進，還被要求拿出戒牒連同台胞證給他們複印。

台辦研究了半天說你這請求好像不歸我們管，要不你到統戰部問問；到了統戰部，對方也倒茶叫他等，一會兒出來說這事沒有先例，沒辦過，不好辦，要不找外事科看看？

他去了外事科，又研究了半天，說修行的事不歸他們管，但是卻發現了台胞證過期了。外事科不客氣的警告，簽證過期就是非法居留，每超過一天罰款一百元，換證這裡沒法換，得到一二線及沿海城市，最近的是重慶，但是你的是廈門，回那裡比較快，至於你要辦定居估計辦不了，只有外國人才可以，對台灣人，只能申請把現在的往來通行證改成居留證，你要加入中國戶籍，你這個戶籍地址不是合法地址也申請不了，但是我們可以向上反映你的要求。

就這樣，他不但是乞丐，還是無籍遊民，更是一個逾期居留的違法台胞。幾個單位都不同意他的要求，而且要警告他快點改正，不要以為出家人就可以違法，台灣人也一樣。外事單位的人勸他修行不一定要在山上，廟裡修行才是修行，統戰台辦也建議他到廟裡修行，這樣好管理。

官府不管，民間也沒有人同情他，坐公車被拒，上車不讓坐前面，到後頭站著。一次他坐公車，一個西裝革履的中年男子對他說，你到後面去，我這有身分的跟你坐一起太沒面子了。他反擊，我也想當衣冠禽獸啊！可是我做不到，要坐後面你自己坐。

午飯在城裡小飯館吃，進去時服務員喝斥他出去，他笑道，我不是乞丐，我是和尚，拿菜單來。他說飯店老闆不懷好意走上前來，一手端了盤葷菜，一手拎了一瓶酒，說道，大師請你吃回鍋肉。

善男子我佛慈悲，和尚吃素，他合十婉謝。

老闆拿出葷菜來給他吃計不得逞，又拿起一瓶酒放在他桌上，謊稱這是素啤酒，麥芽釀的。

我佛慈悲，酒是出家人的根本大戒，他再次合十。飯店老闆不死心說，濟公說酒肉穿腸過，佛在心中生，大師，來，喝一口。

見喜法師回應，濟公是濟公，我是我，他能吃熟魚吐活魚出來，酒入喉吐黃金出來，我沒有這功夫。

他只點了一碗便宜的麵條，叫店家添幾片白菜進去，山上吃什麼，山下也吃什麼，他從來沒有打牙祭的念頭，店家沒輒只有訕訕走開。

他住店找了個最便宜的店，客棧老闆覺得好笑，和尚還沒地方住？還要花錢住店，又住這種小店，於是忍不住問他，師父，你是那個廟的，怎麼不住廟裡？他答沒有廟住茅棚。店家又問，你住茅棚，政府有沒有開工資給你啊？沒有。佛教協會也沒有？沒有。我的這個同鄉回得妙，我跟你一樣都是個體戶，那你怎麼生活？我自負盈虧。我是替迦葉尊者打工，沒有酬勞，但不愁吃穿，要不要跟我一起打工？惹得店家哈哈大笑。

茅棚苦行僧都是懺悔業障的，我是來還債的，因為我要學習迦葉尊者，學習虛雲老和尚。不然，如果我要妄想弘法度眾，那我就待在中台禪寺我師父惟覺老和尚身邊就好，他在全球有很多道場，我去當精舍住持，就可以弘法度眾了。我來這邊就是學習迦葉尊者，學習虛雲老和尚，因為有他們，人各有志嘛對不對？青菜蘿蔔各有所好，我喜歡這樣的生活，我不希望活在掌聲中。

掌聲沒多少，嘲笑聲卻無日無之，最讓他刻骨銘心的是為了生存與官府鬥爭的歷程。首先，台胞證過期得重新申請，為了不被官府驅逐出境，他帶著舊證、台灣護照、照片，連夜趕路下山，來到公安局，先罰款幾百元，再繳照片驗明正身，繳一百元新證費用，一個月後才拿到新的台胞證。中間他沒有身分，買了一張臨時身分證，又花了一百塊，一下近千元不見了，這是他一年的花費。

再下來，歸化為中國籍。這個歸化之路讓他幾乎家破人亡，這不是危言聳聽，因為如果要加入中國籍，首先所須時間將是以數年來計。遠水救不了近火，他還要奔波於大理州、大理市、下關鎮，甚至要到省會昆明，說不定還要去趟北京。另外，還要回台灣，算一算這時間，金錢的花費怎麼辦？因此，沒有堅持入籍是對的。

為何非要入籍？這與他的茅棚有關，他要茅棚有戶籍，不是違章建築，因此就要有屋主，而且是中國人。但是台灣人也是中國人啊？這件事非常複雜，見喜說三天三夜也講不完。

首先他想定居木香坪，該處是林地，是村子的集體用地，又是環保區、國家公園用地。外人可以租，但只有辦臨時暫住證。停留時間很短，長了不可以，不但手續非常麻煩，村委會也不想惹麻煩，村民不歡迎，隨時可以不租，如何安心修行？

其次，如有住戶，必須是中國人，還要給房子上地籍戶口，改變林地的許多規定，加上房稅地稅、森林防火、保育、環保、國家景區規則，一大堆法規看著就頭皮發麻。

首先要弄個中國身分證就比登天還難。此路行不通，有人建議先改台胞證性質，由旅行證改為居住證，這是一條最便捷的路。但是條件苛刻，要有正當職業、收入、稅單、良民證，他並不符合。

他不死心，一一克服，他找佛教協會，找高層佛教大師，他的江西、北京、台灣有影響力的人，原來以為他是瘋子，最後都被他感動了，願意幫他。居然，他拿到居住證了。

居住證要有住址，木香坪只有地籍沒有戶頭，有人願提供戶籍讓他掛靠。可是他要有自己的戶籍，他說，茅棚本來就有戶籍。

他結合李師兄引經據典，證明自古以來茅棚就是代代相傳，有案可考的建築群，結茅精修就是雞足山的特色，拆除茅棚就是拆除古蹟，認為建寺、結庵、住山洞、靜室茅棚，都是要登記在冊，給予一體對待。

見喜尤其強調，茅棚只有雞足山有，意義重大，是成為神州佛教聖山的根本元素，少了就不是東南亞佛教聖地了。他又拿出佛教協會會長一誠長老為他的茅棚題字：「雞足山木香坪釋子茅棚區」。整個茅棚他不管，至少他的茅棚是國師認可的，這證明了他的茅棚的正規性，如此才阻止了接下來的拆遷。官府多方考量的結果，暫時不拆了。

但是暫不拆並不等於合法了，茅棚還是沒有法律地位，官府的態度仍然模糊，依違在可與不可之間。我至今不清楚結果是什麼？但是，見喜師父雖然沒有當成中國人，申請加入中國籍被拒，但是他給茅棚上地址的這個願望，卻歷經十五年後終於實現。

記得我見他時，他剛剛拿到台胞居住證，他激動的拿在我眼前晃動。教授，你仔細看看，我的茅棚有地址啦！果真，地址欄清楚的寫著木香坪，他的茅棚所在地址。看到的人都嘖嘖稱奇，怎麼茅棚也有戶籍？他靠著百折不撓的佛陀精神，終於完成了不可能的任務。

住茅棚，留鬍鬚，不理髮，他處處模仿虛雲老和尚，大家對來自台灣的瘋癲狂野之人充滿了好奇，也成了備受爭議的人物。有人認為他是嘩眾取寵，有人認為他繼承祖風，他說這是洗心不革面。他一再告戒自己，不可誑惑眾生，誑惑自己；他不要別人供養，自己種菜自己做飯；他不挑食，不貪嘴，已經達到無慾的境界；他不接近女色，從不鬧緋聞。

自從拆遷事件後，他也重視與官府的關係，他的原則與心得是，不要跟民間爭地，不要與政府作對，要配合政府。他說剛開始在拆的時候，有起兩三個念頭，這群人真的是王八蛋。後來變成悲憫他們，因為他們也很辛苦，也不容易。況且，這也是考驗我們時候，考驗我的道心，要感謝他們的。原諒拆他房子的人，因為有拆才有建，而我守護這片土地，佛法叫「報國土恩」，他們在幫我修行啊！

你們知道中國人要圓中國夢，需要很多國家支持，他們的佛教徒我們也要幫助，他們來了我們都要幫助他們找茅棚。先來的要幫後來的，完成他們的心願。我們要圓中國夢，做中國夢的功臣，不要做罪人。

一如習主席在聯合國教科文組織上發言中，對中國佛教的讚嘆之語，讓人熱盼報國土恩的福澤，遙思佛陀對眾生的護念，更期待佛法成就世間繁華的未來盛景。

見喜說，我的心願是過去的福報所感，就這樣獨處一輩子。計畫待多久？沒有，隨緣，生在這邊就死在這邊，這是我的心願。

來這裡的都需要清淨水喝，我就把一個泥塘弄起來，過濾一下，其實也不須過濾，你看它自動生青苔了，這是最原始的。這兩口井一深一淺，上面刻著雞足山大師，你不要小看了這口井，說不定我不在這個世上了，圓寂了，它還在，為的是我們人類，我們不可以自大，不能擁有一切，只有使用權。

山上茅棚至今只剩下他一人，其他的都受不了清苦，難配合政府要求。今年算是我最苦命的一年，因為風大、雪大，你看我這兜羅綿手都是這樣凍出來的。寫、抄經，會生凍瘡，我就打坐，所以他們都說我這是兜羅綿手，洗心不革面。

他與世隔絕卻又與世無爭，他讚美世界在它懷裡生生世世，生死與共。生活的苦樂在它身上自然舞動，茅棚是他的家，從古至今永遠珍惜，化為夢中淨土，無私的國度，慈悲為懷，溫柔敦厚。見喜說擁抱雞足山的冀望堅定不移，一方一土，和平良田，幸福芬芳，南天佛國，彩雲之南，承載多少修行的夢想。

見喜讓我見識了台灣鄉下小孩的夢，寄託多少年輕人的希望，他說，會出賣佛法的人就會出賣自己的靈魂，會出賣自己靈魂的人就會出賣民族跟國家。佛門弟子就做佛法的傳播者，不要佛法在我們這一代葬送了，那就愧對歷代的祖師大德。

有首洋歌 *My way*，這首歌唱的是一個人的臨終遺言，曲中表達此生隨其所願。見喜說，盡其本分而過生活，面對難忍的磨難，挺直身軀，用自己的方式勇敢面對，看透了一切的本質，也便沒有遺憾。片中歌曲，是對娑婆鄉土的無限熱愛，更是對生命意義的迫切追求。

看來，他要守一輩子的山。疫情是個磨難重重的開始，他仍秉持堅守，像王寶釧苦守寒窯，讓人看到禪僧的勇敢。他聽到他守護的土地不再開發，茅棚不再拆除，沉默良久，說，感恩迦葉尊者，感恩所有護念住山僧的大德們。

山上只剩他一個釋僧住棚，所謂的不拆只是暫時不拆，隨時都會突然被拆，他知道這一紙暫行規約並不牢靠，還是圓融的表示，開發還是要的，但要適可而止。

佛法與世法，從來都是相互成就的。我期盼他堅守一生，但是聽當地人說遲早要拆的，見喜守的住嗎？我問李師兄，他說只有三分把握。最近疫情蔓延，我已兩年沒去雞足山，朋友們也少通信息，有傳言說，見喜已經被攆下山了，有的說好像還在苦撐待變，但是不會撐多久就會放棄的。不管見喜在不在？他能活多久？真能得道成佛？我只有感慨與悲憤，一個修行人在一個號稱妙香佛國的淨土，竟然找不到一席修行之地，還算是一方樂土嗎？

神鬼之間

天主教堅決擁護黨的政策！

這是張神父的聲音。

我在睡夢中驚醒，睜開迷濛的眼睛，定睛一看，沒錯，是坐右邊的張神父在發言。

我代表大理地區三自愛國教會所有的天主教徒，很榮幸以愛國天主教界代表的身分出席黨的會議，讓我們有機會學習州委、州政府的決定。張神父一字一句鏗鏘有力的大聲報告。

張神父就坐在我的隔壁，我趕忙坐正，拿起鉛筆，仔細聆聽並假裝做筆記，我眼角瞄向再隔壁座的基督教林牧師，以及再右邊的伊斯蘭教的白理事長，他們都拿著筆低頭勤做筆記。

張神父中等微胖的身子筆直地站著，黑裡透紅的臉，以高亢的語調說了一大堆讚美黨的話，激動揮舞著手勢，強調今後一定聽黨的話，跟黨走，感黨恩，讓社會主義愛國天主教會為黨做出貢獻，講完獲得一片掌聲。

隨後林牧師與白理事長也不落人後，分別站起來發言，以同樣高亢的聲勢提出報告，內容都與張神父差不多，只是代表單位不同。

這是我來大理七年第一次出席黨的會議，據說是黨定期與民主黨派、港澳台海外同胞，以及社會進步人士的座談會，聽取黨外各界對黨的施政，並提出改革意見與建議。我是第一次參加，名義上是台胞代表。

會議在國際大酒店舉行，會址一流但食宿交通都得自理，這個有點摳門，我不太想去。負責連絡的統戰部小吳勸我最好去一下，但並沒有說有無車馬費，會議頗長可能開到六點甚至超過，也不知道管不管晚飯，都沒說，只希望我能出席。我心存僥倖，好歹我也是一個有點學問的人，提點意見應該不難，也不好第一次就拒絕人家的好意，於是勉強同意了。

從家裡到會議地點十五公里，叫滴滴打車花了八十幾元人民幣，我想來回就是一百多，換成台幣八百多，挺貴的。

打滴到了會場，被擋在門外，因為沒做核酸檢測不讓進，勞駕門口通知了裡面，總算登記名單後讓我進入，但是一番折騰已讓我第一印象不好了。怎麼辦的差？我心裡怪著小吳，後來才知道，會場內是另一批我不認識的人，怪不得搞這麼久。

進了議場會議隨即開始，這是我到大理第一次參加這種活動，不免感到新鮮，但隨即明白一切與外邊一樣照儀式進行，起立、唱國歌、呼口號。折騰了近半小時之後，終於正式進入議程，由統戰部長主持，市委書記及幾個領導都在座。

先由負責唸稿的司儀把黨的施政唸了一遍，花了四十分鐘，再由主持人解說了二十分鐘。一個小時過去了，我看了看手機已經三點半。我想應該休息十分鐘或是吃吃下午茶吧？結果不然，會議繼續，由各個民主黨派代表發言。此時，我發現已經陸陸續續有人溜出去上廁所或抽菸去了。

各民主黨派報告都是千篇一律，首先歌頌黨，學習總書記的指示，再來表態支持黨的決策，最後才提些意見。談的問題也是不關痛癢的小事，千篇一律讓我提不起勁，只想睡覺。

也許是茶喝多了，因為只有茶水沒茶食，精神迷糊中忽然想上廁所。可是坐在中間不敢驚動開會，但是實在憋不住了，只有連說抱歉，低頭哈腰躡手躡腳地移動出場。

我在外頭放了水，臨窗吹了陣風，吸了幾口新鮮空氣。裡面人太多，不通風，實在不想太早進去，而且代表們說的長篇大論，大同小異，沒啥聽頭，我不過是濫竽充數罷了，只想早點結束。此時一個我認識的台辦幹部看到我，笑臉迎著我說，快回座吧！書記快講話了。我沒聽過大理州一把手說話，也許有聽頭，好吧！聽聽去！

進去後才知道書記講話還早，會議冗長不已，民主黨派代表才剛剛說完，換上宗教團體。在發言的是穆斯林代表白理事長，唸他的講稿，神情溢於言表，口若懸河，不斷讚美歌頌黨，但是對教務問題一句不提。我大為驚訝，這哪裡是宗教領袖的講稿，如果不知道他的身分，絕對看不出他與民主黨派有何不同，我坐在那裡呆若木雞，簡直不敢相信自己的耳朵。

隨後，還有什麼國企、民企、社會新興行業、藝文界、民主進步人士等等族繁不及備載，輪番上陣，人人聲嘶力竭，好不熱鬧。我實在搞不懂為啥要這麼激動的發言，慢慢講小聲說不是很好嗎？

車輪戰般的代表發言，我又昏昏欲睡。肚子有點餓了，只有再多喝茶，都快五點了，還不見下午茶，看來是無望了。此時只想會議早早結束，或者書記早點上台。

正在與周公打交道打得熱鬧，終於聽到一個熟悉的聲音，輪到我熟識的張神父發言了。我認識他有一兩年，頗有神職人員的深度。

誰知，他的發言跟其他人長差不多，他站起來拿起稿子開始唸，我才發現稿子早就寫好了，怪不得從容不迫。現場再加上領導講話，顯然他很認真地做了筆記，我覺得很新鮮，這些黨八股需要這麼一句句記下來嗎？會後我問他每次開會都要做筆記嗎？他說要的，否則怎麼發言？

他首先高度讚揚了黨的領導，然後堅決貫徹黨的要求，做好社會主義天主教神父愛黨愛教的工作。教務方面只報喜不報憂，這跟我日常見面聊天的張神父有著天壤之別，我震驚得不可言狀。

隨後，基督教的林牧師也是一個調性。我跟他不熟，不想批評他，但是，這、這、這怎麼說都不像原本的他。他做為一位神職人員，無論學識修養，都很稱職，怎麼說都不會表現的如此不堪。

我失望地再次走出會場，一則不想再聽了，再來，我很可能被大會要求也說兩句。我該怎麼說？原本以為規模不大，台辦小吳說啥意見都可提，我確實也有些話要說，但以現場氣氛，加上我收不住口的個性，很可能會把氣氛弄僵，對我對大家都不好。

果然，我再進去，張神父神情肅穆地低聲問我跑哪兒去了？說只有我錯過了發言的機會。我只有連連抱歉，不了了之。他不言語，知道我是有意如此，人多嘴雜就不再說了。

但是坐我左側的台盟代表，我不認識，不過基於都有個「台」字，有點淵源，好心告訴我，每個代表都要表態的。我問，妳說了沒？她說檔次不夠，想說還沒資格呢！

原來如此，她是台盟雲南分會的盟員，年紀很輕，在醫院做財會，她不諱言是沾了台灣人的光。她外公是台灣人，早期從台灣來雲南認識了當地女子，四九年沒去台灣，留在大理也死在大理，其間為當地做了不少好事，也拉攏了不少台商來雲南發展，雲南台盟負責人就讓他做，在昆明頗有些知名度。

她母親不是台灣人，沒法接棒，與丈夫都對台灣人的圈子，就把機會讓給了外孫女。大理四九年前後台灣人太少，沒有台盟組織，都是從昆明指派大理盟員就近參加，級別太低所以沒資格代表組織發言；台胞定義則較廣，既有台商又有像我這種養老的退休人士，影響較大，不把握機會露臉很是可惜。

原來如此，我倒沒他們的小九九心思，不想涉入太深，所以一點也不覺得可惜。我在乎的是都四點多了，能否休息片刻，有沒有點心招待？沒有的，台盟代表以訝異的眼神說，好像我在開玩笑似的。黨的會議能來就不錯了，從來沒想過有啥招待，會後還要趕回家裡燒飯接孩子。單位裡請的是公假，這是一定准的，而且可以報出差費。

五點整，會議在主持人所謂的勝利成功的語境下宣布圓滿結束，我以為可以走了，誰知不然，書記要做結論。

書記是漢人，外面調來的，口齒清晰，見多識廣，倒也動聽，但這個結論一做就是一個多鐘頭，長篇大論，淘淘不絕說了近八十分鐘。從黨誕生開始，講述黨奮鬥前進的過程，講黨為何能歷久不衰，內容依然是黨八股，毫無新意，只對黨外提要求，沒說多少黨外該有的權益。這哪是聽取黨外意見，分明是在教育黨外。

我看到全場每個人都低頭振筆疾書，左邊的台盟、右邊的三自教會、前面的民主黨派，各個代表都發揮速記的能力，不漏大領導的說話，只有我稍遲鈍，等到發覺大家都在記，才只好做做樣子，應付一下。

書記講了啥？我寫了啥？寫著寫著發覺都沒有重點。書記口若懸河，套話連篇，寫不勝寫，毫無意義。離開座位就把筆記擱在桌上，拍拍屁股走人，他講了啥實在已沒印象了。

會終於開完，在一片勝利聲中結束。大夥奪門而出，我飢腸轆轆地出來，小聲地問張神父怎麼來的。他說跟著林牧師的轎車來回。我說可以搭個順風車嗎？張神父一連聲說沒問題，但只能送到古城大路口。雖然離我家還有段路，我也一疊聲地回應沒問題。林牧師的車很舒服，大熱天車裡涼颼颼的，途中談得很愉快。我冒昧地問張神父每次開會都這樣嗎？林牧師不等張神父回答就搶著說，不這樣能怎樣？宗教界也是一樣，要在黨的統一領導下發展。

我不死心還提問，這次是討論大理州委年度計劃，為何沒事先給我們看文件？我想你既然要聽取黨外意見，總要讓我們知道討論的內容吧？

林牧師、張神父都笑了。劉老師你是第一次參加吧？我說是的。那就對了，市委給了民主黨派，我們是再外一圈，沒資格事先看。我明白了，外圍還分親疏遠近。林牧師說，宗教界、台灣人都不在圈內，不是自己人。我回嘴，那找我們來算什麼？兩人又笑了。我們就是來鼓掌的啊！那還要發什麼言？我怒道。當然要發言，每年都要發啊！每次都一樣啊！記住了，劉老師，中國大陸不比台灣，多唱讚歌，少批評，跟著黨走沒錯。

我回到家已是快八點，岳母以為我在城裡吃了，她也沒在家吃，沒準備晚飯。我不要讓她再誤會，只有跑到外面隨便吃點。我心裡暗自幹話，再也不參加這種會了。

張神父五十歲左右，當局意屬的第二梯隊，比起地下教會的神父，算是比較放心的對象。張神父也是雲南人，少數民族出身，祖上很窮，他也是讀不起普通中學，小小年紀就上了等於中專的宗教學校——共產黨為培養宗教人才的學校。他書讀得很好，尤其有語文天才，對歐美文學有興趣，於是升大專轉學院，在中國拿到資格，被派到滇西地區當神父。其間，他去過德、法、瑞士進修，拉丁語、法語都不錯，是個可造之才。多年前調到大理古城當神父，教堂是一個名建築，遠近馳名。這個缺是主教缺，他以神父代理，管轄滇西幾個教堂，甚為重要。

戴著一副眼鏡、西裝飾物、氣質優雅、談吐文雅的張神父，若非矮胖的個子、濃厚的地方腔調，否則怎麼看也是個知識分子讀書人模樣。他有知性的一面也有感性的一面，他傳統的一面，是喜歡老家苗族壯族的傳統美食，但在大理多年也能接受滇西白族的酸辣味。

張神父在歐洲學習過一段日子，見多識廣。在神學院當學生，吃過牛奶麵包，喝葡萄酒，許多活動場合也吃西餐慣了，但他對西餐，尤其是法國菜有獨特的偏好，談起吃洋餐這話題他非常有興趣。

酒類東西並陳，喝土酒行，喝洋酒也行，尤其是葡萄酒是祭祀酒非喝不可的。但是，我發現，他的酒量驚人，幾乎到了酗酒的地步。平常私人聚會他會小酌數杯，但不過量，直到有一次與官府吃飯，那一幕他喝酒的印象，我是永遠難忘的。

我與張神父一起跟官員吃飯的場合幾乎沒有，難得在我回台之前，在台辦的送行暨歡迎宴上碰面了，主客是我及從台灣回來的大理大學女教授，這是聚會讓我大開了眼界。

那天一桌九人，主方州台辦主任、市台辦主任、州統戰部副部長、宗教局處長，兩個科長共六人，我與女教授是主客，另一位就是張神父。他的出現我頗為意外，也許是工作需要，或者有我不知的原因，但從張神父與這些幹部言談舉止來看，應該十分熟識算是老朋友了吧！

主客坐定，主人問我喝什麼酒。我沒意見因為我不懂酒，女教授說不喝酒也沒事，問到其他人，張神父在檯面上像換了個人似的，當起了公關。他深知領導們愛喝什麼酒，而領導們也清楚他喜歡啥酒，看來，他們已是多年的酒友，這令我意想不到，張神父的形象有點變化啊！

此時，我也只是以為張神父能喝幾杯不大多想，只是酒宴開始，從喝什麼酒、倒酒、遞酒都是張神父親力親為。我就覺得奇怪了，張神父怎麼總是拿著酒瓶遊走桌邊，專注著每個人的酒杯，誰的杯空了就加上，還不斷頻頻給大家倒酒，做著似乎應該是兩個級別較低的台幹該做的事。

另一個讓我不解的是，大部分時間都是他主動向領導敬酒，態度非常謙卑，講了很多恭維的話，這讓我有種異樣的感覺。領導喝了也不回敬，而他與領導並不覺得有什麼不對，我想，神父的地位崇高，應該接受別人服侍才對啊？至少小幹部要做這些事啊？這是規矩吧！但是兩個小科長也不搶活幹，我想，現場應該只有我跟女教授覺得有點怪怪的吧？

酒過三巡菜過五味，聲音就大了起來，氣氛熱絡開來。

先是聊家常聊台灣，一些敏感話題也都略過不提，領導們只是希望我與這個台籍女教授多寫文章宣傳大理，為兩地搭橋。女教授常寫文章，現場傳閱一篇她在官宣發表的文章，博得滿座喝采。領導們要我見賢思齊，我謙稱沒這個本事，大家也不再多說了。

隨後聊到各自的業務，也聊到宗教信仰，宗教局、統戰部、台辦領導們紛紛發表高見，還都能自成一套，言之有理。當然都是無神論者的一家之言，我看了看幾眼張神父，他總是靜坐聆聽不多話，必要時只兩三句應付下，低著頭吃菜。我知道，他的角色尷尬，同意、不同意、附和、不附和都不合適，這個場合尤不合時宜。少說少錯，這不是教堂。

但是他也不是省油的燈，他頻頻舉杯向領導們敬酒，態度謙卑，姿態低下，幾個領導頻頻回禮，此時他開始套近乎，誇讚領導們領導有方，以後還要多多指導，有些項目還需要頂力支持。在座的連我都知道，教堂在大翻修，需要政府財政上大力支持。

當然，衝著學養具佳的神父，能夠耐心聽黨八股一個鐘，替領導倒酒倒到手瘦，敬酒敬到舌頭打結，誠意感人。何況外人在，怎麼說都不能塌神父的台，都要表態支持的。我暗自佩服張神父的手腕，為了工作如此放下身段，但是我怎麼也不能釋懷，一個學養具佳、德高望重的神父，怎麼能喝這麼多酒，怎麼能給大家倒酒當小弟呢？

我是逐漸了解張神父的，經過幾次深談我才知道他的心路歷程，原來他也不是一開始就如此市儈與庸俗的。

我第一次與他深談是因為我想成立一個唱詩班，或者合唱團。我從小喜歡唱歌，小學、初中常常拿獎，高中參加很有名氣的省中合唱團，唱男高音；大學就讀教會大學，也是學校合唱團主力，寒暑假都在家鄉教堂組織唱詩班，擔任指揮。

張神父聽罷我的意見頻頻表示認同，也透露有過這個打算，曾經也組建過，但不成功。目前教堂只有幾個志願者零星幫忙，像我講的常態的合唱團，他不肯立即答應我，因為他試過，不成。我問為什麼？他低聲回我，有關方面不答應。

他說，各級學校學生及教職員不可以在學校外有組織的活動。

我納悶唱歌都不可以嗎？是的，他說，又補充一句，唱什麼歌也要經過同意，聖歌基本上是不可以的。雖然學校沒有明文規定，政府也不表態，但是我清楚宗教是比較敏感的，尤其是洋教，最好不要碰，但是唱唱聖歌都不可以？我非問個清楚不可。

我們聊天在他的教堂邊，教堂前有個廣場，旁邊有咖啡館、客棧、餐飲店，遊客不少坐在此處吃吃喝喝，我建議他可像外國街頭表演，讓藝人拉拉琴、唱唱歌，一則增添藝術氣習，再說增加點收入，有益教會推廣信仰文化，尤其是聖樂不是很好嗎？外國都興廣場文化，中國大陸也有廣場舞、廣場歌舞戲劇等表演，政府都是支持的，應該沒問題吧？

他聽罷也笑笑，搖搖頭。我問為什麼？他回答的還是那句話，不會准的。他說，這裡是中國大陸，不是台灣，你想的太簡單了。有啥難的我問，我不死心。他頓了頓，好吧！簡單跟你分析這個道理你就懂了。

首先，你要搞清楚這是中國大陸，社會體制是實行社會主義，信仰的是馬列主義，是無神論者，先天上信教有點原罪的感覺。你要信教可以，但是你不能隨意傳教，人民有信的自由，也有不信的自由，不可以主動傳播自己的信仰，影響他人，否則他可以舉報你，是犯罪行為。

我開始明白我的無知了。

其次，教會只是提供某些人聚會的場所，我們傳福音僅限於室內，以及固定的對象，不能到戶外或街上，以及不是教會性質的場所去活動，這也違背了規定。一般學校、學生、教職員，都只能在學校學習、活動，不可以參加校外有組織的活動，組織各種社會團體更是不允許的。

他劈哩啪啦連珠砲似的一口氣說完，我基本上知道我該回家了。

另外，還有一次我的想法讓他開始不放心我了。我竟然異想天開建議他搞學校，像佛教院、孔子學院等……。他聽罷直呼天方夜譚，覺得我太天真了。他直言不諱地說，搞個小教室也得碰得一頭包。他笑我真是想多了。

記得我們是在教堂邊的咖啡館聊天的，他起身帶我出來，指著對面的客棧，回頭說，這原來是要做學校的，但是政策不允許改租給別人做客棧了。

他走到對面的客棧，不必招呼，直入後院，有著看起來蓋沒多久的大理白族房子幾間。他語氣沉重地說，這些原本都是教室，現在不能用了。

原來，張神父原來比我更天真，他一直想搞一間附屬在教堂的學校，用自留地蓋上好幾間屋子，進而打算開一個神學院。這是啥時候的事我問。他回答，五六年前。啊！不就是改朝換代前後嗎？我明白了，政策收緊，計畫全落空。

早幾年張神父就看好宣傳福音的時刻來到，因為經濟發展潛力十足，大理旅遊方興未艾，做為滇西最美的教堂，遊客都喜歡來參觀。經濟支持有譜，錢不是問題，問題是缺人，缺少師資、教材，培訓班招生刻不容緩。

網路的發達，讓資金口很快解決，地也好辦，相關單位都很支持。政策的寬鬆，資金的不乏，很快就造了幾間房，他的計畫是自給自足，從任何方面來看都是水到渠成的事。

但是現在已是鏡花水月了！張神父不勝負荷似的嘆了口氣。

房子原來可以租賃出去，但是現在大理客棧太多了，沒人租，想移做別的也不知做什麼，只有放在那兒再想辦法。

我們走回教堂，相對無語，我隨即告辭。夕陽餘暉照在張神父臉上，我發現他一臉倦容。

我從小就是教會養大的，我家七口人，六個靠人養，父親一個低級軍官根本養不起。教堂是我們兒時最常打交道的地方，神父比爸爸常見面，修女盯我的作業比母親還嚴。

教堂提供給我們生活空間比家裡大多了，閱覽室、康樂室、籃球場是必備的條件，還有合唱團、話劇團、放電影。優秀學生還能拿獎學金，甚至出國，許多學校的活教會都代勞，做得比學校還好。我的聲樂、英文、國際觀都是在教會養成的。

母親也喜歡教堂，可以領奶粉、麵包、衣服，我忘不了母親每次滿載而歸的興奮表情。父親提供我們一家基本主食，讓我們六個人活下去，教會的幫助則讓我們活得更好。

遠的不說，生活品質與管理是在那裡養成的，知道安靜一點，公德心多一點，在家可是髒亂不堪。

再說說物質生活，每週望彌撒管一頓吃的，每個月月考不錯有少許獎勵，例如學生用品或需要花錢買的東西，每學期還有旅遊或參訪活動。五個小孩加起來，除了讓母親省下一筆不小的開銷，也省下時間精力應付沒完沒了的雜事。

我的教友身分以及大學讀的是教會學校天主教大學，又住在神學院宿舍，能讀聖經及唱聖歌，也能吟誦聖詩，張神父都懂，與他交流特別順暢，他又去過台灣，了解當地的信仰現況，一些人與事他比我還清楚，但是，他感嘆我不了解中國大陸。

你的教堂已一去不返了！

什麼意思？我問。

你的教會是聽羅馬教廷的，我的教堂是聽黨的。

我不能拉人信教，不能拿東西誘人信教，不能走出教堂在大街上傳福音，因為你影響、干擾了廣大人民群眾的權益，這是法律不允許的。

還有，我們教堂不可取代學校教育，連正式教育的補充都不是，因為，信仰是個人的事，不是社會教育的一環，是內部、局部的現象，不能學習與推廣。

他怕我聽不明白舉例說，就像你想搞合唱團，成人、小孩不是來自單位就是學校或者社會，這都不允許的。一則我們不是學校，再說我們也不是社團單位，不能隨便與外界正式交流，必須報請上面核准。

你們倒底是歸那一類組織？我問。

張神父想了想道，我們的性質不好說，反正跟你們是完全不同的。說了老半天簡單大白話一句，就是對外我們是教堂，跟你們台灣沒多大差別；對內，我們是一個單位，必須服從上級領導。

上級是誰？我問。

他苦笑一笑，管我們的可多了，宗教局抓總，是我們的直屬上級單位，其他局處只要業務需要都管的到。扯到學生，教育局要管，想宣傳福音宣傳部會過問，想發展觀光旅遊，旅遊局要管，想與同行交流或搞客棧餐飲更是幾個單位共管，不光是能不能讓學生來教堂唱歌，那是小問題，政治正確是要常常記在腦袋瓜子的。

怪不得，我恍然大悟，想介紹一些外地或境外的宗教團體，他都興趣不大。有友人從上海來，她是虔誠的教友，想組建上海區教堂與大理教堂交流，張神父都要正式的介紹信，或相關單位的公文才好辦事。

我驚訝原來還有這麼多的考量啊？張神父回道是需要慎重其事的，以免惹禍，這是市裡有文件規定。果然，朋友再深入了解，才發現是個地下教會，是三自教會明文禁止來往的。

那麼，成立唱詩班、

聖樂團等等也不可以了？

不是不可以的問題，而是這是個有組織有活動的性質，政府就不主張常態存在。如果是義務性質，規模不大，三三兩兩，不定期來教會幫忙，這應該是可以的，市裡領導是信的過我。

但是，為何你的學校他們不支持？

不是不支持，是我撈過界了！

怎麼講？

學校應該是他們建，我只提供專業化的幫助。

什麼是專業協助？

學校要教師、教材、招生等等具體工作，肯定要請我參與其事的，但是名義上不屬於教堂的，當然更是不屬於我的。

這引起了我更多的好奇心。張神父，你跟林牧師的養成教育有什麼不同？跟穆斯林白理事長又有啥分別？

這就扯遠了！

我們有同也有不同，簡言之，我們都在宗教團體裡工作，都是在黨的領導下為社會主義新中國做出奉獻，但在專業上我們不同，上崗條件也許不完全一樣。

我還想問，你們算公務員嗎？有工資嗎？有任期嗎？有級別嗎？有退休金嗎？我是從側面了解到，他當神父是宗教局任命的，升遷調動都是宗教局說了算，工資比照公務員，教堂經費也是它撥給。怪不得張神父這樣巴結這些領導，這可是衣食父母啊！

自共產黨建政後，由於意識形態的天南地北，政治上的無法調和，宗教——尤其是洋教——基本上已失去了自主性。教會完全臣服於俗世的權勢，神父或牧師已經改變成一項普通的職業，不是原來神在凡間的代理，地位跌落不可以道里計。

我在大理七年，仔細了解過洋教在滇西由盛而衰的過程，情況比中國其他地區還嚴重。四九年前有教堂十幾所，光是大理地區就有近十所，幾乎每個縣都至少有一個教堂，基督教的聚會所更多，因而教廷在大理設有主教一名，駐節大理，與省會昆明東西並重。

但是解放後急速萎縮，教友只剩不到多少，有的轉到地下教會，地上的屈指可數。神父、牧師不必太多，位階也降低，原本是主教缺，至今仍是神父，但是張神父說，整個大理還是以他的天主堂為主。

他不在乎是不是主教，也不想管到別的教堂，因為他只有一個助手，還是教堂文薪，政府不可能給他人手，經費並不寬裕，怎麼可能再管別的事？

我驚詫這個現象，如今經濟條件大大改善了，修教堂都用了大錢，怎麼說添點人手是沒問題的。張神父暗示指出，用人要上報批准的。至於大修教堂，與觀光旅遊有關，政府用錢都用在刀口上。我一點就透，又忘了制度已不一樣了。

靠著個人行道已有幾個長期追隨者，但是他仍然非常低調，只想在制度內爭取做更多的事。張神父矮胖的身軀始終忙裡忙外，忙得不可開交，這個身影始終令我感動。

雖然做事難，仍有各別的神職人員，宗教信仰堅貞，贏得信眾的擁戴，張神父就是其中一個，他像三稜鏡，更像個哈哈鏡，他有多副臉孔，也有多重人格，更有多重身分。他在神面前是虔誠的，在領導面前是謙卑的，在教友面前是崇高的，但是在教界又是如何看他呢？

我主觀的認知還是覺得他是一個真正的神職人員。他努力做好本職，工作上敬業樂群，犧牲奉獻，深厚的神學修養令人激賞，他的心還是向著神的國度。如今中國大陸的年輕人想當神父、牧師的很多，他的謹言慎行，謹小慎微，其來有自。看他已答得辛苦，我就收束了話題，管住了這張嘴。但是每當想起張神父的倦容與他的欲語還休，我總是還有無數的疑惑、無限的好奇與無窮的感慨。

夢斷茶山

補助金下來了沒有？我問老柯。

沒有，教授，免想了！不可能有的啦！

可是，台辦不是答應幫忙嗎？

幫忙？你太天真了，他們的話你也信？

老柯是我叫的，別人都尊敬地叫他柯董，因為他很有錢，呃……更正，以前很有錢。

被叫成教授的是我，也是亂叫的啦，我只是個不入流的小作家，最高教職只做過私立大學的兼任講師。

我知道老柯自己校長兼撞鐘，他的茶園根本請不起正式員工，採茶連老婆都要上山，茶價也不好，能圖個溫飽已不錯了。柯董、柯總、柯場長、柯茶師隨便叫，我就只叫他老柯，因為，在大理的台胞他算歲數最大，來的也最久，真的老字當頭，我敬重他的執著到老。

他叫我教授，也是聽說我會五國語言，喝過洋墨水，拿到博士。其實我只有土碩士，出國是遊學不是留學，沒讀成學位，除了洋涇濱的蹩腳英語能說一點，其他外語一概不知，方言倒是能說五六種。這在台灣一抓一大把，但在大理小地方已不容易，也就隨便他們亂叫了。

我跟老柯結識才五年，不是茶拉近了我們，而是撞球。我酷愛撞球，在大理雖有球場，費用不高，客棧酒店也有，但是不方便，只有老柯家的撞球是我的最愛。

我的球技一般，老柯是高手，在台灣就很出名。他出身世家，早年家裡很有錢，年輕時候家裡就有撞球檯，這是我們清苦的眷村子弟不敢想像的事。老柯來大理茶園經營得不好，經濟也不寬裕，裡裡外外都不太打理，惟獨花了大錢買了一副好檯子，但是他仍不滿意。他說，在台灣的檯子比這個更好。他強調，打撞球一定檯子要好。

老柯富家子的英姿在打球時表現無遺，長年與山為伍早就火氣全無，他與世無爭，處處忍讓，過著逆來順受的日子，惟獨在打球時絕對爭強好勝，完全變了個人似的。他的一口台灣國語在球檯邊不見了，換成滿口的老式台語，還夾雜著日本話，加上一連串的撞球術語，成串噴出，令人拍案叫絕。他過日子隨隨便便，因循怠惰，敷衍了事，走路像個孤魂野鬼，飄忽不定，但是只要在球檯旁，活像變了個人似的，抖擻的精神，穩健的球技，瀟灑的身影，意氣風發，彷彿回到了年輕氣盛的柯家大少。

跟他打球開心卻也驚心動魄，他喜歡自我挑戰，明明領先很多，卻故意找難打的球出手。我知道他在挑戰自己，想要超越自己，也因此偶而敗在我這個菜鳥的手下。他說，教授陪沒文化的工人打球已感榮幸，我是勝之不武，咱好兄弟輸贏不重要，開心就好。

我也脫落形跡，大吵大叫，在球檯邊他不是柯董，我也不是教授，我台語叫他大仔，他稱我兄弟，我們最近乎的就是這時候了。他口若懸河，放言高論，打一桿吸口菸，帥氣，這是正港的柯少爺，也是我對老柯刮目相看的原因。

說到菸，是老柯的第二生命，每天要兩包，但買不起好菸，只能抽人民幣十元甚至八元一包工人抽的廉價雲菸。我送他的都是好菸——「玉溪」、「軟珍」高檔雲菸，甚至外地「利群」、「中華」也有。他喜不致勝，嘴裡說不必破費，卻一定笑喜喜收下。

但是倔強的他絕對不白抽，他認為我送他這麼好的菸必須有所回報，這是規矩，也是世家子的尊嚴，他堅持這菸是彩金，贏者才可得，因此必須贏我。當然他是有把握的，我一再表明純粹送的，貨贈識家，含有寶劍贈英雄之意，但是他堅決不受非得指導我幾局，態度十分堅持。

當然回回幾乎都是他贏，但是難免有陰溝裡翻船的時候，他一定口說不能收，只是暫時借用，下次要贏雙倍才算數。隨及返回內屋拿出好茶相贈，他的茶不輕意送人，我也蹭了他不少好茶，可以說不曾跟他買過茶，兩相對抵，茶比菸貴，其實我佔了他的便宜。

他還要留我吃飯，吃的是他親自做的台菜，他料理的台菜，真的好吃，食材都是正港的台灣貨，外面，尤其大理是吃不到的。說實在的，每次老柯微信我有好康的我一定二話不說衝到山上，魯肉飯一定要吃一大碗的。在吃的方面他非常講究，喜歡自己做的菜，材料要好，要道地，但是穿衣跟吃飯就差得兩重天了。一年四季就是採茶的行頭，沒見他添過什麼新衣，車也是一台破車，我最怕坐他的車，他連駕照都沒有，卻到處亂跑。他說，在台灣早就有駕照，但是在此還要考筆試，年輕時有人幫我開，年紀大了考不好不費這個功夫了，隨便開開沒有關係啦。看他天天開我也不知道有無罰單，又怎麼搞定的？

老柯並不喜歡做菜，事實上他也很少自己做菜，過去有請專人做飯給他吃，但是他懷念台灣的日子，嫌不好吃，乾脆自己做。但是別人還要煮飯婆，他不好意思辭退，反而當他的下手教本地人做台菜，如今居然也有點味道，但是老柯挑剔，仍不滿意，挑三揀四地碎碎唸。在我看來，這世上只有茶、撞球、台菜是他的最愛，只要有這三樣之一，一定能做他的好朋友。我應該三樣都沾點邊，也許都沒有，也許我不跟他爭強好勝，更能成為朋友。

老柯活得很辛苦，原本就不寬裕，年初一場地震把製茶工坊的屋頂整個震塌了，機器也打壞了，對老柯來說簡直是雪上加霜，因為，他剛剛被官府罰了兩萬元人民幣。在大理這可是一筆大數目，因為他出租給年輕人兩間農舍，搞成茶室與咖啡館，不符使用規定，被硬生生推倒成一片廢墟。罰款，這是老柯生活的重中之重，重得讓他負荷不起。

老柯苦著臉跟我訴苦，房子要重建人民幣五萬跑不掉，其他損失不算，光是罰款加房子加雜七雜八的花費就快十萬，不能做茶賣不了茶也是一筆大損失，真的不知如何是好。他急得語氣憤憤不平，像跟誰要吵架似的。

我幫不上忙，卻忽然想到台辦，那時老柯就笑我想多了，但我分析，何不乘你七十生日來大理三十年，做個大壽，打打秋風。老柯又說我想多了，他每年都不過壽，不想驚動太多人，只請談得來的幾個朋友吃個便飯。

我自認點子高明，立刻連絡稱兄道弟的台辦領導，分析情況，台辦大可炒做一番，對方點頭稱是，但是還要請示上級。我有點不高興，這個雙贏的點子，只有我想得到，給你們台辦加分做業績還要考慮？老柯聽我說法，幾杯黃湯下肚同情地看著我說，教授，你只是會叫的野獸啊！他們才是吃人的野獸啊，真的，你不要管我的事吧！沒用的啦……。

老柯又灌了一口酒，兩眼發直，緊緊盯著我，大聲疾呼，沒用啦……沒用，我老柯來大理就是給人家欺負的啦！塞狗洞錢不下幾百萬啦！結果呢？全都打了水漂，連聲音都沒一聲。

果然，那天老柯七十大壽，他不想到大飯店過，因為請不起，請不起有錢有勢的同鄉，更叫不動有頭有臉的地方人物，官府台辦老爺菩都菩不起，要他們來拜壽，那真是想多了。

老柯在茶園曬茶埕上擺了兩張桌子，各放一個火鍋，備些菸酒茶算是壽宴了，客人都是晚輩，這讓他好受點。老柯不收禮，來客吃完還帶些茶葉回去，請客划不來，簡單一點大家都好。

我看著十來個老面孔，都是長年跟老柯打交道的茶農。有些跟他學茶，有的買茶，都從老柯撈到好處，不好意思不來。我身旁一個徒弟模樣的本地茶農搖頭嘆息說，柯師傅做茶做到這地步實在是，哎……但也幫不上忙。

大理茶園的改革老柯可說是領頭羊，他帶來新的品種、新的觀念、新的做法，許多徒弟下山後都大展身手，名利雙收。在大理搞茶的都知道老柯，表情互異但看法一致，茶好，人不好說。

老柯自傲他的茶園大理第一，茶種好，做茶好，許多人拜他為師，另外還有三個台灣人開茶園，也都是大師級的地位，但是老柯冷冷一笑，不屑地說，小邱是我徒弟，小李是我顧來打工的，老陳是半路出家，都在我的下面。

但是這些徒弟下人們卻飛上了枝頭做了鳳凰，老柯還是公認的烏鴉，惹事他有份，但是好處撈不著。上山的朋友十之八九不是看人是看茶，因為老柯的茶花樣最多，上山受教絕對值得，但是老柯做茶規矩太多，態度太搖擺，眼睛往上挑，做茶幾乎到了吹毛求疵的地步，批評茶葉也不假辭色，跟他商量茶價更是怕說錯話，常常漫天要價，就地還錢，價格老上不去，朋友說他死要面子活受罪。

老柯壽辰越作越小，由大飯店到小飯館再回到山上，年年在做茶坊裡吃壽宴。山上暗的早，燈火通明不了，上得來只想早點下去。來客文化不高客套話不會說，吃得很悶，也都是我帶動唱氣氛，還有點過壽的味。

幾個月前蒼山大地震把廠房震毀了，整個屋頂坍塌，不能用了，只有在曬茶場吃了，因為接不上電，只好吃中午了。

老柯還是笑呵呵地招呼來客，我繃著臉問老柯，人呢？

誰？台辦沒來人？沒有啊！我沒請他們。

我氣不打一處出，我有請啊，說好的會來人，還會意思意思，誰知這樣，讓我火冒三丈。

老柯見狀拉我一下，麥勾想啦！我根本不指望他們。

回憶早些日子中秋節，台辦大小領導衝著大家叫我教授，不敢怠慢，把我列入慰問對象。其實我德不高望不重，年齡不達標，居然也受他們的青睞，我也自我膨脹當自己是個人了。其實他們也就是例行公事坐坐就走，我卻當真直言不諱，跟大領導反應老柯的事。他當場拍胸脯說會幫忙，再一次見面又說沒問題，我把好消息告訴老柯，老柯笑得很怪，搖搖頭嘆息地說，謝謝你的熱心，沒有用的。

地震過後，領導們紛紛走訪受災戶，台辦看了看震壞的屋子就沒消息了，過一陣子說很難辦，市裡州裡都沒錢，上面也不可能發錢，你雖然是教授也是沒用的。

我臉上青一陣紅一陣，兩頰發赤，好像被打了一把，我困獸掙扎一番表白，還是沒有用，我心裡暗幹，他們當初答應要幫忙的啊！

老柯搖著頭，你來的時間還是太短了，我早知道不可能的，你一定要幫我，我只有謝謝你的熱心了。

老柯為了打醒我，跟我打賭，如果有補助他分兩成給我，還有喝一輩子的茶，條件之好，讓我信心倍增，但是薑是老的辣，事實證明我的無知，我不能不服老柯的高度。

事後我還是不死心，仍問了台辦多次，回答仍是沒錢。我問沒錢也罷了，他七十大壽，來大理三十年，付出青春金錢，也算對得起大理，為何不去致意一下？不問還好，一問自取其辱，台辦正而八經地說，不去祝壽單位有規定，否則違背規定，要受處罰的。什麼話？我聽了更是火大，你們不是台胞的靠山嗎？送點慰問金不可以嗎？對方說這是兩碼事，語氣間似乎嫌我不太懂規矩，我氣得直接把他拉黑了。老柯聽到我把台辦領導拉黑了，直呼使不得，硬是要我再連上。

我笑老柯真是老了，膽子也變小了。他不跟我辯，只搖頭嘆息，連聲說道，教授你不懂、你不懂啊！他們那幫人是得罪不起噢！

在老柯的茶室兼會客室牆上，掛著一幅幅的錦旗、獎狀、感謝狀，有台灣的也有中國大陸的，最得意的是在台灣得到茶葉比賽大獎的匾額，高高掛在他主人位的頭上，看時間，已是三十年前。

在牆壁上，簽署許多名字，一張掛曆也簽了許多人的名字，還有不少名人親筆簽名，這是老柯最得意的時期，但是一掛十幾年，就沒有新的掛了，老柯走上了楣運。

在茶場最舒服的是喝著老柯的茶，聽他講解茶的製作心得，他真的是一個天生的茶達人，有著與眾不同的天分。老柯只有談茶才會顯示出不凡的氣勢，才像一個充滿鬥志的指揮官，然而，我們的聊天總是會從做茶轉到茶園，從茶園談到茶農，從茶農談到茶市的行情，最終以談到他人生的不幸收尾。

老柯三十年前就來到大理種茶，其間有段不為人知的故事。他原本是台南名門之後，祖上有茶園千畝，身為少東無論做官做生意都被看好，因為交友廣泛，人脈充沛，親朋好友有事都找他幫忙。

老柯曾任獅子會、扶輪社、青商會多個團體領導，交往多是政商名流，原本是他發展潛力的資源，但是正逢台灣解嚴，解除黨禁報禁，政黨如雨後春筍般冒出來，他疲於奔命在各個關係網，順了姑意拂嫂意，最後，為了選舉站隊，他賠了夫人又折兵，這讓他痛苦萬分，苦不堪言。他曾感觸萬千地說，政治太可怕，千萬不要碰政治。他曾為了兩派朋友的爭奪陷入裡外不是人，也曾遭到誤解險境重生，我想他離開台灣會不會也不是自願的？

其實老柯他只是一個茶農，他只對種茶有興趣。中國大陸開放觀光旅遊，他來到大理玩，卻一頭栽進了茶的世界，他發現大理跟他的故鄉太像了，是一個種茶的好地方，他決定引進阿里山凍頂烏龍茶，他相信一定會成功。

他籌集了台幣兩千萬相當四百萬人民幣，三十年前這是個天文數字，足足可以租下整整一條街。他信心十足地前進大理，那是九〇年代初，無論食宿交通都落後得嚇人，去趟大理要花兩天時間，當地水電交通都差，但是阻止不了老柯前進的步伐，一走就是三十年！

老柯桌上的年輕照片與現在放在一起，我看到的是如同父子，噢，不是，是祖孫兩人。濃濃厚厚的黑髮如今卻是童山濯濯，挺拔的身軀成了老邁龍鍾的病體，一晚要上數趟廁所。富家子的出身造成他今天的不幸。一個老柯的老友分析了前因後果。

這個四川佬跟老柯做了三十年的茶葉，由徒弟一步步成為他的客戶，這不是特例，老柯的徒弟論千百計，只有幾個還在做茶，大部分已經當茶商賣茶了，因為都吃不了苦，而且種茶利潤不如賣茶。但是，朋友說，老柯只想種茶，他天生就是種茶的命，他只懂茶，只會跟不會說話的茶做朋友，他對經營管理一團亂，人際關係很差。

我訝異，老柯原本很有交際手段的，為何越混越差呢？

還是那句話，不把錢看作錢的富家子毛病害了他。

剛來大理處處開錢，老柯只求要種好茶，錢不是問題。當然，當時物價便宜，台幣兩千萬（折合四百萬人民幣）是個天文數字，如同金山銀山，但是再多的錢也經不起折騰。

中國大陸的台商都知道，蓋房子地便宜人工貴，地上的比地下的麻煩，從買地招工簽約一系列的發展，就面臨一起起的問題，像地租的最多但是最貴，工招的最多也是最貴，合同簽到手軟但大多有問題。老柯託付的朋友都不可靠，自己無法適應當地政經生態與文化，富家子的瀟灑人生，茶做得再好也不能收支平衡，賺錢更是緣木求魚。

老柯的專業水平不容置疑，但是地方上的人與事就應對不起，左支右絀了。他的彩色人生面臨的第一關就是過不去的美人關。他年少多金，在小地方要什麼沒有，他幽默風趣，人緣極好，天天珠環翠繞，眾星拱月，把愛情看得太簡單，太廉價了。他出手大方，有人藉著學茶騙取金錢或茶葉，有人更是下作手段要錢。老柯想擺譜，要臉皮，認為凡是錢可以解決的都不是大事，我在想老柯何苦讓著她們？熟悉內情的友人告訴我，老柯公子哥兒的本性難移，手上有錢可以胡來，碰上較真的女人就倒楣了。

另一個本地姑娘不知啥手段，向老柯租了一塊茶園，過了一段時間，茶園竟然成為這位姑娘的了，成了一地二主。他想理論，人家老公在市裡上班，地方熟悉，不好惹，這丫頭手段又好，軟硬兼施，老柯硬不起來，軟又不服，對方倆公婆小恩小惠打點四周，下屬都幫著外人說話，老柯竟然龍擱淺灘被蝦戲，拿她沒轍。一晃悠一、二十年過去了，老柯也認了，但是口服心不服，遇到只要有誰提那姑娘的茶好，他就糾正說是他的茶園、他的茶，讓別人也鬧不清。

茶園所在地的村長，夥同一班混混，承包他的用人用料，既貴又不好使，害他花了不少冤枉錢。他哪裡受過這種氣，硬是不甩村裡的勢力，結果村委會竟開會決定要他滾，還要充公他的地，他才慌了手腳，找人說項，請客賠禮，大事化小，有驚無險。

換屆了，新的村長依然故我，他也倔強如昔，劇情又重覆上演，而且越演越烈，他也越不受歡迎。老柯大罵村長是土匪，村長罵他是惡霸，但是強龍不壓地頭蛇，他不喜歡也不屑跟這些人打交道，也只有用錢解決了。

鎮上市裡大大小小的衙門，輪流來佔他便宜，揩他的油，甚至強制裁定徵用他的茶園。這邊蓋一測候站，那邊豎一支電塔，佔用了老林許多茶園用地。

帶著近五百萬人民幣來中國大陸種茶，卻為著不到十萬元的缺口著急，老柯氣急敗壞的心情現在我才能體會，一文錢逼死英雄漢啊，我替老柯掉眼淚。

然而識時務者為俊傑，叫罵歸叫罵，先軟的一定是他。他也曾追隨主旋律，以愛國者自居，為表忠心，常在各種場合表演舔共，大讚黨跟政府英明。聽黨話，跟黨走，感黨恩，反獨急先鋒，老婆在台卻很少回去，每逢節日慶典必掛五星紅旗，只圖一改形象。

但是純種的台灣人，台灣的世家少東，不會說大理土話，不喜歡吃本土白族菜，歌只唱台灣歌，喝只想喝台灣茶、吃台灣菜，最拿手的是台語歌〈愛拚才會贏〉。老柯來這三十年裡，除了茶，有什麼讓他愛上的？別提女人了，一提就怕，又老拿台灣姑娘來比較，任誰都不信他愛大理是真心的，我就第一個不信，因為他太台了。

我是台灣外省人第二代，台語不太輪轉，但是老柯只要看到我，台語像自來水般順流而出，他的國語太彆腳了，我情願他說台語，為此我還介紹了一個福建廈門人給他認識。他們談得天花亂墜，我反而成了難以啟齒的外省人了?!

我這個廈門朋友想學茶，我把他介紹給老柯，幾天下來，朋友高度讚揚老柯的功力令他敬佩，但對他的家居生活不敢恭維。沒辦法只好有事弟子服其勞，替他打掃衛生了。

另外一對情侶想租老柯的茶園，托我介紹，老柯看在我的份上，特別克己，租金超級低，那對情侶也佩服老柯的本事，願意拜他為師，也承擔了許多茶場的雜事。可見，老柯的茶功夫放諸四海皆大歡喜。

老柯白天應付外患，各項疑難雜症，疲於奔命，晚上還要處理內亂，穩住後宮，只有與我打球吃飯，才能吐點苦水。他常說這都是命，還有什麼話說？他酒後真言道，教授，什麼是共產黨專政你慢慢體會，我是領教夠了，我現在才能體會為什麼國民黨打不過共產黨。

他說，你要台辦給我錢？怎麼可能？他們只進不出的，歡迎你來你買單，趕你走也不送，不能亂說亂動，要你配合演戲不演還不行，求鬼抓藥方還能活到今天，我是少數中的少數，關鍵是不爭，我早看淡也看破了。

是啊，人在屋簷下怎能不低頭，老柯單拳難敵四手，成天遭到疲勞轟炸，軟的不吃來硬的，內部又不團結。老柯嚥不下這口氣，非爭個魚死網破，但是孤掌難鳴，八方風雨，四面楚歌，據說老柯已經動搖，已不再堅持己見了，但是具體而微到多少?!我就不知道了。

老柯老了，採茶、做茶、出工、走路都慢下來了，腦子也不好使了，常常丟三忘四的，約定打球也常搞錯時間，只能疊聲道失禮，歹勢。多年的風吹雨打，輪番折磨，早已經把他的稜角磨平了，昔日的雄心壯志，早已抛到九霄雲外，如今只有打球做茶還能看到一絲過去。

比起其他台灣人老柯不認為他失敗了，我也覺得老柯有股台灣人不服輸的精神，論做茶，他的茶最有創意，他的口頭禪是台語「叫我第一名」，他深受日本人敬業精神的影響，滿口的日式漢語，跟他學茶的常常聽不懂他說什麼，但是他一示範就都明白了。

他承認中國大陸是產茶大國，但是台灣才是製茶重鎮，他的台灣阿里山烏龍茶系至今遠近馳名，冷泡茶製法令人稱奇，蟲咬茶更是開風氣之先。他有個夢想，搞一個茶藝大賽，把台灣茶推上高峰，我也一度想幫忙，但是深入了解後打了退堂鼓，沒有政府支持太難了，而老柯與官府的關係不提也罷。

他的球技人人稱讚，他的台菜也是遠近馳名，在台灣未必能出頭，但是在大理真的沒幾個人贏他，老柯常掛在嘴邊的一句話，外邊吃不到。

之前老柯在山下鬧區搞了一個台菜館，正宗的魯肉飯、魚丸湯、牡蠣煎、炒米粉，的確有家鄉的味道，但我回台不久就聽說收了。這是他引以為傲的事，可是他的經理方式及身體確實無法負荷，只是每次經過該處仍感覺口齒留香，懷念不已。

都說老柯的失敗在做人，我持保留態度。論他的做人處事態度不是完全不對，像對待員工，不但有傳統文化體現，也有濃濃的東洋味、台灣味，他重感情、講義氣，跟過他的員工徒弟都有體會。但他瞻前顧後，優柔寡斷，身為一個生意人他是不達標的，老友一語中的。又說，做人，老柯是個老好人、濫好人，做事就不敢恭維了。他不識時務，搞不成事，他的人倫世界在台灣，他的茶道精神在日本。他缺乏中國大陸的現實文化，不懂現在的中國人，他永遠不能融入大理。橘逾淮只能為枳，老柯可謂最佳寫照。。

老柯的茶靜靜躺在山上，老柯凝視著他的寶貝，久久不願離去。我坐在他茶室喝茶，看著牆上掛的茶賽獎狀，感慨為何不能換出錢。也許朋友說的對，他真的不懂賺錢，或者說錢並不重要。從五百萬玩到十萬都拿不出手划算嗎？回想老柯面對塌樓欲哭無淚的表情，我常想，老柯來大理是對的嗎？不來或許更好？大理真能圓了他的茶王國之夢？別人能，老柯台味太重，阿里山與蒼山不同，洱海與日月潭互異，想把它當故鄉，只有一個字，難。

谷底遊魂

在中國大陸絕對找不到你要的桃花源。

住在桃溪谷的谷主許隆兄，離開中國大陸前要我斷了這個念頭。回台灣去，大理不是你的桃花源，他再次勸我。

為什麼？我不信，我大理有一畝地，為何不能做田舍翁？相信我，許隆說，再多的地也不是你的，你做不了陶淵明。笑話，我就要在大理過我的田園生活，享受田園之樂。

我在大理的好友許隆，年前舉家，不對，舉族離開了中國大陸，搬到泰國清邁，打算定居此處。

原先我以為他只是投資移民，搞定後會回來發展的，事實證明我錯了，他在那裡紮根，當泰國人不會回來了。

他把所有的資金從中國大陸抽出來，全砸在清邁的土地上，打算入籍泰國，以他鄉作故鄉，重新做人，做個外國人。他說，國籍不重要，重要的是做個自由人。

我沒想到他會如此徹底的離開中國大陸，沒想到他對自由的要求這麼高，他實踐了做自己的主人，但是這樣做划得來嗎？

許隆比我小很多，但也五十了，我想，天命年的他做此大決斷也符合天命吧！

他是我的鄰居，我住桃溪谷口外，他住的是更裡面的桃溪谷，一個風景絕佳的美麗河谷，在大理，在雲南，甚至國內外都極有名。谷裡又以他佔地最多，營商勢力最強，我們大家都稱他許谷主。

其實許隆根本不喜歡營商，他喜歡讀書，在谷裡最大的建物不是客棧，而是圖書館。他自己的圖書室就有兩個，藏書萬冊以上。他原來是教書的，開圖書館為生，最後成為江湖逸民，他的確是個傳奇人物。

許隆是杭州人，從小就非常聰明，高中還沒畢業就被認為一定可上北清交，但是他卻選擇住家附近的杭州大學物理系，他說，高中時他就認為沒有必要讀大學，因為讀高中都是多餘的。

怎麼說他呢？簡言之，就是那種不喜歡制式教育的讀書人，只想吸收知識，不想被體制洗腦。

他在大二甚至大一就學完了大四的課，沒啥新鮮的，師長希望他讀研，他說連本科都是多的，還讀什麼研？

畢業後，他為了感謝高中老師們沒逼他惡補，沒管他上課，答應回高中母校教物理，只兩年就把班上的物理總成績衝到全校第一，校方要留他，他不願意。他說，我是反對在體制內學習的。

他教了兩年物理，用的方式非常奇特，他不按照教科書內容，也不照教學進度，自己帶著學生，上什麼課就做什麼試驗，室內外不限，懂了就好，結果考試並不輸給其他班級，同時效果更佳。他說早就看出學校那一套，是學不好也教不好學生的。盡是些瘋話、狂語，學校也不強留，他離開後沒有找專業的工作，竟然開了一家書店。這個彎轉得太大了，沒有人看好，看來病得不輕，但是誰知道，五年內他一年一家有了六家店，成為書店業的奇蹟。

他的成功之道就是科學開店，他重視調研，重用電商平台，是網路購物的先驅者，不壓貨、不脫期，講的是信用、質量、效率，凡是他的書都能品質保證，別人競爭不過他。

但是當他事業如日中天的時候，他卻突然變賣了所有書店，套得大筆款子，轉而投入房地產業，幾年後他就身家上億，那時他才不到四十。

他回憶當初決策毫不掩飾自己的獨斷獨行，說關就關，說走就走，絕不拖泥帶水，做這行改那行一點都不含糊。

你相不相信我只花了一個月時間就賣掉六間書店，只花同樣的時間就在大理做上億的房地產？老許問我。

我沒有懷疑，只是問他為何賣掉書店？

書店的利潤有限，開的家數越多利潤越薄，實體店打不過電商。行業有他的生老病死週期性，該走就要走，走了並不表示不讀書不買書了。老許說，我走時帶了一整車的書去大理，成立了我的圖書館，我是一定要讀書的。

那你為什麼選擇大理住？又來大理炒樓？

大理是讀書的好地方啊！他說，尤其是我的桃溪谷，你也住附近應該同意我說的，是吧！至於炒樓，我沒炒樓啊！大家信任我，我選擇投資大理，雖然有人懷疑，但是也有人不懷疑、信任我，相信我會替大家創造財富。

大家對我的為人是信得過的，只要缺錢一定幫忙。我不是借錢，我是替他們投資，我用他們的錢買房，幫他們賣房，利潤我抽兩成，大家開心，是吧？他要自己賣就告訴我一聲，把房子還他就是了！很簡單，不傷和氣。

來大理，朋友推介到桃溪谷看看，一看被好山好水感動了，再一調查，乖乖，地皮越來越貴，後市看好，他又揪團一股腦兒鑽進了大理的地產業，不但租下桃溪谷大塊地，整個大理蒼山洱海畔都有他的投資，最多時不下百餘個單位，雖然比不上沿海大腕，卻也算是大理知名人士啦！

我都是賣給認識的人，不搞大規模買賣，我的利潤有限，真正賺錢是客棧。我們都知道他的「桃溪吧」與友人開的「莫催茶室」及「桃花源酒店」並稱桃溪谷三寶。獨到的眼光，敏銳的嗅覺，乾淨俐落的操作，桃溪谷的聲名大噪，成為大理必看的一景，參訪者絡繹於途，說不盡的風光榮耀。但是，老許不以此滿足，他有一個理想國要實現。

我跟他有過多次的長談，我一定要搞懂老許怎麼這麼牛，他也願意交我這個從「國統區」

來的「假」大理人。我上山必帶兩包煙，他必然以好茶好酒好食相待，並保證滿載而歸。

他不大管谷裡的事，跟他來山上的老鄉親好朋友，分工合作，把生活質量維持在水準以上，他抓大放小，主要還是規劃谷地的未來，以及勤快讀書。說實在的，這種收入豐厚又有田園之樂的日子，我非常羨慕。

他在大理十分有名但也低調，只跟熟友及大客戶來往，他有檔次不差的套房專門接待貴賓。他開我玩笑，可以帶小蜜來住，我只有拱手謝謝。他的朋友水平頗高，跟他上山的基本上都熟，處得不錯。

在大理神神道道的人太多，有些實在是不敢恭維，原以為老許也是這個路術，交談幾次後才發現我的境界有點低了，不能拿他當尋常人，他真的人如其名，有飛龍在天的架勢。

老許的書房與書院建在山腰上，背山面海——洱海——，左右山勢環繞，桃溪從腳下流過，青山綠水茶園相伴，真是風水寶地。我從山下溯溪而上，半個多小時就到了，下山回家只要二十分鐘，我成了他來訪最頻繁的不速之客。

他學的是物理，其實學得很雜，上至天文下至地理，古今中外各家學說，都能侃侃而談，並且有獨特的見解。他能把自然科學與社會科學融合在一起，尤其是對人性有獨特的看法。

他認為，世上先有私才有公，私到最高點就是公了。他反對公有制，但卻力行集體生活。他強調個人自由，卻要求團隊精神。他的事業不走股分制公司形式，只與私人關係為合作對象，他不跟政府打交道，因為，世上沒有公權力，只有私隱權，只有懂得老子《道德經》裡的道，才懂做人比做事重要。誰是好人，誰是壞人？這是根本問題，人與人越熟越好，每個人都只與周遭熟的來往就可以了。

他是學物理的，喜歡用物理術語形容他的理念。他說宇宙有多重維度，人與人之間的維度最難理解，掌握住就可以了。我的物理、哲學相當差，只能理解五六分，因此，我只有聽的份。他的吳儂軟語十分動聽，性情也很溫和，我跟他請教問題，他總是不厭其煩解說，直到我了解為止。

我們相處得十分愉快，維持了約三年，一八年初開始變化了。

之前一七年大理整治蒼山洱海，隔年初就開始動手，桃溪谷遭到斷崖式的打擊，整個谷地建物幾乎全部遭推土機夷為平地，整個官民交涉時間不足一年。

這一年內，老許啟動了緊急危機處理模式，他首先以中國人解決問題的普遍方式—人情關說著手，動用了所有的人脈打探當局的底線，任何一條線索都不放過，連我這個無名小卒，因為跟學界有點交往也介紹了一些老幹部，給他出點主意。

人情關說好像不太有效，有關人士都說這是中央的意思，省裡也沒辦法，何況是習大大親自決定過問的事，誰敢不聽？

然而老許認為，上有政策下有對策，政策要靠人執行的，見面三分情，何況幾年下來官民之間水乳交融還算和諧，實惠也不少給，於公於私有關係的人應該都不會坐視不管的，問題總是有辦法解決。

然而，行不通，交情不大管用，通融不了，不准經營，房舍全拆。

只有走第二步了，發動輿論。從中央到地方，各種各樣的媒體、學者專家、公知大V、紛紛報導大理整治蒼洱新聞，許多事件、糾紛被挖出來，官府懶政、腐敗被曝光，幹部打人強拆也被問責，社會影響很大，普遍認為整治一刀切是有問題的，咸認整治要情理法兼顧，民眾權益要維護。

追本溯源，桃溪谷開發案是官府歡迎外人來做的，政府招商引資，敲鑼打鼓的把人與錢迎進谷裡，如今卻翻臉不認人，說趕人就趕人，這未免太絕情、不合法，不合理吧?!尤其是經營業者都按照相關法律規章辦理，每家至少都有六張證照，經營完全合法。

但是，沒有用，還是要拆房走人。老許認為這次上面看來像玩真的，聲稱一切秉公辦理，依法處理，既然說情說理都沒有用，惟一的辦法只有走法院這條路啦！打官司告官，由於證據確鑿，又是依法辦理，官府顯然違法，法院判定原告勝訴，老許終於贏了。

但是看了判決書，他知道這只是贏了面子，裡子還是輸了。判決規定，補償損失，但是還是要走人，然而向誰要補償？誰該給錢？都模稜兩可，不清不楚，官府相互拉扯互踢皮球，賴不掉就說沒錢，推給上面，再往上級層層請願，最終還是沒錢，你跟誰要去？

我不知道拆遷的細節，因為又離開大理一陣子，再回來看桃溪谷，房子已是全部夷為平地，只剩一小部分未拆，其中老許的書房、書院沒拆，但是不能會客、辦活動，也不許營業，又加上防火封山令，基本上只有絕了做生意的念頭，過去的好日子不再有了。

老許舉家遷到山下自己的客棧住，他及家人朋友，整個家族是不愁沒地方住的，我們還照舊走動，他也不太提山上的事，我也不提。就在我以為完事了，老許在山下安頓後，應該會繼續他的買賣，再搞房地產事業，結果不然。一天，他忽然告訴我要離開大理了，我以為回老家或其他地方發展，結果不是。他說，他要去泰國，不再回來了。

前後不過幾個月，老許就完成了舉族遷徙國外的壯舉，整個遷移計畫如此完美，絲毫不拖泥帶水，不清不楚。我問他什麼時候決定的？他曖昧笑笑，吸了口菸，低聲說，政府要整治蒼山洱海時我就知道要走啦！

哪有那麼玄？我不相信要他再說清楚一些。他看了我一眼，語帶譏諷地笑我，老兄你太不了解中國大陸了！當我知道非拆不可時我就知道非走不可。

你什麼時候知道的？我問。

這裡你是打聽不到的，我有辦法知道。他答。

那你又為何還打官司，搞得像真的？我又問。

這都是走過場給外邊看的，讓他們知道，近十年打造桃溪谷把它搞出成績，我也賺了錢，如今被取締好像犯法似的，這個我不服，士可殺不可辱，其實我是合法經營，用我的本事賺的，我做事做人都是光明正大，何況，打贏官司就有證據，早晚有一天我會拿到該給我的補償。

我實在是後知後覺，如今他這麼一說我如夢初醒，恍然大悟，我仔細回想他說的話，做的事，早已顯示他要遠行了。我一幕一幕的湊起來，終於拼湊出全圖，原來他總是走在形勢發展的前面，他的預測都很正確，我心裡暗自佩服，老許實在太牛了。

以時間為經事件為緯，我發現老許走的每一步都極為高明，都是先走一步，又給下一步留後路。從早期讀書，中期創業，到後期找尋出路，規避風險，他都好像早已了然於胸，從容不迫。

從整治谷裡到他下山前，前後拖了一年多，他也認真挽救，不到最後關頭絕不輕言放棄。他有步驟的處理自救行動，非常有理有節，看得出他很珍惜這一切，換了我也是不可能輕易放棄，畢竟，這麼好的地方真是難求，所花的心血非筆墨能形容，所取得的利潤之豐厚也是不能說的祕密。其實已有徵兆，他跟我大談泰國多好、清邁多好，如有可能，外國分校一定選清邁。他想在那裡辦學校，我當他講著玩。

同時，他常跑泰國，不搭飛機走陸路，也曾邀請我去看看，我沒空也無意出國發展，他搬下山後忽然送我很多書，又送酒，也邀我去看他的房地產情況，暗示要求售套現，可以便宜賣我，種種跡象我居然看不出他要動了？真是太遜了。

但是，萬事開頭難，一下子幾十號人移民國外，哪裡去湊這麼多現金？光是買地就是一筆大錢，房地產不景氣，能一下套現這麼多錢？

他得意的拿出存摺，朝我面前一放，自己看。一筆筆的美金進了他的戶頭，時間都連著很近，二十五個人每人五萬美金，出去前立刻一百多萬美金幾天就搞定了，再要打聽就不說了。

我不止這個疑問，還有一個疑團，誰會相信你的計畫？我記得，他在某幾天也向我集資一起搞投資移民，也以最低價要讓一戶房子給我。我還在考慮中他就都搞定賣掉了，我有點不好意思。

劉老師你不必這樣，你我畢竟才認識三兩年，又是台灣人，在大理有地有房，不會急需買房。我是跟你特別投緣，你也去過清邁喜歡那裡，也想搞教育，你們台灣人去泰國很方便，辦匯也簡單，我只是以加盟方式順便帶上你。這次不要下次再說，不要有壓力，完全隨緣的。

他就是這麼好樣的，把我的五臟六腑全看透了，我也無法再挑釁了，但是我還是不懂他要錢真的就隨要隨有？他說，也不是那樣，只是他們相信我，完全相信我，相信我不會吃他們的錢，一時拿不到利息或回不來本，都當做為了辦更重要的事，相信遲早一定會本利都回的。

跟老許合作的條件是誘人的，錢交到他手裡，他不但代操作買賣，成交後還本利皆回。他的金主都是熟人，不熟不行。我就曾經開他玩笑，也讓我入股，他拒絕了，我要租山上的小客棧他也拒絕了，他說，他不了解我還不到談錢的份上。

他透露，做人就要替他人想，做事就要想到未來。讀書，就是為了明白道理，道，是根本，最難懂。

他的親朋好友是他闖蕩的本錢，但是不管賺不賺到錢，該還的錢，不管是本是利都要按時給，不能拖不能賴。他說，他們這麼信任我，我當然要首先考慮到人家的權益，我虧了還可以再賺，人走了就沒啦！我喜歡看高陽小說裡的胡雪巖，拿他比較，他不完全同意也不否認他老鄉胡雪巖值得一看的，但是老許認為他缺乏管理，也識人不明。

老許搖晃著存摺對我說，這都是多少年的關係了，經過多少次的考驗了，我要用錢他們能拿出多少是多少，很少問我用途的。像這次用錢也是不問，直接打給我，哪怕我捲款潛逃，他們也相信是到海外投資去了，這世上最難得到的就是信任，只要能贏得信任，就可放心做事了。

他用這些錢買了地蓋房子，還是賣給自己人，不熟的不賣，把在大理的桃溪谷社區觀念移過去。五十餘畝的社區已陸續開工了，據傳，他還要買更多的地蓋更多的房子。我想，他的桃花源離實現不會太遠的。

我已經多年沒見過老許了，他不願意視訊，也不喜線上聊天，回應都是短得不能再短的幾個字，但是他左右的人還是告訴了我他的近況——好得很，別人想家，他的家早就在清邁了，家人在哪裡，哪裡就是家，國家他是顛倒唸成家國。他四海為家，不是非要個祖國不可。

在桃溪谷，老許帶來數十號鐵桿的親朋好友，十來號家庭，不接受單身，為的是一個完整的家庭，才符合谷裡親子關係的生活，所有的設計都是以家庭為單元。他開我玩笑，把老婆從台灣接來就可以進住。她在台北上班，故意出我難題，我知道，也是間接說不。

老許重視家庭價值有一段不為人知的過去，他的太太及岳家在他創業時幫助很大。老許知恩圖報，不但疼愛嬌妻也善待岳家，每年都去江蘇鄉下看望岳父母，幫忙內兄弟姐妹發展，招待來谷裡玩。岳父有一大伯小時候很照顧他，四九年去台，老許找上我幫忙，我查出真相他岳父很謝謝我，老許送好酒給我喝，跟我處得很好，為人義氣。

老許對台灣頗有好感，但也受到宣傳影響，認知還常常脫離不了黨八股，不認同台獨，但對台灣的民主憲政、自由與人權、法治社會頗多讚賞。買了許多書，交了一些朋友，我常笑他，還好他沒來台灣發展，否則頂級富豪絕對有他。

全體谷民過群體生活，男有分女有歸，各司其職，各得其所，各展其長，勞逸均衡，財務公開，定期開會，集體決定，真正做到了民主集中制。谷裡施行自主管理，自我學習，沒有上下之分，只有權利與義務。

這裡沒有學校，小孩不送外面接受體制內教育，大人不到外面上班，親子關係是最為重要，強調共同學習，非但不鼓勵家長教小孩，更希望家長向小孩學習。谷裡學習場所就是一個大圖書館，外加一個大自然，擁有森林小學加大自然教育加自我學習多重功能。

我初期不認同這種教育，又說錯了，這種學習。我糾集了我在村子裡面五個小學初中生，他們都是我義務教英文、語文、數學的，六個人浩浩蕩蕩上山踢館，結果大敗而回。

我的學生英數理化處處不如山上小孩，課外讀物也不如，更丟人的是，連課外活動體能項目也不如，令我痛心疾首。更讓我臉紅的是生活習慣，山上的小孩不怕生、友善、大方、陽光，贏了不驕傲自滿，我們輸了卻是扭頭想回家。

吃飯時更拉大了差距，山上採自助餐式，吃多少拿多少，我們這一家先禮後兵，先客氣你推我我推你，之後不夠吃了，又爭先恐後，吃相難看，飯後也不洗自己的餐具，丟人啊！

老許談起當前教育一臉痛苦，痛批不當，說他初中畢業就知道不必升學了，學校教的都不是知識，他絕不讓下一代再受害。他知道我在制式教育裡有完整的進程，他嗤之以鼻，我提倡的中華文化復興更是一臉不屑。為此曾經論證得面紅耳赤，他堅不可摧，我卻有點被他洗腦，也覺得在大自然裡不教育就是教育，我姑且論做全人教育。

他的理論影響了我，我原本是教育改革派，因為他卻變成了激進派，我在中國推廣國學，也逐漸發現，問題真的很多，多到只有推倒重來。他推薦一個網站混沌大學網，進去後立刻被它吸引了，甚至發現老許也偶而在上面講講課，網上有許多他的影片，都是幾年來在桃溪谷及其他地方的活動與講課。原來老許真的有兩下子。

他有他的一套人生哲學，有他一套理財治家方針。他對金錢的看法也有一套，他認為需要用錢錢才是錢，錢要用出去別存著。他說，投資十塊賺一塊跟投資一百塊賺十塊哪個好？當然賺十塊好啦！賺的錢再投資賺取更多的錢不好嗎？

所以老許不斷投資，不斷賺錢，投資對象要有眼光，書店、房地產、海外學校都是他的前瞻決定，事後也證明他是對的。我是烏鴉專門講喪氣話，故意逗他怎麼還在桃溪谷？怎麼風險管理一蹋糊塗搞的被一鍋端，政商關係不是大好嗎？

他不做聲了，這也許是他永遠的痛，也是他遠走高飛落腳異域的無奈，但是他還有一番說詞，他並沒有輸，在別人的地，別人的家，別人的空氣，別人控制一切的情況下，比起別人破產走人，我換現走人沒啥損失，況且帶給我的教訓一輩子都受用。

這是怎麼講？我問。

他說，我終於證明了先有私才能達到公，有土斯有財。我去泰國不去緬甸、越南、柬埔寨，就是這個原因。他跟我大談在清邁的藍圖，數百數千畝的地，數不完的家庭，自由自在的擁有自己的土地家園，他心滿意足了。

他透露，他在桃溪谷的投資並不多，經營五六年已賺回來很多，後來幾年都是淨賺，對股東已可交代。習一五年在大理考察我就猜想要整治洱海蒼山了，我後三年都在守，為的是觀察官家的舉動。

他說，層峰鎖定蒼洱整治與秦嶺大拆別墅，來測試自己的權勢也是可能的，總而言之，這已升級到政治任務，必須雷厲風行，寧嚴勿縱。果然一七年頭就全面大幹了，我在之前已做了準備，隨時都可以一走了之。

反而是，他接著說，去哪裡？做什麼？是我考慮的事，人與錢已不是個事，基本上要離開中國，出國，去哪裡還是沒有準的事，等到溪谷不保，清邁就列首選了，還是先幹本行，因為泰國是個保護私人財產的私有制國家，將會有很多像我這樣的中產階級去那裡，做房地產絕對行。

但是只是經商格調太低了，老許說，我的桃花源只有私有制且法律保障的國家才能實現。他認為泰國未必是個民主國家，但確實是個法治國家，不分國籍私有財產都受到法律保護，這是與中國最大的不同，決定了一切的成敗。

清邁又接近中國，中國人很多，沒有離開的感覺，經濟上受中國影響很大，尤其是物質生活，衣食住行幾乎都是中國製，連通訊都一樣。清邁是個佛教勝地，與大理很像，又是高原冬暖夏涼，民族性差不多，生活起居都也方便，就是它了。老許評估的結果不但去，還要大幹一場。

據我所知，我說，泰國也不是很開放的國家，也強調保護本國人的權益為第一，好像外國人不能土地買賣，你還是要借人頭做？容易吃虧上當受騙，你一個外國人能得到什麼好處？

他笑笑道，我又不賺泰國人的錢，怎麼會吃虧受騙？你知道的，我是專做自己人生意的。買我房子的，上我學校的都是從中國來的中國人，把在大理的計畫照做一次就好了！我雖然不能辦學，但我已盤了一個國際學校，董事長是泰籍華人，穩當得很，一切按照規定，高手在民間啊，哈。

是的，我懂了，人民幣淹腳目，中國大陸現在有錢人不計其數，中高產階級移民國外比比皆是，人流、錢流都不是問題，反而是軟實力尤其是精神層次欠缺，小孩教育就是一個大問題，想擺脫應試教育，又不能不想到就業問題。

老許打算以自己這群在桃溪谷的谷民為例，在異鄉再建一個桃溪谷。他說，中國人有很高的智慧，只要讓他們自由發展，啥事都不是問題。我隱然覺得這莫非就是他心目中的桃花源？還是還有更讓他嚮往的桃花源？他的世界本來就不是黑白分明的，灰色地帶是常態，大

席老師，他們又動工了！

怎麼會呢？不是說好停工嗎？

不清楚，剛剛志願者說河道好多工人，挖土機又在挖了。

席老師是大理知名的保育專家，他是大理的良心。

走，去看看！

果然，在溪邊一群工人和機器正賣力的開著工。席老師怒不可遏地衝上前去理論，他怒火中燒質問，不是說好停工等報告嗎？

沒有啊！我們只是奉命行事，叫我們趕工。

席老師忍住怒火，撥打手機找負責人。

打了幾通電話，有的回不知道，有的不清楚，有的乾脆不接。他怒氣沖天地罵道，這跟土匪有什麼兩樣？

大理整治溪流，把河道用水泥抹成三面光，像個滑梯，不但不能治河而且毀河，他與志願者抗爭了很久才達成協議，停工，等上面的裁示。然而沒想到還沒到期就又動工了，而且說好事先會有通知，可誰知先斬後奏，甚至根本不奏。

一個志願者冷冷地說，暫時停工只是緩兵之計，預算早下來了，根本不可能停工。

席老師是我在大理的好朋友，土生土長的大理白族，夫人是北方人，兩人的南北合是因共同的興趣與愛好。女方被老席的堅持感動，在大理共同開展保育、環保工作，夫妻倆善良的心感動了許多人追隨，創建「野生大理」，追尋他們的理想，成為大理的一段佳話。

我與他的專業可以說完全風馬牛不相及，他過他的野外人生，我當我的田舍老翁，沒有共同話題。只是他非常喜歡歷史，還是國共關係史，也去過台灣多次，在機場買了我的書，認為寫得好，把我捧得很高，這才逐漸熟識。

老席其實比我小幾歲，但出道很早，最早在動物世界欄目當攝影，在電視台上班，在各地做動物節目，發覺動物受到人為的傷害，環境也受到破壞，辭職回鄉成立保育組織，為保育做了很大的貢獻。

我自己也很喜歡動物，一輩子喜歡登山、溯溪，也養成了愛護動植物，以及環境保護的觀念，但是認識他後卻只跟我談歷史，也常常傳些禁聞給我。我只奇怪他不好好的搞專業，搞現代史尤其是國共關係史，肯定是吃力不討好的事。我就是不想再搞歷史了，改為關懷學習教育，他仍不改其樂，只跟我談國共兼及時政。

他對歐美日先進國家的環保、保育工作讚不絕口，他在保育上的傑出表現，讓他經常受邀出國演講及領獎，對外交流的機會讓他視野高度高出國人很多，交了許多外籍、港台同行或不同行的朋友，聊天的話題就不只保育了。他知道我在搞關懷老兵活動，也很興奮地說他家族也出了很多抗戰英雄，還希望我能幫他在台灣弄到更多的資料。

他剛剛從台灣參訪回來，太忙沒給我看他的收穫，但言談間我知道他除了專業對口外，也跑了不少地方默默觀察，他總的來說，台灣，不錯，值得再去。

他前後去了兩三趟，我們的聊天素材越來越多，他也批評了台灣用電太多、冷氣機泛濫、遊覽車密閉空間不能呼吸新鮮空氣、大潭島礁保護，都與能源有關。他說，電是大自然的鴉片，讓我印象深刻。

他也跑了不少政治符號頗濃的地方，也逛了書店，買了許多該買不該買的書，臨上飛機在機場書店還買了我的書，也令我印象深刻，直覺他是個很不一樣的人。

老席交我這種少數不同行的朋友，我的猜測有幾點，一是台灣的保育、環保工作可能比中國大陸做的好一點，他恨鐵不成鋼，希望中國大陸跟上；二是從小印象中的國民黨反動派在台灣怎麼沒倒？下台了都沒亡黨？為何跟台灣人的交流比中國大陸同胞還順？三是同為中國人，但是制度不一樣產生不同的生活方式，而反應在對生命的態度不同。他由好奇進而追本溯源，回到了解放前，我是一個三方面都沾點邊的老哥兒，就是他少數不在解放區生活的朋友，當然我可以給他不同角度的看法。

他的攝影作品屢得國際大獎，長年在外，奔波於大山大河之間，若不是微信，很少見面，要不是我不在大理他在，或者他有空經過我家我卻不在，總是失之交臂，這樣居然也維持了有五六年的交情。

我在大理很少朋友，家裡有事都是岳母出面解決，家旁邊堆了許多廢棄物。岳母解決不了，我找他幫忙，他也很熱心找人，雖然對方來頭太大沒移走，我還是非常感謝他。他又送了我一大套國家地理雜誌，這可是我的最愛，另外吃吃喝喝，參加活動都沾他的光，所以我們處的很好，當然是我巴結他的時候多。

嚴格講老席是攝影師，說他是保育人、環保人都不太妥當。他用鏡頭說話，他成名於拍攝大自然的美，尤其是動植物的美，他任職專業攝影師拍的動物世界，是那麼的多彩多姿，醜是不在他的眼簾中，然而因為人類的無知與貪婪，讓美的變醜了，自然的變成人工的，沒了生命，他就不答應，鏡頭裡的東西就不一樣了。

他的唯美主義作品變成了驚心動魄的恐怖世界，經過幾次保護動物的抗爭活動，他的理念發生了變化，他在大自然中體會出，山林之美離不開環保，保育活動也離不開環保，而環保離不開公權力的介入。因此，與公權力站在了對立面，在官方眼中，他是烏鴉不是喜雀。

早在三十年前，他就發出了不平之鳴，也導致他離開體制回歸自然。從金絲雀到單頂鶴，從黑熊到羚羊，為了棲息地，發生了許多事，他都沒有缺席，而且是主角。

他首次報導藏羚羊被大肆虐殺的現場；金絲猴棲息地、綠孔雀的原始森林遭破壞；非法捕殺野生動物，他都衝在前面，引起了廣泛的注意，但也因此不安於位，離開了金飯碗的電視台。

他在國內外頻頻得獎，並未沖昏他的頭腦，反而讓他更深層的反思。保育與環保是雙胞胎，一體兩面，他在報導金絲猴事件發現，經濟因素影響著環保，大片森林被砍是為了解決財政上的困難，而官本位的體制，讓他體會必須與官方打交道，但效果受到官僚體制的制約，收效不大，有時候反而是犯罪者的保護傘。

他由一個單純的戶外攝影師，到專業的野生動物攝影師，到保護動物的攝影師兼保育員，再上升為環保者，最後成為社會、社區的守護者。他的心路歷程，讓他從動植物的世界擴充上升到人與大自然相處的公民社會。

媒體報導他的攝影生涯：八三年因為喜歡鳥兒而產生學攝影的念頭，到變成今天著名的環保鬥士，他的人生二十多年就在山間溜走，而自己抱定的職業卻越發凋敝，孤獨疲憊常常莫名的襲來。像金絲猴的事，雖然經過他奔波吶喊保留了一小片地，但因為不能和其他種群交換遺傳基因，最終導致物種退化。

媒體報導他的心聲：每天都有物種在滅亡，疾呼我們還有那麼多的物種，從來沒有被影像記錄過。

直到現在，打開他的微信，幾乎都是保育類信息，光十一、二月就發了批評衡熱搜：北京通州大鴉生存問題嚴重、觀鳥需要培養保護鳥的觀念、野外工作求生術、讓猴子抽菸是罪惡、衡水野生動物園炒作沒下線、雪豹日談雪豹保護、雅魯藏布江需要成立國家公園等等。

另外，環境保護運動無日無之，對家鄉滇藏邊區尤其是注入心血。保護高黎貢禿杉，三江源國家公園成立，在他的公眾號裡，幾乎是一個大事記錄片，若要了解中國的環境保護與保育工作，只看看他的公眾號已算基本掌握了大概情況。

媒體說，二十多年的拍攝，將老席塑造成一個悲觀主義者，他沉默寡言，身體越加瘦弱，盡管已經下定決心，要拍到無法再拍為止，但在內心深處，他對自己所拍攝的物種的未來似乎不甚樂觀。他說，我所能做的，只是盡我個人的最大努力，有些事情是一個人無法改變的，是注定要發生的。

他由保育到環保是極自然的事，因為他的家鄉也發生了破壞環境的事，算來已有五年的時間。從最近的二一年四月往前推到一七年，蒼山十八溪中的桃溪、雙鴛溪、白鶴溪等溪流，都出現許多工人，正在為溪底施工做硬化，石頭已清出，工人正抹上混泥土，俗稱三面光。原來彎彎曲曲自然天成的美景沒了，實在太醜了。

我家就住在桃溪旁，是我最喜歡的蒼山十八溪之一。我認識發信息的志願者，他是老席的學生，我知道，老席不會不管的，因為我與他的微信也有很及時的信息，他在大理是張名片，是個良心，我深深以他是大理鄉親為榮。

但是事實上大理的環保卻是更加惡化，五年來越來越多的溪流被整治，被三面光，抗爭沒有絲毫效果，老席的出面並未能阻止官府的一昧蠻幹。

但是，由於老席擁有的知名度以及專業知識，官方不敢來硬的。每次的抗議，換來的結果是很快出現的反駁，施工單位頻頻出現在他的辦公室，向他說明項目的前因後果，幾番論證下來，最後案子仍就照做，官方仍我行我素，沒有感到什麼不妥。果然，規律性的對話永遠存在，老席認為工程本身就是偽命題，靠工程無法改變大自然規律，不能改變枯水、豐水期，不能替天行道。

老席斥責對方完全搞錯了對象，蒼山流下的溪水都是一類水，是沿途的人為污染，不去處理污染，去折騰十八溪作啥？這是反治理的。但是，同樣的，他的話對方當做沒聽見根本不回應，雙方沒有交集不歡而散，等下次再說。

經過幾次口水及拉扯，結論依然不改，通常施工方會趁著老席不在或者再開了一兩次會，提出所謂的優化方案，誠懇保證只對河床整治，不動兩岸。

但是這又是個偽命題，老席與志願者仍不答應，但是志願者，哪怕再多的學者專家撐腰，官府依然我行我素，為所欲為。工程暫停後很快又動工了，而且追加預算，搞得更大。

老席搖頭嘆息，再努力也無濟於事，像保護動物一樣，最終總是保護不了。據了解，五條溪的治理工程已開始啟動了，老席覺得無力且痛心，政府本身就是在唱雙簧，一邊說要環保，一邊說要建設，最終總是建設站上風。

當時我不在大理不了解細節，回來後問老席，他兩手一攤，長嘆一聲跟我說，老兄，四年前我家旁邊的溪流被毀了，我救不了，你家旁邊的桃溪也是一樣的命運。

原來，他也有切膚之痛？他的挫折感不是今天才有。

我的確不太了解他，因為認識的時間太短，但是要了解一個人的概況倒是不難。去網上一查，才驚訝發現老席竟是世界級的名人，他像透明體般任人瞧個夠，他在網上是那麼的正能量、偉大、光明、正確，他得了好多第一、好多獎牌，也得到很多物質回饋。

但是我與他相處發現他真的很不快樂，為什麼？

為什麼他會失望、遺憾、生氣？他在大山裡的故事我都沒能親眼目睹，他在疾呼保護稀有動植物時我們還不認識；他在大理滇西，老家的環境保護運動我也沒參加。但是，溪流三面光的抗爭我卻親身經歷，因為我就住在山下，那些溪流都很近，我常去溯溪。

對的，包括老席家旁邊雙鴛溪事件。那時我雖不在大理，但家人傳來老席家旁邊的雙鴛溪正在大興土木的影片，把他嚇壞了，他們的挖掘機開到他家旁邊的溪裡，在影片中老席比著手指頭說道，我回來就找他們理論。我想連自己家門口都保不住，那真的很生氣、很失望、很遺憾。

因為，一個有愛的人對山對水，與一個只知道利的人或單位，哪怕後者也是說了一大堆理由，都是專業術語，但是因為沒有愛，不認識山水物種，都是些經不起檢驗的科學、偽命題。老席以前是否笑口常開，我是不太清楚，但是他在我面前好像有心事，開心不起來。

老席推廣保育教育也是一本心酸史，經過了幾番風雨，做的仍是如履薄冰，如臨深淵，不但要跟時間賽跑，也要跟人性、官僚周旋。他有時無以自解，只有說，中國大陸不比台灣，辦事很難的。

的確，我的觀察也是如此。首先要審批，通過後還要提保詳細內容，從邀請來賓到領導致詞，都是門學問，常常搞得麻煩死了，甚至視辦活動為畏途。難怪他不開心，抱怨我們可以隨便請人、隨便講，這在中國大陸是不敢想像的。這也許是他牢騷滿腹另一原因吧！

我也有這個感覺，在中國大陸搞活動非常麻煩。我是不太參加這種冗長的會，怕坐太久生痔瘡，又怕鼓掌，喊叫太多，傷了身子。總之，我是深知他的困擾。猶如一隻自由自在的鳥讓他待在鳥籠裡，肯定是不快樂的。

每次見面老席，總是看到一副苦瓜臉，但是如果發現了好東西，他會像一個天真的小孩，告訴每一個他身邊的人，分享他的喜悅。記得有一次他發現了一家餐館的米飯好吃得不得了。他是鄉下的孩子，對米有獨特的情感與品味，能長篇大論講出有學理的高見，不能不讓我佩服。

但是，他的執著有時也是有點不近情理。他請我吃飯，特意來到他讚賞不絕的好米飯店，卻直嚷嚷說不是他原先吃的米。店家解釋再三，從米本身到洗煮都沒變，他仍然堅持到底。雖然我已經萬分滿意整桌的美食，飯也極度可口，但這就是較真的老席。

三年前他搶到了主辦大理電影節的機會，為了特別突顯大理的自然生態環境保護，技巧性塞入了許多環保保育的紀錄片。他的用心良苦，令人感佩，他希望藉由任何方式把故鄉環保保育的問題讓外界更多人知道。

但是官府相反，盡做一些莫名其妙的事，想方設法的搞些項目上馬，為的還不是「馬達一響黃金萬兩」，大家發財。

像我家門前的蒼山大道，沒有一天不施工的。修了又挖，挖了又修。今天埋管線，挖；明天立電桿，挖；今天要維修，不讓過；明天有節慶，不讓走。反正上面說了算，也不提前通知。

路上坑洞沒人理，修修補補糊弄交代，交通號誌稀稀落落，該有的地方不安裝，不必安裝的地點非安不可，該開燈時不開，一開就開一整夜到天明，浪費電。該做欄杆的不做，該有的號誌不清不楚。大家自掃門前雪，對門外的不理不睬。

老席這個鄉下來的孩子，如今已成為國際知名的環境保育鬥士，但是他腦子裡仍只有簡單的是與非、對與錯、美與醜。破壞環境是錯的，反之則對；破壞大自然生態環境是醜的，反之是美的；只要違反大自然定律都是不能接受的。

他與雲南德欽那仁村的故事，是圈內人都耳熟能詳的往事，大家好奇不解的是，他為什麼那麼反對遷村，那麼生氣、失望，整天長吁短嘆不理人。因為違背了自然律。老席生氣不僅僅是由美麗的原始村搬到平庸的違反生活形態的原則，他認為，村民就是要半農半牧，不可以不牧羊牧牛了，這是違背自然生態的，不僅僅是美的問題。當然，也不美了。

不美了？難道住房改善了，道路鋪平了、拓寬了，家裡接上電了，坐上車了，都不美好？不但村民不解，他四周的人也不了解，因為無法進到他心靈深處，他焉能不寂寞？

我的了解是，他要的是自然美，沒有修飾的美。大自然生態環境本身就是美好的，它的美醜會自我調節實現，這種環境就要自然不要現代化，你把它弄得跟別處一模一樣，還有什麼美麗的時候？

我能理解，因為我就是提倡大自然教室的堅強支持者。全人教育，什麼環境就是什麼樣貌的生活，不要企圖改變它，以及它的信仰、價值觀。這麼一說，我相信大家會了解他的生氣。但是他生氣歸生氣，他不快樂的根本是他救不了，他為無能為力而悲哀。想想看，每日坐在自家門前的大石頭被破壞了，他跟女兒沒了坐處，他們全家散步散心的步道沒了，他家四周的花草樹木沒了，他只能哭泣；故鄉十八條溪都將三面光，他也只能哭泣；他眼睜睜看著保育動物被殺、被抓，他也只有哭泣、吶喊；抗爭沒有成功，他也只有哭泣。

我也想從政治角度分析一下老席，首先，他很羨慕發達國家的物質條件。他接受訪問談到，早期拍照不敢過多使用軟片，因為很貴。不敢亂買相機因為很貴。不敢到處交流學習，因為開支很大。他走進攝影師這行業，首先感受到經濟基礎的重要，讓他感慨早年中國的落後。

當中國經濟起飛時，他又痛心於國人的無知與貪婪，官民兩面都「利」字掛帥。身為大自然捍衛者，它為國家的環境危機而焦慮，更為保育成績的不張而哭泣，當然對朝野也不滿，進而對體制產生質疑。

他說，國人沒有權力消費保育動物，卻看到每天新聞報導國人吃掉多少稀有物種。他拒絕出國發展卻未必換得國人的認同，他想做親善大使，卻又無法認同自家的保育成果，當然不能肯定外國的月亮比中國圓。老席不會自我行銷，不懂商業機制，沒有做大事業的頭腦，但是他知道要讓大人物認同他的理念，要站在巨人的肩膀看得越遠。然而他也知道他只是個鄉下人，只是個照相的，他要的不多，還他一個美美的大自然就好了。

媒體說他是個陽光男，笑臉迎人，但是我看到的是他佈滿風霜的臉龐，是那麼深沉與嚴肅。因為孤獨與失望使然，只有見到美的時候才會破顏一笑，要感動他越來越難了，我覺得他已有點麻木。

老席討厭假，剛入社會做事就因為單位作假，拿鳥的標本當真鳥拍攝，讓他立志要拍飛行的活鳥。他原本就是一隻自由自在的鳥，為了解放鳥、猴子、羚羊，他投入了保護動物行列，也期許自己不要被關在籠子裡。穿上西裝面對媒體不是真實的他，老席為了更有效的推廣保育，他不得不接觸現代社會，走進城市，做個現代人。其實，他最快樂的，還是想當那個穿著簡便，奔跑在原野上的小男孩，那個要做鳥人、猴友的原始之人。

何處惹塵埃？

我一直認為，中國大陸根本沒有正法。

洪廟祝堅持己見，始終不渝。

洪廟祝一個大理白族土著，因為守過很多廟，所以大家都叫他廟祝。

在大理他以修廟出名，他說都是夢中為觀音所託，他也赴外地修廟，總共不下十來所廟。

他也守廟，在大理蒼山、雞足山、老家賓川，守茅棚，住山洞，為神祇遷居安位。他做任何事，去任何地方，做任何決定，都是有夢境可尋，他深信夢中所知，以夢修行。

然而，翻開他的履歷才知道，他是半路出家的廟祝，既未出家亦未吃齋，早已結婚，一妻一女，大專漢語專業畢業，做過記者，也辦過雜誌，經營過事業，是個正二八經的知識分子，在當地頗有點名氣。

但是他這個廟祝又與一般修行者不太一樣，他常常批評時政，言談舉止常又扯到敏感話題，民主憲政不離口，以光復神州華夏正統為職志，這就令人不解了。我的看法是，他本質上還是個讀書人，家國之事永遠拋不開。

我們都幹過記者，有著共同的語言，三觀還算合，他對同為臭老九的我非常客氣，執禮甚恭，堅持稱呼我為教授，說我著作等身，史學專家，讓我臉紅，因此容易做朋友，但是他很快就去修廟了，雖然有短暫的交情，見面的機會並不多。再者，我對他一門子心思想出家不以為然，尤其是我覺得好好一個年輕人，有著美滿的家庭，多陪陪家人，跑去當廟祝幹嘛？他聽了還不樂意，警告我再說就不要來往了！

他的倫理觀相當奇特，他只有一個女兒，我覺得少了，便以我的經驗勸他再生。我說兩個孩子恰恰好，三個不嫌多，建議他多添一個，我就想再添一個，但是老婆不准。我開玩笑說想納妾，他嚴肅地回敬我正經點。他說他原本不要小孩的，但家裡老人要，他是長子只好生一個，雖然是個女的，總算是交代了。

我認為不妥，只一個，還是個女的，身為長子，理應再添個帶把的，先開花後結果。這真惱怒他了，叫我不要干涉他的家務事，曾經當眾讓我下不了台，有段時間對我很冷淡，讓我了解到他的禁忌。不過他人好相處，不久又沒事了。

因此，他想出家是真的，因為有家庭才放棄。我看過他在網上懇請某大師收他為徒的公開信，證實他真的有心遁入空門，在信中他直斥說中國大陸沒有正法，要投入修法，締造修行的世界，為大理的地方信仰奉獻上自己的一生。

他這麼執著的心願，讓我欽佩，我也嚮往婆娑世界，他在大理有個勿忘初衷講座，每週一次，邀我為共同發起人，又請我擔任共同主持人。我很榮幸也爽快答應，一年多來倆人配合良好，相互尊敬，十分投緣。我戲稱他東家，他叫我西席，感覺好像我倆已是認識很久的老友了！

回憶我們是在他的恩師壽宴上認識的。那是一六年初，也是他頗為困厄的時候，從側面了解，他大專畢業出來社會工作，前前後後常常為了環保問題跟政府頂牛，又參與了一些公民活動，原本在昆明當記者。好好的工作不保，是他從公知轉型為廟祝的前夕。

我記得吃完了他老師的壽宴出來，在公車站牌又見面了，才知道跟我住得很近。他租民房暫住，我去過，不寬敞，但是非常雅緻，經濟上家累甚重，捉襟見肘，但是他並不擔心，對面的客棧老闆很快就成了他的徒弟，讓他搬來同住，還替他開了講座。

我不清楚洪廟祝何時轉變角色的，但可以確定的是，離開人人羨慕的無冕王鐵飯碗，的確要有很大的勇氣，尤其是一個鄉下孩子，這是多好的工作，失去了它，對父母妻兒如何是好，在昆明這個首善之區如何再繼續混下去，只有回大理找工作。他做過小企業主，搞過網路，做過編輯，當過公知，但雜誌內容他不滿意，企業經營又非所長，公知更是被污名化了，都不如原來無冕王來的實在。

但是他不後悔丟了鐵飯碗，他的才華反而在廣闊的天地之間更能發揮出來，許多人請他幫忙，有文有武，有實有虛，但付出與回饋不成正比，因此驛馬心動，周遊四方。在西藏他受到藏傳佛教感召，讓他有出家的念頭，時人戲稱他為洪喇嘛，但至終沒在藏區出家。

他自陳，初學佛就有出家的心，但沒有勇猛的發心，長期徘徊不定。然而，當局的打壓行動讓他無法藏身西藏，為了不連累友人他告別藏區回到大理，又怕連累家人，老家也待不住，來到大理古城四處流動，擔心受怕，其中的滋味非常人所能體會。他曾寫了封公開信想請一位比丘剃度出家，但種種原因未能如願。

然而，不出家卻又成家，讓他承擔了另一種責任，他要養家活口，但是，面對的還不僅僅因為丟了工作，引起的經濟與物質生活的損失，更多的是社會認同的問題。因為相關當局的管控，常常被迫喝茶，對他身心靈的打擊與創傷更為嚴重，這對一個年輕人是致命的一擊。

他十分徬徨，此時認識了幾位好友介紹了佛門高人，堅定他習佛的念頭，四周都是有信仰、有主見、有修為的益友，讓他把修行與民主自由結合而為一，成了他入世出世間的臍帶。

他一再認為，佛教被無神論者把持，喪失了佛教一貫的獨立精神，目前社會上一些所謂的高僧大德無視眾生家業，或投靠強權，或醉心金錢，把千年祖庭弄成佛法難彰，這都是魔王行徑，哪能配稱佛弟子？

他轉而習佛也是經過許多心路歷程，從對佛的一無所知，進而潛心習佛，之後總結心得，認為佛教所依附的獨立文化土壤，已經被人類唾棄，佛教面臨著巨大的生存和傳承危機。

他說，認識佛法前，我是一位民主事業的追隨者，當下中國大陸倡導民主是最究竟圓滿的菩薩。他人雖在佛門，其實身還在紅塵，愛管不平事。

他認為，自從太虛法師提出人間佛教的概念以來，幾代延續佛慧命的高僧大德以實際行動實踐這一理念，從印順法師到聖嚴法師，都為佛法的傳承做出了艱鉅的努力。

所以，他的習佛，在某種意義上是要發揚民主，因為佛陀是人類的民主先驅，他提出眾生平等的偉大思想，沒有宗教與哲學可以超越。他在佛門要發揚佛陀的民主精神，在凡塵要弘揚民主憲政，境界的確非常人所能及。

洪廟祝曾經莊嚴肅穆的公告天下，我洪某某，一個發起正宗書院的人，是第一個將書院學術化、本土化的前衛佛學家，結合本土文化將白族文化發揚光大的土生土長的弟子，改變轉化白族信仰為真正意義上的書院。

洪廟祝引見我拜會了院長，也希望我能加入書院的運作，邀請我負責儒家學說在大理的研究。也希望運用我在史學上，尤其是近現代史、抗戰史等專案的長處，做出好成績來，我也躍躍欲試，我知道能參與書院的團隊是我的榮幸。

但是隨著原來的院長突然去世，書院面臨了何去何從的考驗，洪廟祝希望繼續由民間團體主持院務，他也希望繼續在院裡做研究，並提升書院的水平，但是院長的子女沒有繼續經營的意願，結果收歸國有，他憤而離開，我也不再心存僥倖了。

他是個入世佛門弟子，心懷當下，習佛從足下做起，為此，他曾為抗戰老兵抱不平，也是少數領頭為遠征軍立碑作傳的人。我身為國軍老兵之後，對大理有著一份難以言喻的感覺，因為我不僅僅是大理女婿，這裡還是我父親在抗戰時期四年的駐地，我很想尋找父親在此地的足跡，我因認識洪廟祝而經歷了一個不可思議的事件。

二〇一二年大理蒼山腳下三月街旁發生挖出遠征軍屍骨遭曝曬事件，媒體及官府、開發商聯合一氣歪曲事實，洪廟祝與社會公知及富有正義感的媒體人憤然抗爭，對無良學者媒體公開叫板，雖然效果不彰，最後不了了之，但是他們的義舉感動了很多人。

洪廟祝跟我透露了一個天大的密祕，我家旁邊不到一公里，也就是三月街與蒼山大道交口處四年前挖出了一批骸骨，有穿國軍軍裝的，也有許多配件如帽徽、肩章、皮帶、鞋子，但是受到污蔑與阻攔，為此他們還差點跟隱瞞真相的建商及記者大打出手。

真的？我聽說此事當時我就懵了，猛然間想起父親經常跟我提及的野戰醫院莫非就在此處？洪廟祝接著我的信息，連絡了許多學者專家，我也經由在地的國軍後人證實，竟然真的是我父親工作四年的野戰醫院舊址。

父親是抗戰時期的國軍軍醫，在大理的野戰醫院當軍醫四年，他多次跟我說過這段往事，我也有心尋找遺址，希望代表父親向這些英烈致敬。居然在無意間找到了，其間的歡欣與激動，真的絕非筆墨能形容，我把這好消息告知家人，大家也同感欣慰。

當然，我也感謝洪廟祝提供這麼好的信息。其實，他還不僅僅是信息提供者，他也是最深的參與者。他告訴我，這件事歷經二、三年之久，如果早認識我可能結果不一樣。

我是一五年才落腳大理打算定居養老的，三年前這件事就發生了，建商、官府、專家這產官學三方，勾結串通想掩蓋事實，不打算停止或改變在烈士遺體遺址上蓋房子。

當地人士許多是國軍之後，或者具正義感的媒體人及學者專家，都認為至少要超渡一下，找一地點入土為安。但是昆明來的考古學家、媒體記者，竟然睜眼說瞎話，指稱不是國軍遺骸，只以孤魂野鬼的無名氏草草掩埋，不打算做任何法會。這可惹毛了大家，洪廟祝是最早領頭抗爭的人之一。

他述說了前因後果，給我看了許多照片、影片，以及他寫的文章，的確在當時起了很大的動靜，引起各界人士的關注。我也接下他的資訊，逐步追查事實真相，結合我早就在台灣查到的檔案，加上父親的講述，印證了他們的看法，這是一個讓我永難忘懷的一件大事，洪廟祝一群人也受到鼓舞士氣大振，認為這是冥冥中神明保祐，也是大家修行的因果，更是我與洪廟祝這段因緣的起始，但是隨後卻不能圓滿收場，美中不足。

話說我與洪廟祝一直以來最想要做的一件事，就是在大理建一個抗戰紀念館，地點都選好了，在市公園用地，結合愛國主義教育基地，以及觀光旅遊業務發展，本想藉由次此烈士忠骸的事件，號召有心人出錢出力，將建抗戰紀念館造起來，洪廟祝也跟我講述了多年以來他努力求助無門的悲傷。

他找上市裡有關人員，打探的結果是此事極為敏感，民間人士不便去做，宗教社團、學術團體也不要碰，任誰去說都沒辦法，此事竟不了了之，洪只有打消在市區公家土地建館的主意。

洪廟祝不死心，交了我這個「反動」國民黨軍人之後，更加讓他「反動」透頂。他退而求其次，既然建紀念館、紀念碑都都未獲應允，如果讓那些英骸最後在一民間墓地以無名氏名義草草埋葬，實在無法還個公道，他竟然想在他守的寺廟偏殿設忠烈祠。在自己的地盤總沒問題吧?!誰知還是遭到一連串的阻撓，功敗垂成。

他的臉更成苦瓜臉了，我也被搞得風生水起後一下子給跌入谷底，許久不能自拔，每天沉默寡言，一下子感覺老了好幾歲，我替這些熱心的多位朋友不值，為何落得這般淒慘？

去年有一天，洪廟祝突然興奮地告訴我，遠征軍的遺骸終於落土為安了！我聽了萬分激動，跟著他去了墓地，距離我家不到一公里的中和溪旁的墓地，我們找了好久才在一個很不起眼的角落找到墓碑，上面寫著無名氏之墓。

我與他都非常悲憤，明明是遠征軍烈士之墓，卻因為政治因素而不能說。他悲哀地說，我們還不如當地的老百姓，他們不畏強權，勇敢的在旁邊豎一木牌，直書此處乃遠征軍之墓，禁止外墓移入。我向墓碑行最敬禮，洪廟祝寫了祭文，讓我唸給我父親的袍澤聽。我知道他盡力了，我不怪他。

他除了藏區還遍遊了中國大陸名山大川、古城名剎，一個遍訪祖國名山大川的人，文章寫得非一般好的人，一個與紅塵俗世格格不入的人，卻命中註定要守廟，成為一個自嘲低到塵埃沒入山林的廟祝。

洪廟祝成為廟祝完全是因緣際會，因為無為寺寫傳蒐集大理佛教歷史資料，偶然聽人說起某寺。早些時候他的詩歌散文頗有名氣，散發出一絲絲的禪味，圈內稱他為洪喇嘛，自己取了禪味十足的網名。

他偶然聽說起該寺，又巧遇原廟祝一事，廣為人知，為圈內人津津樂道之事。據說，他一見洪廟祝就不容他脫身，不讓他自由，以一種不容置疑的口吻要他幫忙護廟，經不過原廟祝的苦苦哀求，硬著頭皮接下了這個爛攤子，協助他的兒子把虧空補上，又把廟修繕好，他成了極受歡迎的人物，上山下山，半僧半俗，成了佛門紅塵往來無常的佛門子弟。

除了該寺，之前，他還義務幫了大理最出名的三大景點修葺工作，無為寺曾經讓他在寺裡暫住、讀書。他為了回饋住持號召外界捐款，推文廣告，幫了好友兼住持的大忙，該住持如今已是大理三大最知名的廟宇之一，而他卻悄然下山好像什麼都沒發生。

他又幫大理的書院徵集資金修繕房舍，以及編輯書刊，在海西海湖畔修廟，也幫雞足山拒絕蓋風塔的破壞風水行為，另外領導了很多環保活動，但都功成身退，船過水無痕。

我認識他時，他已表明是一個守廟人，不再願意被稱做公知了。他常常挖苦自己是一個講道義壞事的人。好比替人修廟、修書院，幫忙遠征軍英靈歸隊等義舉，證明他是一個講義氣明是非的義人，然而事成之後都遭小人算計，或者種種原因，都讓他不得不忍痛離開，他自嘲命犯小人。

我與他的周邊人物都有近距離的觀察，有些還成為好朋友，例如他在客棧辦講座，就是因為他感動了掌櫃的，願意免費提供場地茶水甚至晚餐夜宵。他的朋友被他精神感召自願當他的駕駛，許多人以金錢物質各種方式支持他，都是被他的苦行僧形象所感動，有好幾個受感召的徒弟不但先後做他義務隨從，甚至他使用的皮卡車都是他們樂捐的。

他的人格魅力是存在的，也有著豐富的學養，他的勸募能力在大理可以說無出其右，他想辦的事大多沒有問題，尤其是像修廟、編書、急難救助、日常開銷，無一不是靠他解決的，可以說，若是在社會一般職場上他是一個傑出的人士。

但是每次見面，我總是看到他一付苦瓜臉，總是身邊又換了一群人，有人不忠有人不義，有人見利忘義，有人讓他揮淚斬馬謖。他常常自怨自艾，說自己是自尋煩惱，自討苦吃。

例如他明明想搭救朋友，卻差點把自己搭進去；想出家，大師沒拜上，也幾乎站錯隊誤了自己前途；在大理交了一堆各路英雄好漢，卻不知各各都是麻煩人物，沾上就甩不開，去報到喝茶幾乎成了例行公事。

想遁入空門，廟修好不是自己的，書院整頓後又被迫離開，想建紀念館不讓起，想做意見領袖被喝茶，言行舉止皆不由自主。他外方內圓的性格與世間要的外圓內方格格不入，我長他近一半的歲數，說句托大的話，他眼高手低，難耐繁劇，事倍功半，我很少看到他圓滿成功。

今天又去喝茶了。

這是大理公知經常互相調侃的話，意思是說又被約談了！

我在大理多年，親眼看到許多公知來來去去，進進出出，啥意思呢？大理其實不是你想像的那樣，都是來旅遊度假的觀光客，大理臥虎藏龍，許多知名人士來大理買房、租屋、投資各項事業，最多的是倒騰房子、投資客棧，逐漸形成抱團。

在此同時，大理的知識界尤其是公知大腕，不但事業成功，也帶動著社會改革與社區營造的驅動，是一股新觀念，新天地的領袖，是股強大的社會力量。有關單位都有鎖定對象，不時出手整頓一下。

這些公知、精英、知名人士來到大理，也首先接觸本地的精英，兩者合而為一影響更大。曾經發生過大理某某間小區年終話劇停演事件，還有不少不為人知的小事件，洪廟祝與這些公知都很熟，曾遭到牽連麻煩不小。

他長期與某方面角力，公知的經歷讓他時刻保持警覺，連我都不例外。一次他說，教授，你來大理已被盯上了，你知道嗎？我不知道啊？我說。

沒有一個台灣人不被注意的，尤其是你還是媒體出身，又寫了這麼多書，不注意你才怪。我無語。

他有案底，常去喝茶，認識些裡面的人，當然也是了解輿情的渠道，我的情況透過他也清楚的攤在陽光下。這樣也好，不必擔心受怕，當然不是很舒服。他與我都一樣，只是我還有點禮遇，但如果鬧大了也沒得救。

他用了幾個有案底的人，不知道是自己主動做的決定，還是某方的授意，總之，我知道，他的左右盡是些不安分的人。像一個開車的修行人，因為亂講話給洪廟祝添亂，曾多次被送進精神病院，或需要長期戒護，這種人居然跟著洪廟祝做事。最終沒治好病，最近又進去了。

還有一個打雜，思想激進，常常發表不當言論，我也認為與他保持距離比較好，最近也被勒戒了。第三個不清楚為何常被喝茶，但圈內都知道，他神經有問題，常常要到精神病院看病。還有些聽說也是不安分守己的人，洪廟祝只管吃住，管教也起不了啥效果，反動言行經常發生，給他添了不少麻煩。

我五年來就看到也聽說過，誰誰又進去了，誰誰又被喝茶了，在活動中誰是來看場的，他全明白。有次蒼山夜話，他就指者一個人說你來幹嘛？隨後告訴我他是派來摸底的。

我四周的朋友他也會給我信息，他替我分析背景，哪個人該如何交，哪個人是不可深交，哪個人是不能交。我十分感謝他，他卻不領情，他說他也怕跟我走得太近，出了事，跳到黃河裡都洗不清，人與人啊！真不好說。

我也感覺，在中國大陸交友不太簡單，三觀合的，可能意識形態還是不一樣，尤其是政治上，兩岸、國共，水太深了。知人知面不知心，逢人只說三分話，都是金玉良言，交了多年的中國大陸朋友，仔細算來，可共心腹的不超過三人，其中洪廟祝是第一人。但是他是否也是如此，我不敢說。

他喜歡寫詩，在一首十七歲寫的自勉詩中，顯現出他不平凡的人格特質，他的詩是那麼的牛，他寫道：

著言追孔聖，吶喊效孫文。筆起千斗酒，胸羅百萬兵。七步作長歌，八荒望大旌。天下自由日，暢飲杯不停。

可以看出，從青少年起，他就早有大志，上追古聖先賢，下效民族英雄，文彩風流，才氣縱橫，要做一番頂天立地的大事業。十七到二十九歲是民主鬥士，以民主憲政為信仰，為天下人打抱不平。

由積極的民主鬥士到追求心靈皈依的信使，洪廟祝的轉變不可謂不大，但是誰令致之，誰令聽之，惟有他自己才知道。他實在像隻籠中鳥，偶而放出去自由飛翔，但卻寧願早點回籠，因為高處不勝寒。

望著洪廟祝苦澀的面孔，孤獨的身影，如同天地一沙鷗，卻飛不出心靈的牢籠。我從他那裡也體會出許多我原本不明白的道理，心靈感覺始終找不到歸屬，放不下一張安心看書寫作的桌子。看來，大理也不是我可以婆娑起舞的極樂世界。

國粉悲歌

還我河山。

疑？好熟悉的四個字。

面前站定一個北方大漢，用山東腔吼出了這四個字。

我還沒有理清這四字的意思，他又說了，我姓蕭，草頭蕭。

更奇了，在中國大陸，蕭姓早已被滅了，改以簡體字「肖」代替，我非常反感共產黨亂改，沒文化。眼前的漢子堅持正體蕭，有意思。

我這個蕭是魏晉南北朝的蕭太后傳下來的，我不是漢族，我是契丹人。

他說得有模有樣，我感到好笑。你怎麼這麼肯定不是漢人蕭衍、蕭道成的後代啊？又為何從蕭太后算起？我有點想笑，但也對他更有好感了。

別聽他胡說，他是雲南昆明人。朋友說。

是啊！聽口音應該是，我在昆明待過，是這口音。我附和。

我在昆明出生，父母親都是北京人，但我家也不是正宗老北京，我查過，是更北邊的契丹族。他解釋。

這倒奇了，老蕭，你說說，尊貴的北京人不當，當啥嘮子的契丹人，沒名氣的野蠻民族，我還是四川北邊的羌族呢？我戲弄他。

我真的是啊！他還要繼續辯下去，已經被旁人打斷了。好了，好了，劉老師還是劉阿斗之後呢！大家笑做一團。

真的？他來勁了，盯著我不信。

都是胡編瞎說的，我老爸是四川人，我是台灣出生的外省人，我解釋。

我知道今天有個台把子來，就是你啊?!還聽說是遠征軍的後人，不容易啊！以後多聚聚！

好說好說，我緊接著他的話又問，你剛才為什麼對我說還我河山？還用山東腔？

你們台灣有部電影拍的是流亡到泰北的國民黨部隊，裡面就有還我河山啊！拍得挺好的。主題曲也不錯，說著就唱出來：「青天白日齊飛揚，壯士一去歸故鄉……」

好了，好了，你少唱反動歌曲啦！還想進去吃免費餐嗎？

他臉紅脖子粗還想強辯，已經被人拉扯別的話題了。

其實「還我河山」這四個字，真正的出處是台灣早期一部古裝劇名，說的是戰國時期齊國的田單，打敗入侵的燕國，當時齊國只剩一個莒城，田單以此為基地，光復了齊國，還了河山，蔣介石在對日抗戰常用「還我河山」四個字鼓勵國人。

隨後，敗退到台灣，蔣公還在金門太武山上勒石刻有「勿忘在莒」四字，此勒石又含有他老人家光復大陸還我河山的願望。「勿忘在莒」有反攻大陸的意思，也就是反共抗俄的潛台詞。

這老蕭聽了哎呀一聲，睜著大眼睛兩手抱拳，猛的一聲漲見識了，直說真有意思。他居然感謝我的指教，跟朋友說專家就是專家，佩服、佩服。說得我臉上貼金似的，好不舒服。

這傢伙反動透頂，國保常常找去喝茶，被關了好幾次，是有案底的。注意，別跟他走得太近。朋友小聲提醒我。

犯了啥事啊？我學著北方口氣問道。

他可是你們國民黨的國粉，天天嚷著三民主義統一中國，說中華民國才是正統，說共產黨是非法政黨，偽政權，你想想，這是多大的罪名，早些時候非把小命丟了不成。

那他不在昆明跑來大理幹嘛？他反動言論被抓過，後來精神失常，患有憂鬱症，政府有補助費讓他治病的。你問他為何跑來大理？我告訴你，大理是神經病患者的天堂，在這裡，看不出誰有病誰沒病。

這位朋友也是被監控的人，也吃過當局的虧，心有所感，不吐不快。

他靠什麼為生？

他喜歡茶，這裡好山好水也好治病，除了回北京看老婆，昆明探雙親訪友，大多數時間都在這裡，這很正常，許多人就是來了不走了，老蕭已來了快十年了。

噢！我被他的背景吸引了！我想多了解他，他到底是什麼樣的人？經過多次交流，我們竟成為好友，幾乎無話不談，但也惹出不少麻煩。

老蕭是七〇年代後段生的，一八〇的身高，八十公斤的大個，古銅色的皮膚，紮根馬尾辮子，逢到美女就叫閨蜜，特有女人緣，身邊頗不缺乏儷人，但只聽說他很花，還真沒鬧過什麼花邊新聞。據說他已婚，太座居然是公務員，這樣的結合也算奇特的了。

他會讀書，有辦法拿高分，別人讀死書，讀書死，他是讀活書，讀書活，在學校裡別人為了考大學而拚命，他卻是為了尋夢組織樂團，唱歌玩樂器是他高中的最愛，他花在讀書上的時間十不及一，卻能高分錄取一流大學，證明他腦子好。

他考上人人稱羨的南京大學，理科哪個系忘了，只是不容易就是了，他跌破了不少人的眼鏡，一個成天淘氣的做夢年輕人，竟然考取一本名校，拿到學校分數前五名的優秀成績。

他挺滿意南大，見到我就說，中華民國首都南京為名的大學，比現在那個北京的要好多了。南大可是當時世界十大名校呢！他還知道南大前身是中央大學，問我在台灣復校如今如何？我說也是一本，但沒有南大好。他聽了有點憂傷，覺得台灣人不能讓中大沒落，那可是當時中華民國最好的大學啊！他提醒著我。

他不說國民黨大學，直接用國名，沒錯，他稱他的母校應該是國立南京大學，加上國立兩字，許多人笑他被反動的國民黨洗腦了，他認為洗得好，讓他了解事實。他抬槓說，你知道當時國立大學有多難考嗎？要幾分達標嗎？你知道四九年前的南京大學是世界級一流大學嗎？現在一所也沒有。言論實在是偏了點，的確是國粉。

老蕭在大學裡也不安分，對那場春夏之交的政治風波仍持懷疑態度，經常跟老師、同學頂牛，是政治輔導員頭痛的人物。

他對歷史非常感興趣，尤其是現代史的國共關係，抗戰史、台灣民主運動、外省人在台灣等。知道我是這方面的行家，特別喜歡跟我談這類話題，他的立場比我這國民黨奶水養大的台灣外省第二代人還國民黨，我反而要經常提醒他踩煞車，免得踩著紅線。

他知道的國府歷史還真不少，說他爺爺就是國軍，是正規軍，不是雜牌。他看不起共軍，譏稱是土共，他自今不稱國軍為國民黨軍，不稱共軍是解放軍。有時感情用事，逕稱土匪、共匪，讓在場的我及朋友好不尷尬，怎麼勸也不聽。就是土匪嘛！他仍說。

他來過台灣八、九次之多，賺的錢都花在台灣了。他對台灣比我還熟，許多地方我還真沒去過，被他一問還真的是有點尷尬。他逢人便說，中華民國本來就是一個主權獨立的國家，比土共建國還早。他也支持民進黨某些觀點，這點我經常跟他爭吵，但是支持中華民族大一統的大方向上我們還是一致的。

但是他也批評台灣人沒有理想，只顧自己的小確幸，沒有民族氣節，不理中國大陸同胞。他好希望能拿本台灣護照，成為台灣人，我開他玩笑娶個台灣妹不就得了，他笑笑搖搖頭。

他喜歡跟台灣人打交道，覺得台灣島才是華人的模範，他在一般場合，如果有人說台灣不好，他比我還急，立刻跟對方辯論，我有時都覺得偏了，勸他少說兩句，他總是罵對方，這些五毛就是欠修理。

他是茶博士也喜歡台灣茶，覺得不賴，尤其是凍頂烏龍；他是美食家，感覺台灣菜一般，但對台灣的海岸線讚不絕口，好想環島一周。也許是生長在西南大山裡的緣故吧！

他喜歡唱歌，曾經不知道多少次，一手吉他，一手攬妹子高歌在歡場中。他最喜歡費玉清的歌，只稱小哥而不名，對他過去在紅包場開黃腔的那段更是瞭若指掌，動作模仿的更是維妙維肖，只要他在場就能笑破肚子。

他見到我一定要唱〈古月照今塵〉，唱〈梅花〉，尤其是唱到「它是我的國花」時特別激動，這些歌一般中國人都不熟，甚至有點避諱，他鄙視這點。他說，梅花本來就是國花，誰說不是？他也必點唱〈中華民國頌〉，即使中國大陸改為〈民族頌〉，他仍堅持唱民國，唱到國字還特別大聲，捂都捂不了。他不管什麼場合，盡點反動歌曲，一作起來，就大唱特唱，唱得蕩氣迴腸，熱血沸騰，別人攔也攔不住。

他的國粉傾向無法自拔，記得有一次我們在朋友開的茶園玩，氣氛熱烈，我與老蕭最愛鬧，他國台語台灣歌還有粵語歌一支接一支，說學逗唱好不熱鬧，老毛病又犯了，大唱反動歌曲。剛好，在場有許多毛粉與左派，都拉長了臉，鐵青著臉怒視老蕭，有的乾脆直接下山，弄得主人家，也是他的徒弟好不尷尬。老蕭也不以為意，歌照唱，舞照跳，興之所至乾脆喊叫幾聲反動口號。

我這個台灣人在大理是挺受矚目的，為了長長久久活在大理，我交換微信相對保守，怕自己的身分替別人惹事，也怕別人給我闖禍，老蕭對我肯定是帶來負擔的人，但是他的真誠我願意承擔，我真的感受到老蕭對民國的那份執著與愛。

然而對民國的愛我願承擔，但是他始終不渝的抨擊當局，除了口沒遮攔外，網上也大批特批，常發反動影片與畫面，一看就是翻牆之作，勸了幾次也沒用。幾次怕出事就把他拉黑了，見了面他怪我不夠意思，不是做朋友的態度，沒辦法又接上了。他笑我膽子小，沒錯，是小，我心裡想我可不想闖禍。

他愛恨分明，講義氣，熱心腸，出手大方，也是一個看不住銀子的敗家子。他喜歡美食、美酒、美女、美茶，茶是他生財之道，但是收入有限，其他三美卻是酒色財氣無不掏空一切。他餐餐外食，每天飯局滿滿，經常趕場，但是買單時常常別人已搶先買了。

他花名在外，但都是對方主動的，而且是學生，粉絲居多。崇拜他的人很多，尤其是茶藝品鑑他可說是絕對的專業，他的茶藝名氣非常高，講座非常受歡迎，尤其是滇茶，絕對權威。可能他生長在雲南的緣故，他對所有的茶都能娓娓道來，你不能不服氣，他真的是茶博士。

他跟我的台胞老友林董相反，林董只做茶。老蕭只說茶，老林說的沒人懂，但好喝，老蕭說的人人懂，但是未必都好喝。兩人都有一個壞心眼，喜歡炒作茶價，老蕭尤其過分，常常說得我不敢喝，怕買不起，但是他最後還是低價給了出去。都說，老蕭沒有做生意的命，大錢不犯，小錢不斷，說到底，混飯吃罷了。

他很少提及之前幹啥的？也許沒啥成就吧！他頗好為人師，也難怪，懂的東西太多了，難免眼高手低，一事無成。交朋友倒是講誠信的，但是三觀不合有錢也不賺，他與一個朋友組公司，搞了老半天才發現是個五毛，就不做了，真是個原則過頭的怪人。

我認識他時他剛過四十，如今已四十七，也快奔五了，還是沒變，見到我動不動還是還我河山，因為，只有台灣人，尤其是我這種外省眷村第二代，特別理解他喊這四個字的含意。他歲數比我差了一大截，但是民國風、民國範兒，讓我們成了莫逆，也算是忘年交吧！

我心中那個謎團始終縈繞著我，就是老蕭為何被神經病？難道真的就是反動透頂，沒別的貓膩？我偷偷問信得過的老友，因為我不相信世上還有這麼執著的怪人。

當然不是，那是遠因，近因是公知害的。他說。

什麼情況？我看老蕭躲在大理，也不是辦法，以他的大才該出去闖蕩才是。如今不得已使然，他像躲債似的在大理苟且偷生。苟延殘喘絕對不是辦法，所以我這個雞婆老毛病又犯了，一定要伸出援手，拉他一把。

好友楊師兄說，那是兩千年初，老蕭還在昆明那裡上班，基於義憤填膺，他在許多公共事務上惹了當道，自己成了公知，結果差事都丟了。老蕭沒走也沒進去，但是已經大受刺激，落下了神經衰弱，從此放縱於酒色財氣中，花名在外，經常不回家。但老婆信他，他也不會背叛老婆，因為他老婆熱愛這這個才子，身為高科技人士，只能默默相伴這個反動分子，不離不棄。

我老婆又出差了！老蕭常說這句話，意思是又要光棍一段時間。

一見到我就說自由啦！我經常罵他對不起太座，他只是笑笑不支聲，吃喝玩樂還是照樣。

據他說，他早年在北京做生意，還算可以，但是老婆一次開車壓了人，賠了大筆錢，從此就敗下陣來。他老婆也因此感激老公情義相挺，不論別人怎麼說，她就是始終不渝。他們沒孩子，我勸老蕭生個孩子，這樣也好有天倫之樂，否則，一個人間享樂，一個水底遊魂，算哪門子夫妻？他連說不必，他說，許多朋友都不生娃。我也不想再勸。

然而事情沒有那麼簡單，當我們熟得不能再熟後，他透露了他絕密的一段情，才讓我霍然開朗，恍然大悟，他未何不想生子，因為他已經有了一個女兒，跟著媽媽在外國。那個城市是我熟悉的地方，他說早年有個非常要好的女友，就是去那個城市的女子，懷上孩子要與他結婚，他卻沒勇氣答應而逃婚，真正原因也不詳，但女兒姓蕭。

老蕭每次談到她，眼神總是落寞無奈，他說，年輕人不會處理事情，犯了一般男人都會犯的錯，但是女友沒怪他，直到現在都還有來往，但已經不再是愛情了，老婆也知道這段過去，但不知道後面的事，所以他很痛苦，他說好想見見母女，但是又怕犯錯誤。

是啊！我勸他再等等吧！用時間沖淡一切吧？如今我倒是擔心他的病情如何？我問他。

當然不好。他答，腦子痛得厲害。

他提到抑鬱症並不諱言，但絕對不是神經病，更不諱言這是老共搞的，談到這話題他就罵娘。他跟我說，老劉——他是少數不叫我老師的朋友——，你不知道，他們把我當神經病，卻將醫藥費都貪污了。

那怎麼可能？我說。

你不信？我只要說病好一點了，他們就不打錢了！

你到底有沒有神經病啊？我問。

他們才有神經病哪。我進去次數多了，也就被神經病了。

時間多久？

不一定，只要不犯事他們就不惹你，你犯了事他們就說你要治療，得讓他們看病，其實他們也知道我沒病，但是這樣就不能抓我。他們騙我經常說我有病，又說治好了不再列管，但是，有事沒事還是老叫我去喝茶。老子我就是不去，他們也就卡我的錢做為威脅，我若配合就發錢給我，但是常常又關我又說我沒病，我的錢拿不到，我跟他們沒完。

到底有沒有這回事，我也不知道。他靠老婆以及賣茶為生我是知道的，這麼看來也未必能按時拿到錢，這就冤枉了，吃不到羊肉惹得一身腥。

老蕭以他高深的茶藝水平，絕對可以揚名茶界，但是他並未發達。他的小兄弟、小徒弟、學生，都紛紛學藝有成，創業和發展都好，他也不會不好意思，仍端著師傅的架子，仍是叫著他們的名字，當做小弟使喚。徒弟們私下也為他可惜，有機會都會叫上他分點好處。

最近以來，我在台灣，據說他也不做茶生意了，房東老李也不做補習班了，兩人已改賣燒豆腐了。這是好是壞不好說，但以他的人脈，人流是少不了的，只是錢流如何我看他的個性，高度懷疑。

老蕭不做茶館了，可惜，最起碼專業做不成，證明市道年頭不好了。我為他們倆可惜。

但是開個燒豆腐店是正確的決定，因為這是靠人脈與口碑的行當，他們倆有本事，有人脈，果然透過影片與眾師兄弟對接，不但人潮湧進，而且還辦了講座，挺文明的小吃店。

房東老李也是老友了，據說也是有來頭的人。他好像也是公知活動弄丟了飯碗。他在重慶做記者，得罪了金主，報社請他走路。他也跑到大理療傷止痛，但是身體太差，舊疾剛走新痛又犯，講座也未必平安無事，前車之鑑不可不防。萬一又遭檢舉，我也只有為他們婉惜。

據好友說，除了老蕭是列管人員，其實還有更多他認識的也都在列管，至少十來個，有些也是精神病患為名。

誰？我問。

你至少知道兩三個。

我只知道全國知名度的土家野夫，他被強制趕回恩施老家了。我跟他並不熟，其他還有誰還真不知道。

夜鶯、汪偽。他說。

啊！我不禁啊呀一聲，怎麼他們倆也是？

對的，並且我就是監督的人。朋友冷冷地說。

我的嘴張得可以塞滿一個大包子，半天合不攏，這是我聽到最勁爆的信息。這兩人我都知道，夜鶯很熟，汪偽是我取的外號。夜鶯是洪師兄的同鄉，娶了緬甸姑娘，生了個閨女，又跟他離了；汪偽在大理與一女子同居，住了很久，兩人都喜歡亂說話。但我不明白，何以會被神經病？

洪師兄語氣沉重地說，被神經病的都是太有腦子，太會思考，不受他人影響的知識分子，黨國最怕這種人，他們不但凡事都懷疑，還會向社會發表看法，這是不允許的。老蕭更牛，他是裡面重點監控的對象。

為什麼？他們有關係嗎？

因為他的性質十分反動。師兄說，他想國民黨回大陸，這不是找抽嗎？另兩個與老蕭沒啥關係，都是個人原因，一個是異國配偶的問題，一個是腦子進水了。

老蕭為何這麼狗腿國民黨？

不知道，也許因為公知遭災，也許讀過國民黨前身的大學，也許跑台灣次數太多了，沒法說清楚。

老蕭事父母至孝，我記得他帶雙親來大理玩，住在朋友的客棧裡，我看的出他手頭拮据，但卻是餐餐做大菜給家人吃。他的手藝高明，動作麻利，很快就整出一桌酒席宴，大家都誇讚，我也經常到他住處打打牙祭，但是跟著他在別人家蹭飯次數較多。

他喜歡喝酒，無酒不歡，我有一瓶好酒他垂涎已久，一天差點被他與老李打劫了，為了根絕禍患，我趁他不備喝了。他知曉後到處派我不是，我沒辦法送了一瓶好酒給他，居然說是假酒，說他半夜跑廁所，差點去醫院。

老李也唱雙簧，也說吃了假酒不舒服，兩人還陰陽怪氣挖苦我，不願分享美酒也都罷了，還弄假酒整人，這算哪門子朋友？但是我也喝了很多，怎麼沒事？兩人德高望重有人信，我一個台把子說他不過沒人信，雙拳難敵四手，讓我在圈子裡窩囊了一陣子。

老蕭他沒有敵人，他之所以沒有敵人，因為他處事外圓內方，做人做事有基本原則，先顧朋友的利益才顧自己的好處，他行事低調，為善不願人知，別人總是從他那裡拿的多付出的少。

我們交往時間不長，只有一次金錢往來，我一度也曾對他信心動搖，那是他向我第一次借錢周轉。一萬元，說大不大說小不小，但我毫不猶豫打給了他，但是不久他又加碼再要，我有點不高興了，怎麼前債未清後債又來？他看看不是路，為了不讓我疑心，很快就還了，但是後來我聽說，他的一筆好買賣沒成，跟銀子不夠有關，是不是我的原因，看來有幾分關係。

老蕭是個愛做夢的人，但是夢幻難以成真，他的人格魅力讓很多人追隨他，他的專業也有很多人欣賞，他是來大理不可或缺的最佳朋友，但是，他的伊甸園在大理嗎？

我跟他有幾分的相似，都愛上好山好水，都喜歡茶，但是我來這裡養老，他來幹嘛呢？中國大陸遍地皆美，美食美酒美女到處都是，我已是心如死水，不再縱情聲色，只享受好山好水。他呢？他表面如此，實際上暗濤洶湧。

大理是個非常複雜的地方，沒來也許不知道，人際關係緊張得不得了，表面上沒事，但是過江龍與地頭蛇總是會有磕碰的時候，沒有人知道誰是龍誰是蛇？他兩者都是，結果兩邊不搭調。

山水間是大理最有名的小區，住的大部分是外地來的闊客，背景三教九流，士農工商，南北豪門，基本上不大看得起本地人。老蕭是昆明人，在他們眼中還是本地人，他認識的朋友不下十幾戶，但是朋友遍山水，知己有幾人？

在當地，他是昆明人，由於歷史原因，以及後來的經濟發展，大理與昆明面和心不和。談到歷史，大理兩朝首都，昆明只是東都，明清以後漢人把昆明提高地位，從此大理成了老二，經濟上更是往下跌，跌到了五名開外，昆明的尾燈都看不到了。

因此，老蕭在大理也不能說如魚得水，他蹩腳的普通話與北方字正腔圓的京片子仍有差距，與北方人尤其是上層人物未必有淵源，會有多少的好處，還不如我這個外省台胞，一口台灣國語反而親切。他要在大理紮根反而比我困難，何況我的四川國語在此也是出名的。

高級小區裡的上層人士需要他時他就被當人看待，替他們跑跑腿弄點小錢花花，不需要他時，就當他是神經病，避之惟恐不急。老蕭也自負的很，眼睛長在頭頂上，外圓內方，崖岸自高，打心裡也瞧不起其他人，只有港台兩地勉強有幾個能談兩句的人。

他的朋友雖然遍布大理，但是暗藏著的對手也不少，他淪為神經病，孰是孰非孰人知？對他的是非對錯褒貶不一，他也許不如人意的方面還很多，但是他的堅持己見，堅持到底的決心與毅力，他的民國夢在他言行中已浴火重生了。

他是個奇人，他到哪個地方那裡就有歡笑，他帶給別人喜樂，自己卻困苦在抑鬱中，他像隻會唱歌的鳥，帶來悅耳的歌聲，其實卻是自己的悲歌。他是籠中鳥，他想飛卻只能唱。老蕭內心有一把鎖沒人能打開，在影片中可以看到老蕭烤著豆腐，圍爐夜話，心中著實溫暖，因疫情困在台灣的我也許很快與老蕭再見，但是他卻勸我別回來，這裡不是台灣人的安身立命之地，更不是夢中的伊甸園。

名片與良心

這本書我非出版不可！

楊老先生倔強而有力的揮著拳頭說道。

楊老師，你犯不著跟自己找麻煩啊！

他的好朋友，也是老同事苦苦勸說，不要出文革的書。

你這是何苦呢？你是大理文史權威，寫文革作啥？

文革也是歷史，是最重要的現代史，我為何不能出？

你治的都是白族史、古代史，至晚到清末的大理地方史，幹麻要碰敏感的文革？

我就是要出版出來，我老了，退休了，無所謂了。

但是你一直研究大理地方史，忽然出本政治性的時論書不大好吧？勸者委婉的勸導，沒有直說上面規定不能出。

有什麼關系？文革也是史，更是我們這一代的地方史，有誰不知道，有誰不參與其間的？解放後不讓搞當代史，我只有搞考證訓詁，這也不是我的初心啊！是沒有辦法的啊……

楊老師是大理大學的退休教授，正宗的大理白族人，是白族民族學權威，在大理他有一槌定音之力，但是自從退休後搞了個私人研究所，叫滇西文史研究所，面向就寬了，先是出抗戰文集，如今居然要出文革的書？膽子越來越大了！

文革在大理鬧得太兇了，死了太多人了，有好多我認識的，死得非常冤枉，我也老了，再不出版就沒人知道了。楊老師對勸他的人說道。

但是大家都認為，楊教授是大理老一輩的知名學者，桃李滿天下，他是自學成功的典範，是大理的一張名片，從來不碰觸禁區，出文革的書影響不好，不划算，況且也出不成，徒增與上面的矛盾。

我是決定要出的，不必阻止我，讓我完成我最後的心願。楊老師不顧阻撓硬是要出。沒辦法，阻止不住，只有照辦，送到出版社，出版社也犯難了，上面不讓出。

為何不能出？

楊老師，您這是明知故問啊！這是不能談的事，上面早就有規定了，一直以來，這些敏感的題目少研究，少發表，以免影響不好，您在學校那麼多年了，還不知道？

出版社楊老師認識的太多了，不服氣，再找熟的出版。嘿嘿，跑了幾家都是這個說法，沒人敢出。

都不敢出我自己出，楊老師自費印刷，找了一家印刷廠，因為是自費書號，只有以贈書方式處理，公開發行是絕對不可能的。

劉老師，送你一本好書。楊老師遞給我厚厚的一本書。

我以為楊老師又有大作了，趕忙接著，口中不斷稱謝。

啊！入眼大驚——《大理文革始末》。從來沒想到楊老師會寫文革方面的書，也沒聽過他要寫回憶錄。疑？不對啊！不是楊老師寫的，是編的。他做編輯，錄了大理八個老人的回憶文革事，是八篇口述歷史文章。

這是怎麼回事啊？我還沒回過神，楊老師就說話了。編得很粗糙，簡直就是沒好好地編，也沒辦法，正式出版不讓出，只有自費，請不起好編輯，不能販售只能送人。

我明白了，中國大陸許多不讓出的書，或者拿不到書號的，都這樣處理，打擦邊球，這好理解，但是楊老師啥時候出不了書啊？再來，他幹嘛忽然之間膽子大啦？再說，出這種書不像他的風格啊？這是什麼路數？什麼情況？我有一連串的疑問。

他似乎早就猜到我的想法，跟我說明是他的朋友給他的稿子，他一看大為激動，早就想要把文革寫出來，居然同輩中已有先行者，而書中人地時事物，許多是他知道的。許多事件卻是他不知道的，這是一部活生生的大理歷史啊，身為大理文史學權威，必須出版！

楊老師說，文革歷史我早就想寫了。想不到與我一個想法的人早就寫了，他們敢寫出來，如果我還不敢出版？我還算是一個讀書人嗎？我晚上都睡不著覺啊！他很少如此激動，我把桌上的茶遞上，讓他慢慢講。

我對文革完全無知，楊老師卻是身歷其境。那天，在他辦公室我們談了一個下午。我從來沒見過他如此有談興的。

文革爆發他才高一，自小罹患小兒麻痺症不良於行，別人都去鬧革命武鬥去了，他只有躲在家裡沒事做，文革罷課鬧革命鬧得也太久了，學校一直停課，又有解散學校的傳說，沒辦法，他只有去找工作，有個圖書館工讀生的活，只管飯沒工資，沒人想幹，但是衝著可以避開打鬧，他就答應試試，結果一股腦兒投進了書海，直到文革結束，他一直徜徉在知識的園地，打下他為學的本錢。

但是，楊老師說，他這個消遙派天天在書庫裡消遙，但消遙歸消遙，對世道卻不能不聞不問。雖說對時事缺乏了解，也不想了解，但知道學校、村裡、市裡、四周的親朋好友都天天有情況發生，一下誰死了，一下誰被打傷了，誰不見了，好像成了恐怖世界。楊老師躲在圖書館固然對四周鬧革命不清楚，但是經常閱讀報紙，期刊雜誌，知道不少外面的消息與形勢，尤其是雲南省的情勢，他覺得省城昆明與大理老家鬧得最兇，大理甚至還鬧得超過昆明。

楊老師不無得意的說，我為何覺得大理的嚴重性是雲南第一，甚至在全國也算鬧得嚴重？他表情嚴肅望著我。我不知道。你當然不知道，他喝口茶，神祕地說，鬧得太兇了，驚動了中央，周總理要兩派代表到京來談，我還認識其中一派的代表，證實大理情況非常嚴重，已快失控了。

楊老師說我天天讀報紙、刊物，各種消息這對我評估文革有宏觀的視野，在街上打鬧的同學哪裡有我懂文革？我是秀才不出門，能知天下事，甚至我都能猜到未來的情況。

閒話不說了，楊老師的判斷是對的，大理文革鬧得太血腥了，兩派大打出手，腥風血雨的。今天你打我，明天我殺你，今天是同志，明天成敵人，我們大理人，尤其是白族土著，殺紅了眼，哪裡會著個樣子？連軍隊都快控制不住了。

楊老師又喝了一口茶，緩緩情緒，我知道親朋好友的許多過去，但是這八個老人的回憶往事，比我了解的更多，讓我看清了整個大理的慘劇。

文革過去四十幾年了，但是當事人大都健在，許多事都是要還原真相，應該給個說法吧？他說。

多少人蒙冤難伸，多少家庭妻離子散？這個結總要解開的，你說是吧？劉老師。我不住地點頭，不知要說什麼。

書出來之後，楊老師逢人便送。他聲明在先，書一定要看，歡迎轉載，多多批評指教。有人贊助他，收下轉贈作者。他說，真正要鼓勵的是他們，我只是順水推舟罷了。

他還在他的講堂請作者們座談，有份心意相贈，還吃了頓飯才散。楊老師的私人書院其實是專研白族文化，叫文史研究所有點誇大，雖說是他私人創立，經費絕大部分是自籌的，但始終還要依靠各界支持，才能活下來。有些有心人捐大錢他還不敢收，怕學術研究受影響。

過了一陣子我們又見面，楊老師不再提這本書，座談會也沒辦了，他強調還要繼續編第二、第三本的文革記事也沒有下文。我打聽知道，此書影響太大已經不讓再出了，座談更是不讓開。老教授不開心，只有咸默不語。

但是此次楊老師的出版舉動，我已對他佩服萬分了。我想，楊老師的義舉已無愧他的身分，無愧為大理知識分子的良心，只是，那個無所不在的無形枷鎖，何時才能從他的脖子上除去？

要談的第二件楊老師的事與我有關係，比起前一事，我們的挫折感更深。

楊老師不只一次跟我說過，民國時期他們家族出過很多名人。他的家族在大理是一望族，抗戰時出過很多國共名人，文化水準很高，讀書人多。

我送他幾本我的書，與抗戰有關，他知道我專業治抗戰史，認為遇到行家了，送我一套他主編的大理抗戰實錄，上中下三大本，態度十分謙虛，直說編得不好。我覺得雖然不脫黨八股，但也算一套不錯的史料，頗具價值。

為此，我們經常聊抗戰，他偷偷跟我說，雲南都是國民黨部隊，都是國軍抗戰，家家戶戶都有去參軍打仗的，他們家就有好幾個，只是以後解放了就不提了。我越加確信，楊老師還是一個正而八經的學者。

我告訴他我父親在大理待了四年，當時是軍醫，野戰醫院就在蒼山大道大理大學附近，他聽了大為興奮，表示我與大理有緣，我也倍感親切，因為家族、地緣、人情世故，我們成為很好的談學論道的文友。

楊老師請我在他的講座演講我的父親與大理抗戰，表示稿件要匯集出書，還有一點出席費。大理許多學術研究、文人雅士參訪交流都叫上我，稱我來自台灣的名教授，弄得我不好意思，又安排坐主桌，表示對我的敬意。一切說明他是我在大理進入學術圈的引路人。

他有一個得意弟子，在我家後山當廟祝，曾經做過記者，寫過許多文章，是一個不可多得的人才。楊老師經常上山探望他，給他帶來瓜果蔬菜、米麵及金錢幫助他。我們在楊老師的場子認識，很快成為好朋友，他是我上一章的主角洪廟祝。我們經常在楊老師住處一起談學論道，也經常到他山上的寺廟參訪。

這個叫作洪廟祝的徒弟，曾經幾年前為了遠征軍的遺骸，被開發商隨亂丟棄，與各方惡勢力打筆仗，甚至約定打架，堅持認定是國軍的遺骸，要求原址安葬在附近的烈士墓園。這當然不可能，最後隨便葬在後山無名塚，令他非常不滿，要繼續抗爭。

當他知道我父親的事後，又激發了他的正義感，要找一處安定亡靈的墓地。我靈機一動，何不設一忠烈祠，祭祀歷代大理英靈，國軍遺骸也解決了。

洪廟祝的廟供奉的是大理白族神祉，左右廂房的偏殿已頹圮，選間偏屋當做忠烈祠正合適，修復要二十萬，也不多，我想自己捐五萬，其他的再慢慢湊。我們找到楊老師，說與緣委，他聽罷也頻頻說好，願意做發起人，並捐兩萬拋磚引玉。我當時深受感動，也不落人後籌五萬做基金，洪廟祝也捐兩萬，其他的人很是捧場，當場一時間籌得十多萬，離二十萬不遠了。

洪廟祝很快的開始了修繕工事，要把建築材料運上山，他事先已向山林哨所打了招呼，由於洪廟祝禮數周到，出手大方，吃喝拿都滿意的崗哨員都只當修廟的建材，很乾脆答應了。

事後證明我們太天真了。

我們沒聽楊老師的建議，不用忠烈祠，改用本族廟宇的稱謂與形式，這樣才容易批准。我是外人起不了作用，洪廟祝年輕氣盛，自認供奉的是歷代大理英烈，不突出那個朝代，也沒有敏感的圖像旗幟標語等等，只當做主廟旁的偏殿，絕對不會引起注意。

然而，沒多久，楊老師找我去，告訴我，此事上面不准，只有作罷。我無奈無話，但是洪林廟祝不答應，還要蓋。楊老師電話打了幾次，約談了兩次，請來多位良師益友，輪番上陣，動之以情，曉之以理，洪廟祝不為所動。他認為，廟祝是他，連個修繕都做不了主，臉面掛不住，無奈之下，楊老師親自上山苦勸。他叫了車，輕車簡從，獨自上山，師徒二人閉門對談，終於說動了徒弟。

楊老師愛惜徒弟才華橫溢，不忍就這樣硬幹，他還帶著一幫有關當局知名人士的警告上山，說之以理，曉之以害。洪廟祝說給我，沒辦法，師父一大早跑來，還帶著那麼多吃的用的，我怎忍心不理，只好投降。但是我發覺，師徒之間因此事抹上一層陰影，久久不能散去。

事後我反思這事為何腰折，楊老師私下跟我說，有人向上面告了一狀事情就黃了。

怎麼回事呢？我還仗二金剛摸不著頭，楊老師進一步點化我。事情就出在你身上，我？我大吃一驚，怎麼扯到我身上了？楊老師索性讓我知道前因後果，我處在風暴中竟然不知。

告狀的說因為我是台灣人，又是國民黨軍官之後，又是記者出身，身分敏感。其二，洪廟祝是公知也幹過記者，都是不安分守己的人，兩個人結合起來更是讓人不放心。

其三不該用忠烈祠，這是有政治味道的用語，況且是國民黨喜歡用的，三者合一通過就難了！

我還在用心理解三個原因，試著思索其間的意思。楊老師語氣轉低嘆口氣道，唉！問題超出我的想像，我也有失誤，沒有政治嗅覺，不該太信任一些人，只會壞事。

誰？不要問了，總之，這事確實做得不妥，莽撞出意想不到的結果，好好的一件事被搞砸了。

原來，楊老師不經意間透露了這事，內部就先起了意見，楊老師被嚴厲批評了一頓。理由除了三點外，重要的是蒼山是聖山，怎能供奉國民黨反動派的軍人？說這話的我知道，他曾經也反對在雞足山蓋烈士墓、紀念碑等等紀念抗戰國軍亡魂，批評楊老師怎麼如此沒有黨性？

另外一個老資格的同事兼朋友，之前在軍中文工團及軍報任職，退伍轉業到宣傳部，再退休來這裡，是一位知名軍中作家，他也批評楊老師糊塗了，要注意政治影響。

楊老師辯解說供奉的是對大理有貢獻的歷代先烈。反對者批他，蒼山乃佛國聖山，只能供奉妙香佛國的大理得道之人，一般人不說，至少不可能讓國民黨進來。楊老師知道，對方搬出政治正確，他只有退讓。

我當然也感到萬分的失望，但是我能理解楊老師的無奈，他只是一個讀書人，他無權無勢，只好低頭。其實，後來我更知悉，上面單獨跟楊老師攤牌，問他黨性何在？嚴重性不言而喻。他每次見到我都很不好意思，我總是勸他莫過於自責，我知道他的抗戰情結，我能理解他的大理情懷，我始終尊敬他，但對不尊重他看法的那些人我是不尊重的。

楊老師還有一件事頂不住讓他對我不好意思，但更說明了他對真理的追求。

武俠小說家金庸的一部《天龍八部》打響了大理的名號，帶動了此間的旅遊。他寫這部小說是紙上談兵，本人並未來大理過，前幾年他死了，大理在他死後週年，在楊老師的研究所以紀念金庸名義開了一個專題座談會，也請了我，讓我說兩句。

說實話，我並不欣賞金庸的小說，因為他把歷史跟文學混在一起，對文學是一種加分，但對歷史是個傷害。我是學歷史的，又是一個紀實文學作家，很看不慣這種寫法，我問楊老師，自由發言嗎？他說不限制，隨你說，海外觀點也是要重視的嘛！

好，我在會場就異調獨彈，別人都大唱讚歌，我就獨自唱衰，我認為金庸是個好文學作家，但不是一個好歷史學家。他給大理的貢獻是觀光旅遊，傷害的是大理國史，何況沒來大理敢寫大理國故事，也太沒基本訓練啦！

現場一片寂靜，還沒反應過來，楊老師快刀斬亂麻，以一句個人觀點忽悠過場，另點下一位發言，轉移注意力。

輪到做主人的楊老師做結論，還是薑是老的辣。他總結了金庸以七三開評比，七分肯定了他對大理的貢獻，三分批評了金庸寫作的態度不嚴謹，包括沒來大理，沒有仔細查證歷史人物的真實性，忠奸不分甚至顛倒是非，獲得在場一致熱烈的掌聲。

會餐時他不忘把我叫到身邊坐，明為尊重台灣來的史學家，暗的是就近管控我再生枝節，用心良苦啊！

事情還沒完，一段時間過後，祕書小李電話告知，我的發言不會選進紀念冊裡。我說知道了。其中肯定有戲。果然，一天同楊老師聊天，看著四下無人，楊老師低聲下氣向我致歉。有人向上面反應，告我的狀，說我請台灣的反動作家來座談會亂說，與政府的政策頂牛，有意攪亂會場秩序。這頂大帽子壓不倒我，我頂住了，對方退一步，要求除去發言，不收在座談會集子裡，我頂不住啦！只有照辦，你多擔待啊！我何德何能只有任他們擺佈，還能怎樣？

我完全理解楊老師的苦衷，他能做的都做了，我只是惋惜他的才華橫溢，卻不能揮灑自如，該說抱歉的是我，讓他為難啦！

還有一樁事，我們倆都無力感特重，深深感受到孤臣無力難回天。

翻開大理史，杜文秀在大理是最爭議的人物。

他是誰？我四十年前就研究過他，也因此，我為楊老師所注視，當然，抗戰史也是我們的交集。

我的碩士論文晚清咸同年間大理回亂之研究，以杜文秀為例。這個論文讓楊老師對我刮目相看，認為一個外人對白族人物有興趣，又研究得那麼透徹，實在不容易。楊老師逢人就說，我是他認識的外地人裡最值得一提的台灣朋友。

因為我知道這個關鍵人物，我給予的評價與他砌合，他逢人便說這個台灣人比我們大理人還厲害，能研究大理如此深入，我算其中佼佼者。聽得我飄飄然好不快樂。

官方定調杜文秀是農民起義，愛國主義者。我與楊老師都唱反調，說他是民族罪人，大理敗類。

這段歷史大理人都知道，但是官方民間學界解讀不一。楊老師頭腦很清醒，他們同是白族，但是不信同一個教，楊老師是中華民族文化的守護者，無法認同回族穆斯林教義。杜殺人如麻，血流成河，私通緬甸，向英國稱臣，分裂國土，出賣主權，為白族族人所不齒，只有楊老師侃侃而談，引經據典，言人所不敢言，讓人佩服。

然而，這只是私下我倆共識，公開場合楊老師大都保持緘默，或給予五五開，結果仍受到警告，不能與官方調子不合。完全不理歷史真相，以力強迫，這是楊老師口中常說的，秀才遇見兵有理說不清，我也能感受到凜烈的政治寒流，真虧了楊老師的周旋應對之力，換成我早投降了。

我住大理七年，隱約感受到少數民族對當局的關係，似乎又好又不好，漢白之間總有那麼點彆腳味，雙方諜對諜，你不輕易表態，我也深藏不露，在一些敏感問題上盡講空話，不做實事。

例如，大理白族過年、白族自治州成立日白族婚喪喜慶、白族人都要放假，但是漢人多不放假，漢人的年節也是，以致許多的企業，單位標準不一，常常鬧出糾紛。

大理白族歷史悠久，文化燦爛，足以跟漢人媲美。大理名聞遐邇也是靠白族特色，漢人角色很尷尬，歷史上長期敵對，漢人入滇被視為侵略，文化交流被形容為文化滅絕，雙方缺乏互信，戰爭頻仍，史不絕書。政府壓抑宗教信仰，民族政策不合時宜，白族認為不公平，漢人的強勢常常造成白族的抵抗，歷史學者鬧分裂，統一還是獨立？白族也不是鐵板一塊，統一戰線不好說，學界經常矛盾重重。

在政治上漢人強大，掌握大權，民族自治形同虛設，經濟上漢人掌控，漢人雄厚的資本碾壓白族。漢白關係時緊時鬆，學術上對少數民族文化、民族英雄、民族意識不清，造成困擾，當局尺寸拿捏倍感艱辛。

楊老師只有初中畢業，又不良於行，憑著一股傻勁，在故紙堆裡找答案。他以愚公移山的精神，竟然解開了許多大理史上的疑難雜症，他寫的南詔、大理國史、白族研究、白語研究，奠定了他在大理學上不可搖動的地位，曾經被選為優秀教師，享受國務院津貼，他延續了大理的文脈。

但是，楊老師也有不能說的祕密，他的家族是漢化極深的白族人，他對歷史文化的詮釋，仍然困在兩難的窘境。白族為何衰敗？為何亡國？如今的大理白族能振興古南詔、大理國的光榮嗎？

大理國有無文字都說不清，官方口頭尊重白語卻不提倡，有意無意間淡化地方史、地方文化。漢化的結果是好是壞，都不好說，楊老師公私兩種態度，說明了追求學術獨立的困難。

楊老師為人清廉，他是個孝子，鄰里間的好孩子，老師眼中的好學生，同學的好伙伴，他默默的資助許多貧困學生，最近疫情肆虐期間，他的後生好友落難俄羅斯，他慷慨解囊，讓他平安回來。

但是，楊老師的這種個人魅力，並不能扭轉白族研究的每下愈況，高學歷產生不出高質量的研究成果。我知道，學歷不重要，學問才重要，但是世俗及每個人內心深處仍存有成見，當然，像錢穆、王雲五這些沒上過學的大學問家，我們都很敬重，但是我覺得，像楊老師的道德文章同樣也值得我們學習，只是，這麼優秀的人才，在這樣的政治、經濟、社會體制下，許多理想都無法實現。

我始終記得楊老師見面的第一句話，你是學歷史的，好啊！之後熟了，經過這麼長的時間，遭遇了許多的事，才知道，他說這句話的意思。他一生最想當一名史學家，秉春秋之筆，正社會之風。

他的那代人，經過多少大風大浪，人性經過多少試煉，真相難以捉摸，歷史早已模糊，求真求實的治學精神早已消失。他想當史官，是耶？非耶？我從小事中看出，是的，他想的只是他內心深處說的真話，凡間有幾人聽的懂？在我的心目中，楊老師是大理的良心更多於大理的名片，我寧願世間多點良心少點名片。

我沒心情打球，急忙找村長，也是武館法人代表。他在村委會，我趕到那裡問他怎麼回事，他一臉無奈表示，被人檢舉是黑道，現在打黃掃黑正在風頭上，他撞上槍口啦！

他是黑道？我不信。村長，這個只有不到三十歲的本地年輕人看了看門外，招呼我坐下，低聲跟我說，教頭是替朋友擺平一件事，得罪了人，沒辦法，他是有案底的，脾氣又強，強龍硬壓地頭蛇，惹毛了對方，就魚死網破了。

那是兩年前的往事了，我隨後回台灣過年，去年春我再去大理，聽村長說最近宣判了，判了十二年，扣掉看守所兩年，還要在裡面蹲十年。天啊！教頭到時出來已是快五十的老人了，還能打幾天的拳？

我匆忙跑到武館，大白天武館靜得出奇。這兆頭不好，一大串鎖鏈子綁在大門上，廣場空無一物，內門也是深鎖，從外望去館內漆黑一片。不會吧？我叫了兩聲教頭，教頭媽都沒回應，看來是真的，武館倒了，武館的課也停了，荒廢在那裡，我的心直往下沉。

我不信，第二天一早再到武館，又在大門前叫著教頭、教頭媽的名字，怎麼都沒有人應門；中午再去，一個煮飯婆出來，說阿奶到隔壁工地去幫工人燒飯了，晚點才回來。我問，妳是誰？她說是旁邊打掃街道的大媽，來武館休息。我讓她開了門進來，裡裡外外繞了一圈，果然武館一片寂靜無聲，看著令人傷心。

佔地近千坪上下兩層的武館，正中碩大的拳擊檯還是那麼壯碩，默默不語地杵在大堂中央，練習道具三三兩兩散在四周：手套、頭盔、沙袋……數不清道不明的大小配件映入眼簾，還是那麼熟悉，那麼惹人憐愛。

我一一拿起拳套，這是教頭大兒子志軍，這是小兒子志勇的，超大號紅色的是教頭的，藍色的是陳教練的，我曾經用過黑色、咖啡色的都安靜散落在檯旁，頭盔掛在牆上。

我記得六歲小兒子志勇單挑我的畫面，他個小搆不到我，卻拚命向我揮拳，滑稽的樣子逗得全場哈哈大笑。大班的學員練習時像花蝴蝶般滿場飛舞，吶喊聲、拳擊聲、腳步移動聲融合成震撼的交響曲，著實壯觀。

旁邊的健身器材也是趣事連篇，我舉亞鈴舉不上去，差點傷了自己，拉單槓也上不去吊在半空中像塊臘肉，但是我一點也不覺得不好意思，大家熟得像一家人。

再旁邊的撞球檯、乒乓球檯都留給我太多的回憶，我的球技都拜武館所賜，它們都是我生命的動力、力量的泉源，幾乎沒有一天不在這裡蹭一下。

上了二樓，熟悉的茶桌、茶椅、茶壺、茶杯，棋室的麻將都已有些日子沒動過了，失去了光澤。這麼大的武館據阿婆說已經一年多沒有人用了，學生都不來，沒了人聲鼎沸，一切失去了生命，沒有了歡聲沒有了笑語。

我都叫總教練教頭，大理州下屬祥雲縣人，中等個，皮膚粗黑，五官大剌剌掛在臉上，體重超過一百公斤像座巨塔，聲若洪鐘。他大吼一聲能把人嚇死，力氣大得能頂起一輛機車。

他書讀得不好，從小喜歡武術，特別偏愛打拳，長大了只練西洋拳，牆上貼滿了他打拳的照片，很像拳王阿里。他轉戰中國大陸各省，得了很多榮譽，是地方上有名的拳王。

教頭還不到四十歲，十八歲就打出了名號，十年前辦了武術及拳擊館，除了自訓拳擊手，也代訓公家委託的訓練任務，大門口就大剌剌掛著「大理州拳擊訓練基地」的牌匾，是大理最大的武館。

教頭跟年輕村長熟，當上村長的年輕人也喜歡拳擊。教頭跟村裡的村委會租了這塊地，成立這個訓練場，幾年來培養了不少傑出人才，深受地方歡迎，連市裡的小孩都來這練拳，幾年來得了不少獎。據報導，他把大理從雲南省拳擊水平中後段班提升到前五名，非常不簡單。

教頭非常重視民族意識，強調愛國主義，操場上一面五星紅旗隨風飄揚，牆壁上寫著「少年強則國強」等愛國標語。我不太喜歡體育搭上政治，但是教頭是真的希望體育強身強國強，我也不計較這些了。

我酷愛大自然，岳家在大理，有好山好水好空氣好食材四「好」。我七年前決定在大理養老，說是養老，其實活動更多，比在台北還忙，我忙著農活與公益，既能鍛鍊身體，也了解腳下的土地。

因為近水樓臺，我常到武館練武、打球，組建爬山、下水、溯溪、賞鳥等團體。由於都在家的四周，我的身體健康，精神愉快，與好友談學論道，好不自在。在這裡的確交到許多志同道合的朋友，人生幾何在晚年有此際遇，自覺還算不錯。

我岳家位在大理最寬敞的馬路蒼山大道旁，武館在路的另一邊，我只要走兩分鐘就到了，我跟教頭的結緣要從五年前說起。

每當晚飯後，蒼山大道兩旁行人道上，許多村民在散步。我也有飯後散步的習慣，就常常看到一群穿著運動服的初高中生或年輕男女長跑，後面跟著一名壯漢，邊么喝邊打數陪跑，有時候還會罵人，挺兇的。由於身體太魁武了，他走動起來很搞笑，有時候索性騎電動車尾隨在後。

那是一條大理的風景線啊！許多觀光客、外地人都加入跑步的行列，最多時有上百人非常壯觀，已成為大理一景。然而曾幾何時這個風景不見蹤影了，換來的是阿飛們呼嘯而過的飛車黨囂張怪聲。

回頭談教頭。教頭教學太嚴格了，十幾二十個受訓者要從武館到大理大學，跑三公里，來回共六公里，其間不能休息。落隊的會受到很不堪的嚴斥，甚至會從後面踹一腳，扇個巴掌，我看他們回到武館都累得不成人形。村民告知大個子是一個拳擊教練，才知道是武館訓練學員打拳，非常兇，我興起了想進去看看的念頭。

一天我趁著門沒關溜了進去，前面是個大廣場，左邊搞了一個籃球場，右邊種植許多莊稼，上了台階又是一個廣場，放著許多超大型的輪胎，防止人車掉下來，廚房在一側，前面走廊有茶座，許多人在喝茶聊天。

進得大廳，裡面好大，足足比一個籃球場還大；中間一個標準拳擊檯，四周佈滿了拳擊用沙袋、健身器材、拳擊套、帽子，牆壁上有學校介紹、課程表、教師陣容、課輔員等；教頭的履歷及師生榮譽欄貼著許多獎狀，各種課業說明與配套一應俱全。旁邊還放這一個撞球檯、一個乒乓球檯，許多輛比賽用自行車，以及一部重型機車。

二樓是辦公室、員工休息室、茶牌室、麻將室、員工與學員宿舍，基本配備完善，不像一般簡陋的補習學校，而是一個有潛力的、專業水平高的學校，深深反映出教頭的用心與決心。

在館內打拳人多不夠用，館外還有籃球場、空地可練拳，餐廳、衛生間、花園、菜園，好一個標準運動空間，我可大飽眼福了。

當然，首先進入腦際的是我如何常來練功，更大的心思是怎麼搞好與教頭的關係。因為要在這裡揩油只有教頭能決定，我看到許多他的朋友都來打拳、打球，還吃了一頓，好像都沒買單。我們是鄰居，老岳母與教頭媽還每天一起跳廣場舞，是老岳母少數的閨蜜，怎麼說他也不好意思收我錢吧？何況我又不常來，可能的話，也會替武館拉拉生意，村子裡有很多年輕人，都符合招生條件。

沒錯，打定主意就幹。我備了兩包菸去看他，但是，跟他搞好關係不容易，教頭是個很不好處的人，他不苟言笑，樸克臉，不多話，一口大理土話不大好懂，兩手抱胸，眼睛直視，不怒而威。

我善意的先開口套近乎，用彆腳的大理話自我介紹是台灣人，娶了大理婆娘做了大理的女婿，就住在武館對面，很想跟他做個朋友。隨後奉上菸伸出手要握手，教頭面無表情的看了看我，沒有伸手，只輕輕點了點頭，應道，我認識你們台灣人一個拳擊教練，姓陳。他問我認不認識？我搖搖頭當然不認得。他頓了頓又簡單的一句話，他是好教練，我請他來教了兩回拳，剛回台灣。

他沒收我的菸，上課鈴響了，他沒有再說，隨即就去上課了，我待在那裡只有轉向跟他弟弟聊聊。他弟收了菸，態度比較好，反而很健談。他跟陳教練相處了很長的一段日子，他很喜歡這個台灣教練，也清楚陳教練來大理的前因後果，便一五一十告訴了我。

原來教頭帶隊出國比賽認識了也是帶隊比賽的陳教練，雖然都是華人，但是畢竟是兩支來自不同體制的隊伍，原來並不服對方的訓練方式，常常互相批評，甚至不歡而散。

但是不打不相識，兩人最終竟然結成好朋友。教頭塊頭大，拳頭粗，訓練太嚴，只求場上打贏，以力服人，學員很怕他。台灣老陳個小，專業出身，年長，經驗豐富，諄諄教誨，以德服人，學員都喜歡他教，進步神速。

教頭也是很有腦子，很欣賞陳教練的教授本領，認為武館需要不同的教練與教法，也認同老陳一些拳擊理論與方法，於公於私兩相宜的好事，要他來大理當武館的教練，幫他一起教授拳擊。

教頭首先聲明，因為經濟負擔重，只能負責交通食宿，還有很微薄的酬勞，但陳教練感於教頭做人做事的誠意，答應來試試，結果在比賽前來大理幫忙訓練了幾次，略盡棉薄之力，想不到兩人竟成了好朋友。

教頭把母親接來幫忙做飯洗衣雜事，母親非常能幹把武館維持得有條不紊。媳婦是四川人，替他生了兩個娃都是帶把的，小兄弟倆也喜歡打拳，但住在市裡，週末才來。我是台灣外省人二代，老爸原籍四川，我也會說些川話，與教頭婆娘彼此互稱老鄉。據她說，教頭為人老實，她被他的樸實堅強感動了，人各有志，她欣賞教頭的執著打拳。她想，嫁給他也許會很苦，但這也許是命中注定的吧！我倒覺得這是一對佳偶天成。

教頭用人，人盡其才，是人盡皆知的事。他對職工非常厚道，待遇都好，大家都很願意替他幹活。我知道教頭二弟也當教練，有一子學拳，父子倆打得很好，但是二弟志不在此，他想打理祖上在老家的地，常常回老家種水果，武館主要還是教頭主持。

武館自從教頭不在了就很明顯萎縮，人氣逐漸散去。

原本還有三、四十個學生，五、六個教練，一年不到就剩下十幾個學生，老師也只有三個，都是教頭第一代徒弟。但是學生越來越少，原因不問也知道，連帶著三個老師只剩一個，就是二弟。

眼看不行了，疫情前台灣教練來大理，武館為之一振。原來，因為比賽時間近逼，二弟代兄主持館務，無法應付各項訓練計劃，尤其是資金竭盡快發不出工資。原本並不打算參加，但是教頭從裡面傳話出來，要參加，還交代他把台灣教練請回來。

我叫他老陳，台南人，五十多快六十歲，剛從學校退休，聽到教頭受難，武館沒人，毅然決然自費來大理，獨自挑起培訓的重責大任。我跟他足足相處了一個月。從他那裡又聽到許多教頭的故事。

老陳是個純粹說河洛話的閩南籍台灣人，道道地地甚至原汁原味的真港的在地人。他在台南教拳甚為有名，曾率隊參加多次國際比賽，最有名的是參加廣州亞運會拿到團體銅牌。

他對大理毫無印象，也不常跑中國大陸，但是自從去中亞哈薩克比賽認識了教頭，兩人特別有緣。原來，哈薩克族與白族都是少數民族，生活很相似，但不熟台灣，教頭為了陳教練，也幫台灣人拉攏地主國，讓台灣隊少受點差別待遇。

在其他地方，只要兩人相見，都互相幫忙。老陳說，他原來對中國人沒啥好感，但是教頭改變了他的觀念，為了教頭他跑了大理四、五次，無怨無悔，只為教頭有難，他佩服教頭打出好成績。他經常掛在嘴邊的一句話，不要把教頭的基礎搞砸了。

老陳透露，教頭表面嚴嚴實實，不苟言笑，其實還是很幽默善良的，他教學十分嚴厲，常常叫自己的兒子先行示範，做不好先受罰。兒子常常逃學，被他抓起來免不了一頓打罵，但事後他都私下給兒子說好話。怪不得我也覺得兒子被打被罵，配合度為什麼還這麼高？

教頭年歲大了，原本可以交給教練們負責體能訓練，但是教頭一定身先士卒，親力親為。他說，沒有好的體力再好的技巧也沒用。老陳說，這是金玉良言，不可不聽。我也深有體會，在大理常運動，身體一直比在台北要好。

教頭重承諾，講義氣，對金錢看得很淡。他為了武館，求爺爺告奶奶，沿門托缽，以苦行僧的精神籌集資金創立武館。他省吃儉用，把錢用在刀口上，不到五年就把大理拳擊水平從後段班弄到前段班，真的不容易。一般預測再幾年就能爬頭了，但是，唉！老陳嘆氣道，教頭進去，一切都無從說起了！

教頭的親朋好友到處打聽撈人，我也不甘示弱，找到遠房親戚一個在法院做事的問起案情。不問不知道，一問嚇一跳，教頭得罪的仇家大有來頭，是惹不起的。他幫了不該幫的忙，動了不該動的利益，對方趁這當局打黃掃黑的風頭，指他是黑道，就把他弄進去了。

我跟教頭正而八經交往沒多少日子，尚未那麼了解他，還是上網查了下他的新聞才知道，他是因朋友的生意需要幫忙，基於友誼幫忙處理經濟糾紛，結果公親變事主，沒抓朋友，反而把他弄進去了。罪名是敲詐勒索，是個典型的是非不分、主從不明的冤案。明眼人都看得出來，就是衝著教頭來的。

這段時間，我到處找關係，但是沒有人願意幫忙，指出當局正在敲鑼打鼓地打黃掃黑，教頭是個標誌性人物，救不了，只能叫他在裡面表現好一些，風頭過後，找關係提前弄出來，別的是沒辦法的。

教頭正式入獄才是武館厄運的開始，黑道開的武館誰敢來？學生迅速減少，只剩七、八個親朋好友的小孩，教練也怕沾邊不利收徒，紛紛辭了教職，武館一下子就垮下來了，原本熱鬧滾滾的大場子瞬間沒了人氣。

台灣老陳伸出了援手，他又來了。他說，我要有始有終，只要還有學生我們就不能關門。他感動了二弟，主動做他下手，兩人居然又撐了一段時間，把課都上完後才正式打烊。

老陳離開大理的最後一個晚上，我們喝得爛醉如泥。在武館，阿奶給他做了最後一頓飯，有大理豬肉做的生皮、牛乾巴、水煮魚，炒了兩個菜，都是自家的東西。二兒子開了老家的包穀酒，說只有招待特別的朋友才開來喝。

阿奶很少喝酒，特別破例敬了老陳的酒。她用土話斷斷續續說，我兒子有你這樣的朋友，我孫子有你這樣的老師，我感到非常高興，有空一定要來「閒」（就是玩的意思）。我發覺阿奶眼角有泛著光，有濕濕的東西。

老二酒量好，一杯接著一杯向老陳與我敬酒，兩個媳婦在廚房間忙，很少出來，也沒有敬酒，反而是我們兩個台灣客人頻頻朝廚房呼喚出來吃，卻始終不過端菜時應了兩聲吃好、喝好。我與老陳很識相，這個場合教頭不在，怎能開懷的起來。

吃罷喝茶，老陳問二弟武館何去何從？他說不知道，中國大陸上的事情太複雜不是我們台灣人能理解的。

難道政府就不管不顧了？

它能怎樣？他仗著酒意，狠狠吐了口痰，大聲說道，有好處都來，沒好處都躲開了！難道不重視大理的賽事？教頭對大理的貢獻是有目共睹的，支持他也是替他們做官的搞好業績嘛！

這幫人只會吃喝拿，每天混日子搞錢，我們花了這麼多錢，他們給兩張獎狀就算交代。不要寄望他們了。

村長倒是很關心武館，二弟說，他也想維持武館繼續經營，透過各種關係拉人注資，但都望而卻步。黑道的武館沒有人願意承接，我也不是管理的料，老家還要種地，大哥丟下這個擔子我是扛不起啊……。二弟痛哭失聲地吼叫，武館徹底完了，徹底完了。

阿奶只靜靜聽著，此時也激動接著話。她濃濃的土音老陳得找我翻譯才懂，她說，老大就是愛管閒事，他的朋友太多、太雜，我勸過多少次了，總是不聽，他看起來兇，其實很好處的，把他抓進去，說他是黑道，我是不服的。

在此時刻，老鄉媳婦出來幫腔也說，我老公是什麼樣的人我最清楚，我就不信過不了這關。有這兩個偉大的女性力挽狂瀾，果然沒有讓武館消失，就是這兩個女人的出現，拯救了武館免遭沒收的命運。

市裡隔三差五就有人來看武館，有商人、有單位，目的都是要接下武館。兩個女人發揮了女性無比堅韌的個性，讓我看到一個家庭主婦最崇高的志節，倆人都口徑一致——教頭交待，不轉讓。來人討了個沒趣，只有悻悻然走了。

自從沒學生，武館經常性開銷還是一個不小的壓力。我叫教頭母親「阿姨」，其實她沒大我幾歲——但也六十多快奔七十了——，在空地種下些時令蔬菜，養雞養豬，把宿舍租給工人，幫工地做飯，廣場出租給大客車當停車場。每天忙碌不停，甚至將原本草皮地種上了莊稼，能想到利用的都想了。

老鄉嫂子一週來三、四天，幫忙婆婆的忙。她讀過高中，處理文書資料等武館公事還能勝任，尤其是應對進退有禮有節，原來是法定代理人的二弟，因為有大嫂而輕鬆多了。

自從武館業務停頓後，不時有公家私人各路人馬來館內走動。據說，公家以文體局為主，三番兩次來調查，想變成它們的一個文體活動點，但是給的條件很苛，幾乎是白拿走，東家上下都認為太扯了，至少也算徵收吧？老鄉嫂子打著川話不答應。

我身為外人，幾年下來，眼看著教頭一家胼手胝足地開出高水準的武館，投入了無數的人力物力，其間的艱辛又有誰知？又該值多少銀子？替地方做出的貢獻又豈是金錢能衡量的？有關單位不想拿出錢來，又沒有能力經營武館，竟然袖手旁觀，看著武館落敗下去。

私人物業也頻頻出出進進，有的想改成會所，搞些聲色犬馬的勾當，有些想搞酒店住宿或餐飲。村裡沒有意見，只要公平交易，不搞違法的事都好商量，但是教頭不答應，他傳出話說，等他出來再說。

武館夠格搞個高級會所，但是，前人前事都要清出去，沒有任何瓜葛。教頭不答應，他傳出話來只要一口氣在，就要撐到他出來，他不能把自己的理想葬送了。母媳二人都保證不為所動，等他出來，等他出來。這是武館上上下下一致的願望。我常常看到阿奶孤單的身影在廣大的院子裡忙碌，晚間，一盞路燈照到阿奶在武館裡默默無言的幹活，想打個招呼都有點乏力，太慘了。

其實，我是不大明白武館的法律地位，也搞不懂所有權是誰？制度上的紊亂，平時沒事，有事後就真有事，私人權益不被保護，一出事官府就推卸責任。總之，問題的癥結在於公私兩方都不能體會教頭的心，教頭是要打造一個拳擊天地，讓大理成為雲南甚至全中國大陸的模範武館，實現自己一生的志向。如果只是為了賺錢，那麼他的心血將化為烏有。

大理有許多值得記念的人與事，也有許多不堪回首的人與事，教頭是有良知有遠景有能力的優秀大理人，但是卻被打入黑道，毀了他的一生。他生不逢時，令人腕惜他的遭遇，但是更令人髮指的是，一個好好的社會公益服務，將有社區成果的時候，卻又飛來橫禍，毀於一旦。試問，這是誰的責任？

在離家三百公尺的賽馬場，可以容納上萬人，每年只使用兩天，也是我這當局者迷，看不懂的問題。每年三月節跑馬場才開門讓人們進來觀賞賽馬及歌舞表演，平時大門深鎖，只供社會地位高的政商名流，以及外地賽馬俱樂部使用。除了嚴重的社會分化，社區活動完全脫節外，大理原本看好的馬術人才，也沒有機會產生了。

根據各種各樣的說法，有關單位怕發生賭博的情況。當官的怕惹禍上身，寧願不用，這種因噎廢食的做法，造成賽馬場從人聲鼎沸到杳無人煙的地步，賭風依然不止。

這些無法理解的怪事天天發生，讓我不敢想像。大理，我常說，是好山好水好空氣好食材的寶地，但是我不能理解，為什麼一座美好的青山因為防止山林著火就封山，以致人們無法登山；一條溪流怕被汙染就蓋起來；為了市容整治，街道乾淨就嚴禁擺攤？這完全扼殺了文化生機，平庸粗俗。

武館在教頭的經營下是個奇蹟，是大理體育界的名片。教頭是個追求理想的奇人，我始終認為教頭如果還在主持，肯定替大理爭取更多的榮譽。有關單位難道看不出教頭是個寶要好好保護嗎？不然，居然真的給弄死了。我就納悶了，整個大理體育界難道不會出手相救嗎？不知道裡面的貓膩嗎？

教頭媽是個樂天知命的女人，大兒子頂樑柱不在了，她與媳婦擔起家族的責任，兩個瘦弱的女子不向命運低頭，該幹啥還幹啥，居然也熬過了兩年多。每天經過武館，有時進去坐坐，跟教頭娘聊幾句，看著偌大的場地，只有孤影一人，不禁悲從中來。

兩個兒子自從爸爸不在身邊，也變得不太對勁了。大的成熟得有點過了，以前見到我都會叫人，但是他現在只想躲我；小的以前常跑我家書房看書，現在也很少來了。是誰一夕間毀了一座場子、一家人、一個希望無窮的新生代？

大理七年，過得既好又不好，有開心也不開心。人民的樂觀進取、樸實無華，是我認為最好處的特質，但又是什麼制度，讓真正好的事物被劣品取代了？時間一點一滴過去，教頭的青春還有幾年？誰能補償他？有誰能跟他說聲對不起？

陳教練走的前一晚跟我說，我還會再來，只要教頭還需要我。但是在中國大陸掃黑就是黑掃，黑白不分是非不明，說你黑就是黑，不黑也黑。在黑白無常的世界，我想問問老天爺，教頭需要祢時，祢又在哪裡？

妳莫走

經營客棧十五年，我真捨不得放棄。

吾友安安打算結束她的客棧，改當農夫。

真的，她很認真說出了決定，已在鄉下買了三畝地，打算種糧食、種菜。

我不信，特意在回台灣之前到她客棧問她真假。

是真是假你回來後就知道了！她說。

嗯，看來還真是有板有眼，並非隨隨便便有感而發。

我不管真相如何，追問道，怎麼啦？做得好好的幹嘛不做了？

別提了，再怎麼掏心掏肺地做人做事也得不到好，再怎麼樣配合也不如各方的意，這生意真沒法做了！她奧惱地說。

這可是我第一次看到她這副傷心失望的態度，不禁也替她擔心，看看有沒有辦法幫幫她。

沒用的，她憂憤道，我十來年的敦親睦鄰，換來的還是冷漠與絕情。告訴你吧！房東要漲房租了！怎麼商量都沒用。

噢……？不會吧？安安可是附近最好的房客，房租繳交得又快又多，逢年過節更是禮數周到，可以說是模範房客。

這漲租可勾起了她的回憶。是啊！她嘆息道，我還真的可以自誇，我這個房客在大理，要找到同樣好的還真不好找，我總是先想著別人的好處。但是她搖搖頭又說，沒用，別人會想到我的苦處嗎？

我知道她的感嘆為何而起。我認識她五年了，她真的想做個好厝邊，在與街坊鄰居打交道時，永遠是自己吃虧讓別人佔便宜，是正二八經好人一個。

別的不說，她對左鄰右舍，平日已是噓寒問暖，送東西送錢，年節更是專程上門致贈年節禮。除了年節，一些急難救助更是不落人後，連帶附近幾個鄰里，只要她能力所能及的，她都盡力幫忙。子女教育、生老病死，她也量力而為，從不讓人失望。這在人情澆薄的今天，特別顯得她的愛心與大度。

再說，她待人接物，進退應對，有禮有節，態度溫和，沒有施恩、沽名釣譽的味道。雖說出手大方，尤其是錢財方面不手軟，但也講究禮賢下士。嘴甜面帶笑容，宛如春風拂面，讓人心滿意足，心悅誠服，博得鄉里的好感，連年評為好鄰居。

她因為樂善好施，所以進的多出的也多。她透露，這些年是賺了些錢，但是花的也多，如果不做公益善事，賺的錢應該更多。她說，雖然比起其他客棧經營還算可以，但是善款花出去的太多，公益開銷與營利差不多，相當能開兩個客棧了。

她有十來個房間，大都是廉價房給背包客住，一天房錢幾十塊，加上飯錢也不到一百元，只有幾間夫妻房算是套間，收費稍高。她的薄利多銷政策，開源節流原則，上下一心，沒錢住店的年輕人就當自願者，採取自助式經營，自食其力，是個很受年輕人歡迎，更適合交友的平台，幾乎整年都有客人。在她的帶動下經營得還不錯。

我常去蹭飯，只是帶點自家後院地裡的蔬果，就大咧咧去吃吃喝喝，還有順便參與活動，消磨時間。說到活動，她的活動十數年如一日，一個接一個的文武場，我只要有時間，一定出席，絕對不會撲空而回。

安安安排活動堪稱專業，她配合年節四季，調動來往賓客朋友同好。活動是中西合璧，靜動皆有，文武齊備，不限屬性，只要她覺得好的都很歡迎。嘉賓除了吃住免單，還有少許的車馬費。她尊重專業，房客非但無庸房費，可能還有多的找回開銷，她該賺的很多又回到別人口袋裡，她的經濟狀況其實與人氣不十分相稱，可能只是中看不中吃啊！

她這麼多年靠開客棧賺個數百來萬根本不是個事，能力超強的她以巴西柔術以柔克剛的功夫，加上堅苦卓絕的毅力，不算她的知名度，如要轉換職場也不是個事，大把的錢與人脈會主動找她合作。只是她天生不喜歡做強做大，不想當老大，只想低調慢活。

但是如果真是不做了，可真是大理的一大損失，這無關銀子，就算客棧一個蚌子也沒得賺，她依舊有辦法維持生計，只是她已經大半個職場從事青年旅人的行業，她是來大理的中外年輕人的好朋友、好姊妹，尤其是外國背包客只認她不認店，是惟一考慮的重要落腳處。沒了她，再找一個好地方就很難了。

在平時她已經忙得沒天沒夜，一房難求，遇到旺季更是望屋興嘆，她都會盡量轉給同業，是同業中公認的媽祖婆。哪怕疫情期間，許多國外友人來到大理，住房發生困難，她也盡量安排，務必妥善安置。公家對洋人要求特多，許多客棧聞洋色變，連我這個台灣人也變得敏感，她都有辦法解決。

但是，如此熱心也換來不小的麻煩，這是另個不能再做的原因。我無知問道，什麼事？我問得多餘。她說，我沒法再接外賓了，入不敷出，做的多賠的多，這是何原因？我又問。

安安英語流利，個頭嬌小卻秀外慧中，熱心國際交流，我知道她的客棧是接待外國背包客的，房費便宜，利潤極低，只因她經營得法，表面上看天天客似雲來，其實也是薄利多銷，但不致於賠錢啊？

這兩年的疫情讓人沒法經營下去了。她算給我聽，一個洋人要去五六個單位報備，表格填不停不說，還要配合檢查，時間、金錢、精神上的耗損有時比房費還多，尤其是許多單位明的不拒絕，暗地裡不希望你來，做洋客好像有罪似的。

但是外國年輕人來旅遊總是不斷，又不能不收，收了又不能不報，否則罰款很重。她說，我的小伙伴都回家了，光靠我一個，忙不過來啊！

懂了，懂了！那就不做了吧……我也覺得這是個划不來的買賣。

她出生長大在中國大陸的東北，讀書工作也是，但是來大理玩就愛上大理不走了，這也是很平常，像似連續劇。

她的年齡看不出來，大概四十來歲吧？說不上來，不說也很自然，我都沒有問。我是在一場研討會上認識她的，她正以流利的英文發表演講。我喝過洋墨水，但是我必須說她的英文棒極了。

我跟她說，好幾次經過妳的客棧沒見到妳。她大方爽朗邀請我隨時可去看看。嗯！基本功一流，是一個應對得體的經營者，我一直納悶為何大理當局沒有借重她的大才呢？

然而，這個低調行事的小女子，第一次見她卻讓我終生難忘，且讓我慢慢道來。

我依約按時到了客棧，大堂沒見到她，小伙伴說在隔壁練功，我好奇心大起。練功？練什麼功？一個弱不禁風的小女子還會練功？我疑心大起，就逕行前往，到了一個大的榻榻米練功場，有幾個人在一對一的練柔術。我大致瞄了一下只看到洋土大漢，我有點自卑，怕被拖下場，就退了出來。

回到櫃檯說沒見著。不會吧？你再瞧瞧，就在場子裡，小伙伴肯定地說。好吧！我再度回到場內，再瞅瞅場中練柔術的人，據說這是柔道的一種。猝然間我看到一個小女子被個大塊頭洋人壓在體下，她正在掙扎，和一個大塊頭男子拉扯，僵持不下。我定睛一看，那小女子不就是安安嗎？她正努力與比她大一倍的洋人過招。

實話實說，我當時驚呆了！她居然是個柔道高手？後來她糾正我是柔術。不管叫什麼，這個刺激眼球，不可思議的場景，我真的終身難以忘記，也很難再見到。

她只有四十幾公斤，對方八十多公斤，相差幾乎一倍，她摔不倒對方，卻輕易被對方絆倒。重點來了！柔術的要點是不被壓制，只要能動都還不算輸。她這個小妮子居然還有縮骨功，居然慢慢從龐大的身軀下面爬出來，這真的太神奇了！

她看到我驚訝的表情，笑容滿面跟我打招呼，給我介紹對手以及規則，還歡迎我加入練習。我明白原來這門課已經開了很久，是她客棧外籍長期房客免費提供的，大部分都是外籍年輕人在練，也有不少中國人加入，是定期定時的體能活動。

我看了看簡介，教練還是頗為專業的黑帶高手。我看到她只紮藍帶，誇她應改為黑帶，她笑笑搖頭，謙虛表示只是好玩，隨時歡迎我加入，並指著櫃子裡的柔道服說，如果願意加入可以考慮送我一套服裝。但是直到她表示厭倦了這一行前，我始終沒有勇氣去穿上那套戰袍。

安安給我的第一印象是柔弱的小女子，不但身子瘦小，說話也是小到如同蚊子叫，我常常要她大聲一點，但依然是那個聲量。她說話時，現場要安靜，否則很難聽清楚。我愛熱鬧，到她那裡就覺太靜，尤其是演講、座談等活動，我都是語驚四座一鳴驚人！

談到辦活動，安安的青旅可算是大理最頻繁的一間客棧了。她的客棧佔地並不大，但是卻擁有一座兩層的大型活動場所，下一層是武術場，有寬敞的柔道場地，四周還有拳擊健身設施，上層也是和式設計，可用於各種各樣的文武活動，大部分用來瑜珈、舞蹈、演說、座談等，另外還有一、兩間房供小型活動，看的出來，女主人十分喜歡辦活動。

她的客棧除了外國人多外，主要是年輕人為主。她有心提倡，想把大理打造成一個健康又多元化的旅遊城市，她親力親為，出錢出力，親和力強。大家都以為她是個弱女子，不但不防她，還想親近她，初次接觸印象都好，做起事來，自然政通人和。

我知道的安安的確有限，尤其是感性的一面。她與我老婆見過多次也算熟識，問隱私既不方便也沒必要。但是一個北方妹子，隻身來大理開客棧，還是做外籍客為主，既未聽說出過國留過學，也未聽說已婚，年紀也不算是文青，該與我老婆差不多？

可她的表現卻讓我感到十分驚奇，會說英語與方言，且英語文法正確，發音標準，看來是有下過工夫；武術則精於柔術、技擊項目，尤其是西方運動，經常有名家造訪，觀摩示範。她會親自翻譯解說，有時甚至親自下場，這是我想不到的她。

安安雖是外地人，但是很重視社區營造，敦親睦鄰，她積極推廣文化交流與創作，在客棧裡經常有各類交流活動，左鄰右舍也常常受邀參與，她努力拉近外界與本土的距離，是個趨近完美的國民外交家加上社區優秀公民。

我第一次見到她，她就說很喜歡台灣，也有很多的台灣朋友，許多台灣人來大理都來找她，住她那裡。沒錯，我就在不到一年時間裡目睹許多台灣人在她的客棧住，在此辦活動，印象深的有瑜珈、武術、舞蹈、國學，種類繁多，我也多次被邀請去座談，也認識不少中外朋友。

安安非常尊敬我，只稱呼教授而不名，雖然英語很好，但是不會刻意使用，態度非常謙虛，若是我有什麼朋友來大理，我一定帶來給她認識。不論是誰，她都盡量抽出時間接待，有時談過了頭還在這裡蹭飯，完全不必擔心她會坍我的檯。

我也經常邀請她參加我的場子，她也盡量參加，每次都帶些手禮，禮數非常周到。

這些都是小意思。她最讓人印象深刻的是逢年過節，一定準備應景的禮物，中秋月餅、端午粽子、春節的春聯、貼紙、月曆，能想到的都準備著。我在大理過了幾次春節，她就送了很多對聯、剪貼紙年畫，老岳母非常喜歡，拿來貼在最明處。

喏！這就是我說的安安的心細，像顆穩重的大樹，用她濃密的樹葉提供鄉親們舒適的園地。她禮多人不怪的特質，善解人意的本心，不求禮尚往來，只見她捨卻很少得。這麼一個好鄰居、好房客、好公民，卻沒法再生存下去了。

說到「公民」兩字，在中國是個敏感字，與「公知」一樣，是個褒貶不一的字眼，而我卻認為她是個真正的好公民。所謂「好公民」就是指一個熱愛自己的國家民族，關心家鄉父老，珍惜土地，保護環境的人。她比土生土長的當地人，還珍愛腳下的這塊土地。

何以見得？我舉幾個例子，她比誰都熱心於推廣大理的好山好水，她主動配合相關單位的宣傳活動，出錢出力，不遺餘力，所謂的正能量，她可是裝置滿滿，我幾乎沒有見過或聽過她批評時政，批評政府，她總是以鼓勵代替指責，以愛取代恨，團結一致，多做少說。

為了多參與公眾事務，她加入了許多社會團體，像大理州、大理市的觀光旅遊協會、同業公會、客棧協會，出任理監事，擔起產官學三方的橋樑。她為了提升大理的觀光旅遊水平，出任具民間性質的觀光旅遊組織的義務性成員，致力於人才培養，素質提高。

她為了推薦大理，配合官方宣傳大理，白族年節慶典，各類地方特色的活動，她一定鼎力相助，轉發官方宣傳品外，凡是正面的宣傳她一定配合，出錢出力，遇到天災人禍也努力捐輸，不落人後。她不揩公家的油自費到各地與同行交流，在在顯示，她是一個有心改善大理旅遊環境的一個善心女子。

她的特色多做少說，總是默默不語去做，也不求回報，在我的經驗裡就有幾次讓我佩服。她出錢出力辦理講座，邀請中外專家學者給大理同行進修，印象有請外交官、大學教授、知名業者、在地公民各種不同的人，從不同的角度探討問題，花了大筆時間金錢精力。我參加了幾次，覺得收穫頗豐。

安安從來不會同行相忌，同行也不是冤家，大理在地人眼皮子比較窄，她不便批評同行，只有多辦活動，多搭平台，讓新的人、新的事、新的物，逐漸影響本土，也讓外地同業更接地氣。她本人則藉機交流充實自己，她好學不倦的精神讓我覺得大理的旅遊業還是有前途的。

她幫同業不在嘴上。我的朋友做茶，想把茶推出去外地賣，她一言不發，就地同意放在她客棧幫他賣，收入全歸朋友。她說，我不懂茶，但是我懂做茶人的心，他們辛苦做的茶要獲得肯定，我有平台，讓愛茶者與做茶者相遇，不是很好嗎？

疫情之下外籍客人是個麻煩人，安安積極配合政府要求，協助他們去申報、醫院核酸、體檢、看病、就醫。公安報到申領暫住證，消防局安檢，外事、民政單位的登記，演講、座談的申請與審批。總之，要跑五六個單位，花百元以上的規費，她都不推諉不迴避，主動積極，合法執業。

由於疫情每況愈下，外國背包客來了，不僅手續越來越嚴，越來越多，而且當局明裡暗裡也不希望有太多外籍年輕人再來。理由當然很彈性，留有很大的想像空間。安安的背包客棧首當其衝，她的處境也越來越尷尬。

阻止這些年輕人不來難，滿足官府要求不易，她左右為難，尤其是一些外國朋友不打招呼就冒然出現，讓她最感頭痛。留也不是，不留也不是，情理法三方的衝突，讓她進退兩難，尤其是深更半夜，如何是好？悄悄收容被查到，罰款是少不了的，再犯可是要關門。

我想，安安是地方知名人士，優良業者，可說是大理的一張名牌，政府理應從寬處理，情理法兼顧才是。可惜，有關單位並不因此而彈性處理，安安只有先停止了外籍客戶，這個決定幾乎砍掉大半的客源。她說，整整兩年業績掉了八成以上。

好在，她的人緣好，信用好，許多同行把脫不了手的物業委託她代管。就我知道我們共同朋友的酒店、客棧、餐廳都給她代管，應得的酬勞還是不無小補。

在這艱苦日子還不知道猴年馬月才到頭，房東的漲租令卻驟然來襲，令她猝不及防。安安說到此刻，掩不住滿臉的失望與傷心。真的如同迅雷不及掩耳，她的客棧再度陷於困境。

房東也說沒辦法，大家都過不下去了，但是我知道，裡面有不盡不實之處，貓膩很多。這說的是，中國有一個很不好的現象，就是守法精神不夠，簽的合同說不要就不要了。

這點我深有同感，我在大理這麼多年，自己的朋友被騙的不計其數，有些還不是本地人悔約，而是夥同外地人一起訛承租人。簡單的說，就是外地人教房東如何悔約，強搶房客的租金，為的是好接手經營，實際上都沒好下場，房東再勾結外地人再悔約。他們說的好，是你們漢人教我們的。

如今，安安面對的，要嘛加租，要嘛走人，這可能是整個中國大陸普遍的租賃現象。安安如此之好的房客，租了這麼些年，還是說漲租就漲租，十分無情，連老街坊鄰居都這樣，已經不是錢的問題，而是不顧情面的態度，讓她心灰意冷，不想做了。

這是我也深痛恨絕的事，一個美麗的城市，純樸的人民，為何變得如此這般？我們觀察周遭的問題，驚訝不已，現代人的貪婪已到了無所不用其極的地步。不公不義的事無所不在，連這麼愛大理、幫大理，以他鄉為故鄉的心情落腳大理的人，都真心換絕情，換來如此這般的無可救藥。

這件事對我震撼很大，我逐個回憶，竟然驚出一身冷汗——阿目的茶館說拆就拆、老柯的茶園說徵收就徵收、老許的桃溪谷說關就關、蒼山洱海之間的十八溪說填就填、公知訪民說抓就抓、修行師父的茅舍說拆就拆、學生說開除就開除，還有多少不公不義的事發生，只是我們不知道罷了。

安安的際遇讓我感慨萬千，這麼優秀的職場達人，這麼熱愛大理的新好大理人，這麼努力實踐公民社會的優秀公民，如在境外，哪怕台灣，她都可能成為傑出的專業人士，甚至成為人們學習的典範，可以一展所長，實現自己的理想。

然而，在此，她再怎麼努力，卻連安身立命之地都難保存。皮之不存毛將附焉？大理，真的是理想的伊甸園嗎？

身為一個台灣人，我拋開黨派之見，意識形態之分，純粹看待中國人，我的感覺是個個都很優秀，每個人都有自己的個性，自我的主見，台灣人沒法比，人均素質差中國大陸太遠了。

可是，一但成為群體——中國大陸政治社會體制下的群體——，卻是軟弱無能，無可救藥，任人宰割。大理安安就是一個案例，她個人條件沒得說，辦任何事，都是一流，可是一但與公權力或社區碰撞，卻是十分脆弱，還沒抵抗就投降了！

妳愛大理，大理愛妳嗎？妳把大理當故鄉，大理把妳當親人了沒有？妳們是命運共同體嗎？

也許有人認為我在挑撥離間兩者的關係，我不必挑撥，只看看一批批人來又一批批人走，來時乘興而來，去時敗興而歸，就可窺伺端倪，說到底，公民社會要民主與法制支撐，如果事業像海市蜃樓，永續經營如同緣木求魚，是不能成功實現社區總體營造的。

我在二〇二一年下半年回到台灣，在我寫這篇文章時，我不知道她的客棧是否可依然如故？但是因為疫情肆虐，世界各國都面對惡化的情勢，紛紛調緊了入出境管制。大理為了有效控制疫情，也已逐漸收緊邊境控制，看這架式，我想，安安的外籍背包客，還能夠大咧咧地在大理？還能夠玩緊貼身體的柔術嗎？

如果她改行了，我只能祝福她轉型成功，以另一個面貌再度帶給我們身心靈的饗宴，只是我又少了一處蹭飯的地方了。

但願我猜的不準，客棧漲租還是照開，只是縮小規模或換了地方也說不定，我這個人喜歡打破沙鍋問到底，更喜歡探人隱私，但就是猜不透安安最後的決定，會不會妥協？逆境中轉危為安，轉敗為勝？以我所知的她，一定會留下來繼續奮鬥的。

我是一隻小小鳥

你選楊逵小說當主題怎麼不事先告訴我？

我氣極敗壞怪我的學生許弘。

我沒在學校教書，在家裡開了個私塾，收了五六個村子裡的小孩。許弘是我私塾的弟子，才初二，十四歲，一百七十多公分瘦高的個子，蒼白無血色的皮膚，掛著一副黑框眼鏡，傻呼呼望著我。

老師，你沒有規定不能選台灣作家啊?!許弘辯駁。

我記得是一六年，在大理我家村子裡認識了許弘，才十二歲小學六年級，語文水平不錯，其他科目平平。這是鄉下學生的常態，為了學英語，跑來上我的私塾，因為主動找我，又是遠親，就爽快答應了。

兩年後他已初二了，還是一樣，除了語文不錯，其他科目乏善可陳，肯定考不上好高中，我就不再叫他用功，想學啥就學啥。他想寫小說，我也隨他，並且鼓勵他找他喜歡的作家作品，試著分析比較學習。

但是，我沒想到的是他竟然選擇台灣作家，還是一個有爭議的日據時代的公民作家，楊逵為了爭取台灣人的民主自由，用小說宣揚他的理念，還組織文學團體對抗當局，坐過日本與國民黨的牢。中國人很少知道他，連我都不是很清楚。

然而，許弘居然以他的小說〈送報伕〉為例，談小說寫作，說實話，我真沒想到，怎麼會是這樣的情況呢？

回想起來，我有種被戲弄的感覺，沒錯，有種被羞辱的灼傷感，一個中國大陸初中生談台灣作家，身為台灣人的老師居然不知道。說不知道是過分了，我是知道他喜歡寫作的，只是不爽許弘為何選他，又不告訴我，這分明有意跟我唱反調嘛！他選了一個我不熟的作家，而且是個敏感度高的台灣作家。

我在私塾辦了一次文學討論會，指定許弘講自己心目中的作家，討論會前我問他講誰他不告訴我，說還沒選定，我為了穩妥起見，又問了多次，他總是以各種理由推諉不說，我一忙也忘了催，臨到現場竟然真的不知道他要講誰，連開講前我都忘了問，心想應該不出他的年紀喜歡的中國年輕作家吧！

我太輕忽，竟然被他忽悠了，而且險些釀成大禍。

我永遠忘不了，那天在我家書房的一幕，許弘站在台上，臉上有一絲迫不及待的興奮，講台前擺放著兩本書，我瞄了一眼，怎麼是繁體字？來不及看書名，已聽到許弘開口，今天我要講的是台灣作家楊逵的小說。誰？我已為我聽錯了，問了一聲。楊逵，許弘平靜的回答。

你說的是已經死掉的台灣老作家？我問。

對啊！他有點俏皮地回我說，老師應該知道啊?!

我一時語塞，當然知道，只是為何選他？台下學生加上家長近十個人都把眼光投向我，大家都在等開始，我避開了這些帶著問號的眼光，把我的眼光轉向許弘，我心裡有一絲絲的不安，也說不上來為什麼，只覺得有點不妙。好吧！不管了，就開始吧！

楊逵是台灣人，生於一九〇六年，也就是清末日據時代的台灣台南，他是殖民地時代台灣人，從小接受日本教育，能用日文寫小說，去日本留過學，得到過日本高級別小說比賽大賞。

嗯，嗯，講得還可以，知道什麼是日據時代，什麼是日本小說大賞，，我忽然覺得許弘知道的蠻多，不像一個中國大陸鄉下的初中生，反而有點台灣大學生的味道嘛！

楊逵在日本參加了左翼作家組織，參與了勞工運動，這是他開始由作家轉變為社會活動家的時期，其間又關懷社會問題、弱勢團體，回台組織「台灣文化協會」，反對日本統治的許多不合理的問題，是勞工團體、社會運動的積極分子，也是鼓吹台灣民主自治的要角……

慢點，慢點，我適時插嘴了，情況已發生變化了，如果不打住，恐怕要踩到紅線了。這是我在中國大陸早已養成的警覺，文學，甚至整個學界，絕對不要踩到敏感的政治紅線，雖然我一時還沒能查證楊逵能不能講，但是涉及到社會運動、民主自由、反政府等等，已經是十分敏感的字眼，尤其是在台灣老師辦的文學講座，出現這些言詞，這些討論，先不說目的為何，只要冠上台灣老師鼓勵中國大陸學生談民主自由，反政權，不必扣上更重的台獨思想，家長只要問為何非談這個題材就夠嗆了，我還真的無以自解。如果再上綱到兩岸關係，我要不出事也難。

許弘，背景就說道這吧！你談談他的作品吧！我指引他只談寫作有哪些優點。

楊逵知名的小說有《送報伕》及《壓不扁的玫瑰》兩部著作，前一部敘述在日本殖民主義治理下台灣人的悲哀，台灣人唯有自立自強，勇敢鬥爭，才能取回被日本人侵犯的人權。後一部是台灣人向反動的國民黨當局爭取民主自由，要對專制獨裁的暴政說不……

好了，好了，打住，我揮著手打斷了許弘的話。他還想說下去，我快刀斬亂麻的制止了他，說，許弘對楊逵了解的很透徹，相信對他的寫作有著很大的幫助，談談他的寫作技巧吧！我只想把勢頭導向寫作技能上，不想談微言大義。

但是，許弘顯然不明了我的苦心，仍然繼續他的文學批判，仍然專注在文學思想方面，我幾次想拉他回到寫作技巧上，許弘只是朝微言大義上高談闊論，完全不能理解我的用意。

我這時只能快刀斬亂麻，阻止了許弘的演講。讓我們以熱烈的掌聲謝謝他帶來的讀後感，我帶頭鼓掌。

任誰都清楚，這個小說座談不能繼續下去了，我機警指著另外一個村裡的中學生，小陳，你給大家彈首歌。小陳專精吉他演奏，最近學了〈王者榮耀〉，的確好聽大夥兒都鼓掌歡迎，就這樣把許弘請下了講台。

教訓深刻啊！我自責不該開這個會的。這場原本不是文學討論會，許弘喜歡寫詩，所寫的詩水平頗佳，主要是寫抒情詩，常有佳作，我常常推薦給大家欣賞，原本是詩詞欣賞會，但是他卻說詩詞沒意思，不如談談小說。我說你們都沒寫過小說，怎麼可以這樣草率？他堅持己見，認為可以欣賞名家的，我也不再堅持己見了。但誰知道一個遠在萬里之外的山居小鎮，居然有一個初中生知道楊逵？台灣學生知道的都沒有幾人。

他居然會迷上台灣早期小說家，還是個老頭子？還是個所謂的台獨分子？我不敢再往下想了，甚至懷疑這一切是不是許弘的套路，還是有人挖坑讓我跳？我不斷回想這是否真的是個局？不會吧？我沒有得罪誰啊？沒跟家長收費，沒打罵學生，沒考試，沒比賽，純粹做公益，沒道理搞我啊?!沒問題，我自問自答也自我安慰。

但我必須消毒，我指定第二個學生小朱，他是軍事迷，文學甚差，文字不通，我讓他說說軍事小說。他很起勁地大談二戰各國武器，又從書包裡拿出很多模型，這樣才轉移了注意力，然而有幾個家長已經用異樣的眼光瞅我了。

許弘認為他講得很好，為什麼只講不到五分鐘就不讓他講下去，發了好大一團火，對我起了誤會，也不太尊敬我，竟然提前離開了。我覺得有點不好意思，這有損我的師道尊嚴，只有以後慢慢改進我們的互動吧！然而讓我刮目相看不久，許弘又搞怪讓我跌破眼鏡，差點又闖出禍來。

記得那是某位師兄的場子，一個自發的圍爐夜話活動，邀請我與外地來的抗戰史研究者，一起聊聊抗戰，記得好像是一個隆冬的夜晚。

當天下午我的私塾完課了，聊天中我透露了晚上要演講抗戰，許弘知道我是國民黨老兵後人，就說也想來聽聽，我想小孩子懂什麼抗戰？不置可否的應付了幾句就彼此分手了。

晚上到了會場，一入眼，乖乖，門口有四個穿著國民黨國軍軍裝的年輕人站兩旁，除了許弘另外一個是小陳，一個小朱，再一個就不認識了。一見到我許弘一聲口令，敬禮！四個年輕人舉手，向我行了一個軍禮，我大吃一驚，完全沒有心理準備，慌亂中只想往回走，但是主人家已迎了出來，笑呵呵地說，有意思，你是國軍英雄啊，這四個學生說是來替你站崗的，哈哈哈！

沒辦法，只有走回會場，小聲地喝斥了聲，胡鬧。

許弘四個表情嚴肅地站在門旁目不斜視，我在眾目睽睽下只有敬個軍禮，低頭哈腰從中穿過入室。

我問這些哪裡弄到的？許弘說網購就有了，他跟小陳小朱都是軍事迷，家裡都有買。但是，我問，幹麻買國民黨軍服？三人答，美國、德國、日本、蘇聯軍服都有。還忘不了安慰我，沒事的，老師。

還說沒事，我心想，台灣國民黨老兵後人，戳弄著新中國的未來希望，是要搞反攻大陸還是反革命不成？還能沒事？我是受不了的，直覺要他們這些生長在新中國，根正苗紅的紅色政權接班人趕快脫下回家。他們說要聽我的演講，那更是不得了，我喝斥著叫他們走，他們才依依不捨離開了。

隔天我見到許弘三人，我問是誰的主意？果然是許弘，我又一次被他暗算了。

這還沒完，一段時間後，有一天，他神祕兮兮的問我，老師，想不想看看遠征軍墓地？不是都被破壞了嗎？

那是野戰醫院遺址，我帶你去看真正的墓穴。

真有此事？我不敢相信眼前這個十四歲的青少年，懂得這麼多？

老師，我知道我們大理有很多國民黨老兵的墓，因為我們這一家也有國軍，每家幾乎都有的。

我的眼睛突然模糊了，眼角有點濕濕的感覺，好感動啊！這些可愛的小朋友。

在他的帶領下，我與幾個小朋友一起爬上後山，經過幾個山坡就到了墓地，雖然已經殘破不堪，但是仍然能夠辯識大致輪廓，墓碑已難以辯認清楚是哪個隊伍，但已無關緊要，這是國軍之墓沒錯，我簡單祭祀了，他們三個都莊嚴陪祭，絲毫沒有輕挑的舉動。這些善解人意的好孩子，我默默說了一句，謝謝你們，我的小伙伴們。

抗戰老兵墓一事讓我對他們刮目相看，許弘更是其中的佼佼者，他們小小的腦袋，你真的不知道他們有什麼奇怪的想法。他們透過手機甚至翻牆，不比大人知道的少，而他們純真正直的心靈，未受世俗紅塵的汙染，所展現出的正義勇敢，的確令人激賞。

許弘是個謎樣的人，他的世界很複雜，我已跟不上，他們幾個都考不上好學校，所以我也絕了給他們補習的念頭，成了他們的忘年之交，他們反而更直接乾脆把我當自己人，尤其是我經常在書房請他們喝啤酒，更是無話不談。

有一天，許弘帶著小朱，背著一大袋的東西悄悄來到我家，神神祕祕跟我說，他們要拍一部試驗性質的影片，名稱為《黃埔軍校》。我疑惑的問到，為何要拍這個影片？許弘說，我們翻牆看了很多資料，我們才知道，抗戰是蔣介石領導國民黨打的，共產黨根本沒打多少仗。

我深深受到感動，但也為了他們的反動言論而不安，我不能讓他們繼續這樣走下去。於是，我糾正說，這是個全民戰爭，正面戰場與敵後戰場都很重要，不能簡單分為誰多誰少，更不要掉進黨派之間。許弘插話，是共產黨先講的啊！我在學校還跟老師辯論呢！

啊！越說越不像話了，更離譜的是，許弘把袋子打開後我看到幾套軍裝，有國軍、日軍、美軍、蘇軍，就是沒有共軍。許弘說，老師，你當我們的顧問，我已把你的名字印在海報上了！我聽了大驚，果然，從袋子裡掏出一張海報設計稿，右上角一行台灣教授某某某指導，那是我的名字。

我差點昏倒，這群孩子不知道天高地厚，竟然把我也攪了進去，還要我客串一個角色，真是越扶越醉，我只有好言相勸，我以退為進，先拿他們誇獎了一番，但是我剛好要回台灣一陣子，不方便親自指導，也沒時間客串，他們才不得已把我名子拿掉另外找人了。

沒完，還有更讓人哭笑不得的事，這些年輕人上網看多了軍事評論，覺得美軍太正點了！德軍也不錯，日軍、國軍還行，想到國外讀軍校，因為語言與經濟基礎有限，只能捨遠就近，天真的要去台灣讀軍校，這把他們父母嚇壞了，直覺認為又是我這個反動分子幹的好事。

我說老師啊，別再給孩子們灌輸抗戰了！

啥事？

你說黃埔軍校遷到台灣了，我們家小朱要去台灣讀軍校。

這不但要我夫婦的命，更是要我與老公兩家老人的命嘛！

我恨我一時多嘴，說黃埔軍校才是正規軍校，四九年後遷到台灣，改名陸軍官校。不信，校訓是親愛精誠一字不差，校歌原本也是一樣，後來才改的。這些小傢伙居然信以為真，要去台灣報考。

我當然沒撒謊，但是我忘了，這是中國大陸，不是台灣，主旋律完全相反，一絲都馬虎不得，但是我又不願意說體制內的假話，尤其是我學的就是歷史，又寫了抗戰的書，網上都查的到。小傢伙們精得跟猴似的，騙不了的。但是講真話卻惹得一身麻煩，最後雖然終於勸阻了小傢伙的衝動，可也惹得雞飛狗跳，虛驚一場。

在中國，我不願再教歷史，尤其是現代史，就是因此而起。

許弘生長在一個單親家庭，母親改嫁，他跟父親一家過，爺爺奶奶很疼他，但是他還是喜歡母親。雖然我聽過有人說她不是好女人，但對許弘很好，常有連絡。父親在國企上班，家境小康。許弘從小喜歡詩詞歌賦，文學親近言情小說，經過家變，他的詩詞大為改觀，變得異常冷漠，我讀起來總覺得不像十幾歲青少年該有的文風。

但是平心而論，許弘的確有文學天份，其詩無論寫人、寫物、寫景都非常到點，佳句連連，境界頗高，我常常推薦給朋友，希望幫忙他走上寫作之路；然而事與願違，朋友給他的意見他總是不聽，讓他改的不改，久而久之，就沒消息了。反而他自己開闢財源，替網上寫稿，還賺了些稿費，我也不知道他迫切要錢幹嘛？

答案很快揭曉了，許弘在幫同學還債。

他讀的是離我們兩家都不遠的市五中，都是收附近幾個村子的學生，素質不高，家長大都是農民或打工者，是出了名的升學率不高，讀書風氣很差的學校。外面的黑社會分子與學校裡的太保生串通，向家境寬裕的同學訛錢，許弘不跟壞學生來往，向校方檢舉，因看不慣班主任與校方領導不敢管事，許弘又認為語文老師沒啥水平，看不起他，不想上他課，常在課堂上起口角，裡外交攻，看來待不住了。

許弘曾對學校教育方式多次提出他的不滿，我跟他無話不談，他把這些黑暗面一五一十的都告訴了我。我暗自驚心，這如何是好？他嘲諷學校老師不像老師，學生不像學生，在裡面學些啥子啊？他的看法偏激了點，但是不能說是一無是處。

他替好友打抱不平，反而遭到黑道報復，要他代還債務，否則對朋友不利。許弘不想讓父母知道，想辦法找錢還債，這不能不說是一個解決的辦法。但是學校方面應該阻止這個問題，不讓校園霸凌，以及黑道進入，如今，知道問題卻不解決，把問題丟給學生自行解決，這是不對的。

我如果不出面很對不住許弘，我也對他的安危焦急萬分，怎麼看，我只有硬著頭皮代他家長出面處理了。然而，去了才知道事情萬分嚴重，原來，他與他的同學家長們都已在入學時簽了兩份保證書，一份是在學校打架就要開除。一份是在校外的一切言行與學校無關，犯錯就開除，學生與家長只有義務沒有權益，校方只有權利沒有義務。

我以學生課外老師兼遠房親戚身分去學校，先見他的語文老師。他的語文老師水平是一般，但教學認真，他也很欣賞許弘的才華，就是討厭許弘沒大沒小的當眾批評他。我苦口婆心的勸許弘不可狂妄自大，也暗示老師許弘只是就事論事，沒有他心，雙方握手言和，不追究許弘與同學犯的事。老師說只要許弘態度好，他願意推薦給外面刊登，還有稿費，許弘看在銀子的份上，也勉強接受他的建議，我甚感欣慰。

再來，見他的班主任，他是教體育的，許弘惹不起，但是好友也是同村的學生受到勒索，他打抱不平。結果班主任不管，許弘跟他較勁結果被打，許弘當然不吃這個虧。他的班主任找他家長，威脅退學，許弘更覺委曲，我只有找班主任找說法了。

班主任與語文老師一樣，都不是不負責任的人，他向我大吐苦水，說許弘多麼難帶，外面的黑社會誰也惹不起，只有讓他回家。我又花了好大的力氣讓他打消這個決定，我講我也是跟他不對盤，但是他本心不壞，需要時間慢慢來，班主任也許被我感動，也許看在我的台胞份上，我說我也是老師退休，就不趕他走了。

但是處分還是要的，記了他大過一次，加上原小過兩個，留校察看，依規定，兩大過就可以開除，只差一小過了。我知道，校方這個動作只是不想落個扼殺幼苗的名聲，其實留校察看已經與開除沒兩樣了，只是快考高中了，留校察看可以同等學歷報考，讓他有個考試資格罷了。

許弘在體制內很痛苦，他幾次跟我說不想上學了，都是他不喜歡的科目，唯一喜歡的語文，老師卻不如他。每天睡到日上三竿也懶得起床，晚上卻不睡覺，拚命寫作，這種生活已維持了很長的時間，身體越來越差，家人擔心不已。

我去過他家不只一次，他的房間跟豬窩沒兩樣，亂七八糟不成樣子，四周散落著書、絹紙、筆墨，還有他寫的一些文章，還有些鬼畫符看不懂。這些東西也許就化為明天的一篇好詩或是好散文傳給我，他的文學天分讓我看到了，他的頹廢死氣沉沉也深深震撼著我。我雖然傷心生氣但是講不出重話，他寫的詩美極了，畫的畫也充滿詩意，連我這A型的人也感動得無以復加。

這些年輕人到底在想些什麼啊？真的沒救了嗎？就拿許弘來說，我覺得他完全有救，只要不強迫他讀他不喜歡的書，上不喜歡的課，與不喜歡的人，他就會活得非常快樂，像我的私塾就很適合他，我就是提供平台、空間，隨意交流、溝通，他並不會很難對付，其他幾個也不是問題。

許弘缺乏朋友，我說的朋友不是酒肉朋友，是心靈朋友，能讀懂他的詩詞，了解他的心態，同甘共苦，同病相憐，同流合污……噢！跑題了，我的意思是不要往他的腦袋灌注知識，要讓他自動吸取所需的東西，哪怕暫時不可理喻。像他談楊逵的小說，我處理得不好，應該讓他說完的。我有點後悔，我也犯了一般人犯的錯誤，替他做了決定，對他的影響是不好的。

當然，我一直是不支持應試教育的，但是這些農村小孩不升學又去哪裡呢？這是中國大陸一個很嚴肅的問題，因為人多所以要甄選，但是真能選出好的學生嗎？什麼又是好學生呢？許弘肯定不是好學生嗎？在我看來他不該是壞學生，他是先天後天都不錯的文學新秀，光這點我就自嘆不如了！

然而升學考試要考五到六科，只有一科強有啥用，英數兩科沒望，史地也僅能夠自保，不喜歡背誦，只想做詩，這就注定無法躋身好學生之列，這讓他萬分的沮喪，連帶著也對學習產生了厭惡，不想上學，逃避校規，逃離人群。

他夢想賣文為生，我說不切實際，他不以為然，居然在網上找到了財路，替他自己與朋友解決了一部分的困難。

其實許弘已經用行動證明了他的看法是對的，他不想上學但自主學習是對的，他靠網路鬻文也搞到一點錢，他靠誠信贏得了同學朋友的尊重，他在村裡很有人緣，也是孩子頭，其實我們只要讓他自由飛翔，他的成就絕對不輸考場所得。

我一直認為許弘缺少點宏觀視野，寫的東西局限性太大，想打開他的世界。剛好我在外語學校兼課，有些洋妞學生，我讓他跟她們成為好友，許弘只要她們欣賞他的詩，卻無意跟著學外文，很快的，他就不來了。他說，這群蠢貨，不懂中國詩詞之美，沒文化，不值得交。偏激心態讓我無語。

其實事後我自己檢討我錯了，為什麼要許弘有國際觀？他寫中文詩需要什麼國際觀？他又好面子，他的英文很糟在洋妞面前出洋相，對他當然是一大打擊，他是讀了許多翻譯小說，但離喜歡看原文小說還差的遠，當然是看不懂，讓洋妞笑他。我應該循循善誘，因勢利導，讓他主動來親近外國人。

許弘因為沒面子，知道答案後又不尊重原著，只有自己的觀點，別人的看法他沒興趣。當然文學、哲學都是挺主觀的，寫詩是絕對的主觀看法，但是他因此而更排斥外語，這樣一來就是我的無心之過了。

他體能活也差，我的課外輔導是到郊野去玩，他沒興趣，只想在家寫作，他能靜靜地寫一天一夜的文章，卻不能答應我到後山走走。我跟他說，唯有強壯的身體，才能做出一番事業。他聽不進耳，他的少年老成，惟我獨尊，讓我驚嘆不止，他如果能幫我打理文學這塊該有多好?!

然而事與願違，我受他父母所託，說怎麼樣也要考上本地高中，讓他繼續學習，我卻以為他應該開始自己的生活。但是看到年邁的祖輩，為生活奔波的父母，我只能收起私心盡我之力，讓他讀書考試。

為了他更上層樓，到城裡讀好高中，我用激將法，教他先升好校，校內有更多的詩友、文友，甚至有大師級的老師，他一定如魚得水般的快樂，但是如果還在農村混，怎會有機會遇見大師啊！他被說動了，決定死馬當活馬醫，拚他一次試試？他打算放棄英文，半放棄數學，全力讀其他科，我說一門都不能放棄，否則無法考上。

考高中前一年就擬了一份年度讀書計畫，剩下半年又擬了計畫，一個月前都照擬一份，當然都是紙上談兵，沒照章執行。我批評他，把計畫寫得這麼好，為什麼不把精神用在讀書上？他反唇相譏，怎麼知道他沒落實到位？

他讀書有他自己的一套，我原是要他來我家跟兩個哥姐一起看書，他不喜歡與不熟或大他的人在一起，沒辦法只有在家自習，偶而來我這。我問他進度，他總是說一切都在掌控之間，但是我考他卻答非所問，錯誤率高得驚人，我很清楚，他的進度落後得沒法追趕。

結果考得奇差無比，大理是讀不到高中了，我也絕望了，剛好回台灣，一住就兩三個月，回大理後方知他去了離家很遠的南部城市，讀上一個技術學校。我聯繫他，他說還能適應，他的專業好像是企業管理方面有關，具體我不清楚，他也不講，獨對語文這科又有話說，批評讀這些有什麼用？光是語文書籍就編得很差，我的水平都比它高，還要我跟著學？

沒辦法，他的確有看不起語文的本錢，他在新的學校很快就參加詩社成為主角，據說很得人氣，過得很瀟灑。

但是據說，他的英數底子太差了，語文也大意滑鐵盧月季考試都沒考好，總成績在班上落後為趕鴨子。他在大理考高中名落孫山，並未見他有什麼影響，縱然到新學校仍不改學習習慣，依然缺課逃課習以為常。別人提醒這是高職不是初中義務教育，成績不好可是要留級的，他不以為意，仍蹩嘴說不是他不行，只是沒有人欣賞他罷了。

他沒考上高中就躲著我。我幾次去他家，他都不見，或者索性躲開，他父親年紀比我還小，只有搖頭嘆息，爺爺奶奶也一籌莫展，無可奈何，提起他媽只有嘆息。

當時的三劍客許弘、小陳、小朱都名落孫山，敗下陣來，其他的更不堪聞問，身為師父，教導無方，怎有臉還在地方混先生，只有閉門謝客，徒弟閉門思過，總之關門大吉。

我的老岳母是反對我跟他們混的，只希望我輔導自己的孫子孫女。當然，我是一定優先輔導親人的，而他們也都表現得很好，都考上了不錯的學校。

但是我總是掛念這三劍客，跟他們在一起我沒有壓力，反正不求所得，但求無愧我心，他們也知道我是被他們當做朋友，毫無保留的真心交往。

一段時間後聽說，許弘離開職校了，是主動還是被動我不知道，其他兩個也都是技校、農校，總之沒像樣的，也沒來往了，我與他們三年的忘年之交就劃下了句號。

許弘還有小陳、小朱，他們像趙傳唱的歌裡的一群小小鳥，雖然飛得不高，但是不能限制它們飛翔，它們累了自然會飛回鳥籠。但是當前的教育制度，卻像一個打不開的鳥籠，在裡面生活得再好，也想著飛出去看看，哪怕吃點苦遇點難也值，然而主人家怕打開鳥籠讓鳥飛走了，因噎廢食，這些籠中鳥就再也享受不了飛翔的樂趣了。

每當我想起許弘的詩，小陳的音樂，小朱的軍迷，都會想起趙傳的〈我是一隻小小鳥〉，都只是籠中鳥的哀鳴，徒傷悲。

我是組織的人

我的朋友告訴我一個真實的故事，兩岸的意識形態是一個解不開的結。

他取的也是陸配，也在岳家雲南保山住過很長的日子，縱然衣食住行語言文化都融入了當地，與岳家可謂「一家人」了，但他私下告訴我，距離「心靈契合」仍有很大的空間，他並不看好「兩岸融合」。我頗能體會他的心情。

他的岳母是個忠貞的黨員，他跟我說了他與岳母之間的故事，我用第一人稱寫出來，值得兩岸人民三思。

我是組織的人！

岳母妳說什麼？

我乍聽之下不解的問道。

我是共產黨員，我是組織的人。

岳母一臉莊嚴重覆說了一次。

這句退休小學老師的表白，在我還沒有反應過來她為何冒出這話時，她又補上一句，我是不信神的。

看我依然不解，岳母覺得到表態的時候了，她一臉不屑地從嘴邊擠出一句話，你們台灣人的那一套不要來我家。

哪一套？我不解的問道，我不知道她為何強調她是無神論者，也不清楚她為何一早就跟我傳達這樣沉重的通報。

當我正不知所措，一臉錯愕，兩眼發直看著她時，她給了答案。你的台灣朋友來我家不要神神道道地。

原來是衝著我的朋友來，但是我的還有老婆的台灣朋友，包括陸配她都蠻歡迎，為何不歡迎明天要來的這批吃素的朋友？

還有，什麼是神神道道的？意思是不喜歡他們來保山參拜本地廟宇嗎？拜拜這裡很盛行啊？連岳母都經常燒香祭祖啊！況且我想神跟道都算好人，至少不壞，退一萬步講也還不是罪吧？

同時我也覺得岳母今天一早起來怎麼不大對勁啊？我心裡直犯滴咕她怎麼說這話的？我一時之間沒有搞懂，我直覺回了一句什麼神神道道？因為我始終不清楚本地人這句話是啥意思。

岳母見我真不明白，停了一會兒吞吞吐吐地說，就是不要唸經什麼的。

霎時我明白了，明天信佛的朋友來家玩，母親不要我的信佛教朋友做出信仰的動作。

不會吧？我的朋友是來推廣素食的，她們在昆明有很大的農場，吃素偶而也禮佛，但不是出家眾。聽老婆講至多飯前有個合十的動作，不會念經的，應該是無關緊要不傷大雅吧？

為了避免不必要的誤會，我覺得有必要搞清楚岳母的態度。

在我沉默不語時，她又開口了。我們共產黨員不信教，你的朋友不要向我傳教。岳母又傳達了更精準的指示。

不會的，我說，我也不是佛教徒，他們不會強迫妳信的。

岳母臉上沒有任何表情，停了片刻。沒有最好，又說，他們來也不要帶太多的書、傳單什麼的，放在我家不好。

噢噢！就像我們在台灣不要送佛經給基督徒一樣，這是可以理解的。雖然我還沒想到這些小事，但是既然岳母發話了，我還真的要提防這種情況。

不會的，我向岳母打包票肯定表示不會出現她說的情況。

但是，我的朋友是個虔誠的佛教徒，很久也沒聯繫，來中國大陸玩順道看我，還保不準會不會鬧出事來，我得預做防範。這事以前常聽人說過，有中國大陸朋友到台灣不進教堂，不看總統府、中正紀念堂，國父紀念館得改稱「孫中山紀念堂」。

果然，還是我事先做了調查溝通，總算防範於未然。朋友吃飯前是要唸經的，經我做了說明，朋友欣然應允不在餐桌上長篇大論的誦經，只簡單唸兩句咒語合十罷了。

我繼續溝通朋友吃素的問題，朋友說吃素不假，好在是吃的是鍋邊素，只要有素菜，葷素都可上桌，不用換炊具。我放心把這層意思跟岳母講了，她一臉不信冷淡地說，你們台灣人很難搞的。

果然，雖然溝通過後雙方表面平安無事，但是還有狀況發生讓我虛驚一場，也見識了岳母的較真與能耐。

朋友來了兩個，一見面朋友拿出小禮物，台灣的茶、鳳梨酥，岳母欣喜地收下了，她最愛吃台灣的鳳梨酥，讚不絕口，並嚴厲的批評中國的不好吃。吃罷鳳梨酥，朋友覺得岳母不像不好說話的人，就拿出其他禮物，一看是台灣佛光山的月曆，外帶小佛經，岳母她老太君的臉色就不對了，她不肯收，冷冷地回絕道，我是共產黨員有組織紀律的，台灣這些東西組織上是不允許收的。

天啊！她的坦誠讓我恨不得找個地洞鑽入，佛教朋友雖然也很尷尬但畢竟有修行，識大體，不強求岳母收下，但是岳母得理不饒人，強追猛攻，開始了她的長篇大論，引經據典直說這是迷信，她熟練的引用宣傳單位的話，毛主席說世上沒有救世主，她一臉嚴肅地說。

批完佛教岳母將槍口轉向基督教，她對這個洋教特別反感，除了是洋人發明的，還因為以老美為主。她警告說這是美國人的陰謀，順便扯上帝國主義亡我之心不死，還好手下留情沒有直說宗教是鴉片，好徹底消滅封建餘毒。岳母沒有讓朋友下不得台，但是我從小全家都信了天主教她是知道的，她批得痛快，完全忘了她是主人家，待客要有基本禮貌啊！

再來，朋友吃素雖不是沒有問題但小麻煩又來了，岳母先抱怨不會做素菜，再批吃素營養不良，希望能改為清淡的半素。她用誠懇的口吻勸導，早年沒得吃只想吃肉，如今生活好了卻不會過了，吃素萬萬不可接受，會營養不良尤其是年輕人，素食有時還貴過葷菜，這成什麼話？她憤懣地斥責，這根本是昧著良心賺黑心錢，什麼吃肉是殺生？胡扯！岳母憤懣的表情讓我只有無語。

好在吃罷晚飯各自散去，母親九點多就熄燈睡了，朋友晚些也遊罷歸來，一夜無話。

到得一早，保山的冬季七點天還沒亮，岳母屋裡已有燈光，這是母親每天早上的必修課收看央視新聞。

熟悉的片頭音樂起，岳母就精神抖擻地一面漱洗一面盯著電視。那是一台老電視，色彩已經不清楚了，但是她捨不得丟，硬是看到現在。

岳母的一生許多時間可說是與電視共度過的。

她的臥房在一樓大門旁，是進出必經之地，從早到晚只要在家忙完了活，電視就開著不斷。她早上要打掃衛生，看的時間少一些，下午午休後就是相伴她最好的老友，岳母一面做家事，像是在縫紉機前縫補衣服，還是打毛線，做手工藝品，電視永遠是她的好伴侶，也是同街坊鄰居聊天的談資。

只是下午的節目大部分都是電視劇，抗戰神劇或國共戰爭片較多，她的兩岸關係與對日本人的認識都從這裡來，對國家大事也是。我曾建議她多看點其他媒體，她悍然拒絕地說，我只相信政府，絕對不會相信其他的信息，包括台灣的。她說，台灣民進黨只會搞台獨，絕不能相信台獨分子的謊言。

台灣人、國民黨在電視劇裡都不是好東西。長期被洗腦，在她看來，十個九個靠不住，酒色財氣吃喝嫖賭樣樣都來，女的都是水性楊花唯利是圖，男男女女都是要打醒的人。我在娶她女兒時她就警告過我，親友也有意無意間暗示這意思，有些甚至借酒壯膽直說要治我。學歷、身分、地位、輩分，對她們來說都不是最重要的，重要的是政治正確，千萬別犯政治錯誤。

像我們夫婦的台灣朋友來家玩，她會盡主人的本分，一早看完新聞，出屋到廚房做早點，我與老婆通常起的晚要八點才下樓用餐，朋友也是此時下來，母親已吃完，為了避免尷尬，一個人又鑽進了臥房，直到吃完走人她才出來。她常常用嚴肅的語氣跟我說，我不想跟你們台灣人做朋友，台灣人不論是國民黨民進黨，本省人外省人，對她來說都是神神道道，講迷信，不支持中央政府黨的政策。

說岳母不信教是我親身經歷許多場合知道的，她是村委會委員，在村子裡算是積極分子，曾記不清多少次公開宣示不信教，沒有信仰，但是，另一個影像卻又是一個虔誠過頭的村婦。

保山友很多少數民族自治州，有許多地方信仰與節慶，只要是藏川滇黔西南地區白族、彝族、苗族、藏族、回族等民族節慶，像三月節、火把節、乞丐節、少數民族新年，加上漢人的一年三節，一年內總共至少十來個，加上漢人的黃曆上的初一十五，西南地區可說是節慶最多的地區。

奇怪的是，岳母每到初一十五一定要上供祭祀，親人忌辰更要超渡追悼。岳母每個不漏一定親力親為，而只要是沾親帶故的親人都得參加。

印象最深的是中元節，當地叫燒包節，那可是一年中最重要的祭典，岳母早在半個月前就準備了，親人也早就挪出時段，一早就趕到老家，參與盛會。

晚飯過後開始燒紙，堆得老高的紙錢並不精美，但是除了冥紙外，各種各樣吃喝用的如車船衣物，各色家電一應俱全。燒包儀式還有講究，先後順序不容混淆，男女老幼親疏遠近，都得聽她的指揮，一面燒一面唸唸有詞的。尹氏門宗、趙氏門宗、張氏、李氏，一路唸過去，順序不能錯，代表不能錯，內容不能錯。燒包開始，岳母的表情立刻嚴肅起來，在烈焰中唸唸有詞，不斷虔誠地吶喊。她邊向火爐中餵紙錢還叫上子女，大人小孩已手捧一疊疊的各色冥紙，口中跟著親媽唸唸有詞，一聲聲的呼喚歷代祖先保祐家人。她首先從大兒子開始，岳母要祖宗保祐身體健康事業順利，再來二兒子岳母特別要祖先保他安全，再下來女兒，遠在台灣只求平安。岳母腰彎得老低，她的謙卑與虔敬，一站就是一晚上，火越旺越好，燒得越久越好。岳母累到忘了已過晚覺的時間，她熱情與耐力震撼了我，此時，宗族親人的血脈相連，讓她忘卻了她是黨員，是無神論者；此時的她就是一個村婦，一個再平常不過的老輩。

你代表你家說兩句吧！她朝我發話。

岳母的倫常觀念是牢不可破的，先是血緣關係人，再來才是外姓人，自家人拜完了才輪到外姓人這也是有講究的。以往都是岳母出面，她燒的紙錢是給他父母親那族的，我通常這天吃完了晚飯就會溜出去散步。如今卻要由我代表我台灣的親人，可能是我們處久了，這個女婿已被她認可了吧？

除了燒包節，還有初一十五岳母一定要祭拜祖先，也不能不上香祭拜，村子裡還習慣用農曆，我倆也常搞出雞同鴨講，十分不便。因此農曆幾號我要常記得，最重要的初一十五就看看一早的供桌上有點燃香燭否，這倒是記日子的好辦法。

岳母的一生坎坷奇特，是一個年代的縮影，她出身地主家庭，父親據她說也是國民黨軍官，出身於程度相當高的旺族，四九年後打成黑五類，岳母與她母親跟著倒楣，靠著丈夫是紅五類，岳母與子女全家才未挨餓受凍。岳母遭此劫難因此絕口不提過去，而且要子女忘了過去，下一代受外公家的影響好少，要不是親友透露我絕不知道內情。

岳母有一半少數民族血統，但是她完全否認，私底下常常仍以大族出身為傲，但是在政治正確的前提下，她要忘了黑五類出身，完全倒向夫家的紅五類，這點我猜測就是岳母為何如此跟著黨走支持政府。

我老婆對外公也都沒啥印象，對爺爺奶奶也是一樣沒印象，除了都不享壽，間接證明岳母有心如此。這是稍微冷靜分析下也容易理解的。

岳母性格的多樣性令我不解，但是經過我長期觀察，不禁感觸萬分，要不是環境所逼，怎麼看她也不像不信鬼神的馬列老太太啊？

岳母經過大風大浪，生活艱苦讓她相信活下去是最重要的，她外圓內方，可以為生活低調過活，但是對做人的原則與底線卻是終身堅持。岳父先走了，岳母一人硬是自己過了十年，她不求人，靠自己幹體力活，種地不輸小伙子，親人都住城裡，只有她住鄉下。她一早下地，捨不得顧工，勞動活做一整天，收的莊稼瓜果蔬苗只往城裡兒子家送，也給街坊鄰居，她在村子裡幫助親朋好友解決一些問題，為人處世公正、禮數周到，獲得大家的尊重，對人情冷暖參悟透亮，猶如飲水自知。

她處事公私分明，一本人情帳冊記得清清楚楚，人欠欠人既不吃虧也不佔便宜，我要上點禮或表示意思意思，她說我不懂不要我管，她公在嘴上，私在心頭，但公私之間為何調適得如此完美？我打心裡佩服。

她捍衛黨及政府不遺餘力，誰要是批評黨及政府，她一定挺身而出，她面對境外的批評認為是別有用心，不信不傳，堅信黨的領導，她的認知只有一句話，不要批評政府。

我看不慣常常停水停電，發幾句牢騷，她立刻警告不要批評政府。街上交通太亂、廁所太髒、物價太高，她也不服認為是我挑剔。我經常拿台灣做比較，像言論自由、出版自由、社會治安等，她不會同意，還不認同海外的民主，她說那是給政府添亂。

岳母分不清政府跟黨的關係，更別說政府與國家，國家與民族了。她緊跟著黨走，央視新聞是她最值得信賴，也最緊跟著黨的信息來源，她的腦子裡只有黨的政策，什麼民主自由一概打入反動的行列。

她不想知道如何選擇政治社會制度，只相信中國人都要在共產黨領導下，走社會主義道路，除此之外別無他法。我曾建議她多去國外走走，她說只有中國最好，沒必要出國，外國亂、危險，花錢受罪。

談到過日子，她由衷讚嘆現在生活好了，這要感謝黨和政府，對腐敗現象也跟官方宣傳口徑一致，認為中央的反腐已取得了豐碩的成果。但是她卻對村幹部的貪腐咬牙切齒，深惡痛絕，有些村支書，村長也許手腳不乾淨，她絕對沒有好臉色給人家，她每次提起討厭的村幹部就恨恨地罵一句不是東西。這麼多貪官汙吏，她不認為是黨的責任，她始終認為黨與政府是好的，只是下面的幹部有問題。

黨的宣傳機器在她腦海裡根深蒂固，她的思言行為、意識形態，無不跟黨一模一樣，尤其在民族主義上她是最典型的朝陽大媽，她是反美反日反台獨的急先鋒，只信中共的宣傳，不信海外包括女婿我的話。她說，這些都是美帝國主義及台獨分子的反人民反動派的陰謀。

這幾年中國發生了多起反歐美日，甚至港台韓國事件，這些事件有的是純商業糾紛，有些則是參雜有政治味道，北京當局從中利用，以至沒有一次排外事件不是外國錯，也沒有一次不是當局得利。外人看得很清楚，但是只相信官方說法的岳母，則是早已固定了思維，一切緊跟黨，別的都不信。像砸日本車，衝擊韓國大賣場，制止麥當勞營業，不過聖誕節，不吃洋餐，岳母都積極響應，不落人後。她多次以權威的口吻訓示我，洋人到中國賺錢卻不認同我黨，歧視中國人。她的觀念還停留在清朝，我要是替洋人說話她就指我媚外，她多次點名台灣漢奸太多，台灣人都是媚日分子，沒有國家民族意識。我姑念她受了宣傳影響並不放在心上，以前每次她說台灣的壞話我都是跟她辯駁，但是後來發現，她完全不知道外面的真相，也無心改變，我就很少回嘴，畢竟家和萬事興，何必跟一老村婦較真。

然而，最近幾年中國大陸武統聲浪漸起，我發覺不對勁了，她常常發些祖國統一的影片，兒孫輩也發武統的文章，這簡直不可思議。我甚至懷疑這是真心的，他們遭到什麼樣子不對勁的魔咒，不顧一切竟然要大義滅親？難道這就是和藹可親的岳母？

提到連襟我也想說說他們。支持黨帶給他們過上好日子無可厚非，沒聊幾句就要感謝黨，讚賞這個黨真不錯，實在有點受不了，但為了和平共處，也懶得駁斥。

他們不喜歡國民黨，更恨民進黨，明確地表示不喜歡台灣，始終認為自己老家最好，也不去台灣玩，也不去歐美日資本主義國家，一家人只對祖國河山有興趣。

岳母雖然是個典型的民族主義者，但是在日常生活中卻沒那麼愛國，她愛用洋醫洋藥確實好過國醫國藥，生活用品也喜歡用洋貨。她拒絕洋人來中國大陸賺錢，卻都很支持子女親友在洋人公司打工，她自己也買洋人的保養品，因為都比本國同業要好得多，這時候她不排外了。

哀哉，人民何其愚蠢，誰令致之？我反而對他們多了一絲絲同情。

岳母與連襟妯娌，她們的公私分明、政治正確、自我保護意識，讓我大開眼界，我不知道哪一個岳母才是真的岳母、哪個親戚是真親戚。

我常常在想如果台胞在中國大陸犯了罪而被抓起來，他的中國籍親友會不會救他？以我在中國多年的經驗，如果是一般案子，會救，如果是政治案件那就難說了。岳母是個明哲保身的人，是個典型的朝陽大媽。我是因疫情而知道的，當疫情嚴重時，黨鼓勵打疫苗，地方幹部有政治任務把接種率拉高，連她有嚴重的慢性病可免打，她也打了，還好沒事。她警告我快打疫苗，催了幾次我沒在意，有天她說，台辦叫她轉告我快點打，暗示不打可能無法住在她家。我血壓有點高擔心出事，又不大相信疫苗質量，許多朋友都拒打。她不以為然說疫苗好又免費，世上哪裡有這樣的好事，也只有共產黨做得到。台灣剛好鬧出防治失當，疫苗不足又貴又打死人的新聞，在中國大陸成了大新聞，央視加油添醋天天播放，岳母逮個正著，大酸蔡英文，勸我認清真正照顧老百姓的是共產黨。我不想讓她為難又不想打中國大陸疫苗，就冒著疫情回台灣了，回來才知道疫苗核酸都沒花錢。

老婆在台疫情最嚴重時也大罵蔡政府，高度讚美共產黨真正照顧人民，感慨地勸我世上哪裡有這麼好的政府，又愛民又保民，還拿台灣說事，傳播假新聞。我跟老婆說不要相信共產黨，打疫苗死了很多人，比台灣多很多，只是不報導罷了。她不相信，很難對話，我們都是假新聞下的犧牲者，而造假者是誰？誰封鎖了消息？大家都知道不說。我相信她們都知道，也都不會說的。

但是，在持家過日子方面，岳母又是一個出色的家庭主婦，她一輩子為人妻、為人媳、為人母都做得極為到位。她在村子裡的風評是被高度肯定的，她把家治理得幾乎沒有啥好挑剔。她讓家人親友度過了苦日子，讓晚輩成家立業，受到上下一致的敬重。

早年吃苦的日子讓她精打細算，私人利益絕不吃虧，在過日子方面，她的勤儉持家，賢慧能幹，是她母親最好的幫手。隨後母親走了，她操持家務贏得了街坊鄰居的口碑，也是大家學習的榜樣。

這方面卻讓我覺得她是另外一個模樣。我印象最深的有幾件事，就拿交黨費來說，上面不催絕對不主動繳交，上了年紀成了資深老黨員，福利越來越多，她會主動打聽各種情況，若是給的少也會不滿，像是退休金。她是事業單位退下的小學老師，比起政府單位的小學老師，簡直是天差地別，她每次提及就氣不打一處出，厲聲質問為何不同？理由一大堆，我幾乎可以背誦下來。

但是，岳母她屬於善良的傳統婦女，只要不太過分她也不會表示太過。這幾年經濟較好，增加了調幅，但也只是百來塊，她已喜不自勝，完全忘了別人調得更多。她以諒解的口氣替政府說話，能調這些已不錯了！中國大啊！哪像你們小台灣，中國一定越來越好，台灣早晚會被比下去。我聽到這裡只有苦笑，完全無語。

岳母說中國經濟越來越好，國家越來越強，中國人終於站起來了！說得我都有點相信了，但是太平盛世我沒感覺到，反而是岳母用行動說明了世道卻來越糟。

在村子裡，每家養狗看門十分普遍，我家地大房多更是要養，但是我討厭髒臭，不想養，同時，家又座落在鬧區，早晚人來人往不會有小偷。但是岳母不以為然，說村裡家家都遭過小偷，非養不可，但是打掃狗舍，整狗食累人，晚上叫個不停也鬧得我倆都失眠，岳母終於不養了。但是放心不下，叫人裝了監視器，她親自指揮深怕有死角。我看在眼裡，只覺得比台北城區還嚴密。這才是當今中國大陸社會治安的寫照，家家高牆鐵絲網、監視器。我嚮往的是大自然生態環境，友善的人際關係，誰知道那監視器裝置，竟讓我有種被監控的感覺，言談舉止也無形中自我設限，深怕落人別人的眼耳之中。如果有一天兩岸兵戎相見，想到這裡我的心直往下沉，哪有一絲田園生活的情趣？我的好友離開保山回台跟我說，中國大陸沒有安身立命之地，我們的家園在台灣。

習近平要兩岸融合發展，心靈契合，走向統一，是避免戰爭的唯一途徑，但是台灣人覺得是「你吃掉我」，難有互信。

岳母除了不讓我批評政府，也聽不得說外面好。中國人的傳統美德溫良恭儉讓，在公領域裡一個不見，我始終想找出是什麼原因造就岳母如此黨性堅強？我無法理解她複雜的內心世界，在她的心靈深處又有什麼不為外人知道的呢？七十年異於外界的生活型態，不同的思維模式，我雖然已在中國大陸經過了十多年，但我依然不明白。

我寫出朋友的心聲，其實何嘗沒有同感，我忘不了朋友的那句話——兩家一家親都困難，兩岸一家親還真是想多了。

餓死事小

我不能給政府添亂！

小林堅持不去大使館求救。

他是我的大理朋友，遠在數萬里外的莫斯科郊外鄉下與我視訊。他滿臉風霜，疲憊不堪地求我，再借他人民幣兩千元。

我怒吼著，小林，你是落難的中國公民，中國大使館有責任救助你。

他不為所動，仍是老調重彈說，我不是因公外派來的，政府沒理由救助我，我不會去找他們的。

我不想再理他，最後一次說，小林你聽好，大使館有義務救助僑民，這是急難救助，你快餓死了，你不去找大使館，老是跟朋友借錢，這是本末倒置，我不能再幫你了，說完，我堅決掛了手機視訊。

小林是大理有名的民間學者，四十出頭，二十年前就投入了二戰滇緬戰區的研究，已有多本著作出版，著名的有飛虎隊與雲南、大理與遠征軍等方面的大部頭作品，極具學術研究價值。

他堅持史料說話，以口述歷史方式，訪問了相關的人地與事，又到美國找資料，拜會當事人、學者專家，成果琳瑯滿目，所發掘的東西極具價值，獲得中央及地方業界以及媒體高度的肯定，可說是一人能抵一群人，是大理的一張名片。

他花在寫書上的成本也是驚人，他都是自籌經費，去美國收集資料，訪談人物，長期停留花光了他所有的積蓄。五年前二〇一七年他又湊了幾萬人民幣，到俄羅斯收集二戰蘇聯援華的史料。三年前，也就是一九年五月他在莫斯科快完成了所有的計畫，打算再做些調研就回家。

然而，流連忘返地沉迷在故紙堆中，當他發覺快沒錢回家，無情的疫情開始肆虐，同年年底武漢疫情爆發，他還提醒周遭的人注意防範，避免亂跑，沒想到俄羅斯第一個取消了飛中國的航班，隨後中方也關閉了邊境，他回不來了。

一年後的二〇年初，中國大陸疫情嚴重，繼續延誤歸期。之後，中國大陸疫情趨緩可以回了，俄羅斯卻疫情趨嚴，回國的班機停飛，他沒有料想到事態如此嚴重，他的錢已不夠維持生活了，簽證也快到期，必須盡快想辦法回國，但是他的錢不夠轉機回來，陸路又沒把握，只有等待。

然而，他的運氣太壞了，中俄兩地，一方開放航線，另一方就叫停，邊境也是，要不中國不讓回，要麼俄國不讓出，錢快用完了，歸鄉之路遙遙無期。他開始借錢，先向親朋好友告貸，之後越借越難，直到借不動了，竟然已滯留俄羅斯近五年。

小林是我的雲南朋友介紹給我的，稱讚他是研究飛虎隊與遠征軍的專家。我決定定居在大理，他送我他的著作，帶著我到他老家，參訪美軍機場、美軍公墓紀念碑，及茶馬古道遺址，並介紹我認識了大理文史所所長及許多專家，這點讓我十分感謝。

小林父母親都是農民，他書也讀得普通，在隔壁的麗江師院畢業，回老家找了份文物局的缺當小職員。但是他有話說，考大學他不懂填志願，考得極好卻填到了二本末的師專，他的分數是麗江師專的狀元，足足可以讀大理學院本科任何科系。

他的語文好，適合寫作，如果好好幹，循規蹈矩地往上爬，弄個長字號領導退休不成問題。他從小就跟著爺爺過，爺爺有學問，啟蒙教育給他比別人更寬廣的空間，他的家鄉又是個抗戰基地，許多戰爭遺址，讓他很小就是個國粉。因為祖父是國軍，祖叔是知識青年，參加入緬作戰的遠征軍。

他知道我學的是歷史，又寫了些抗戰的書，我的父親也是遠征軍，更拉近了我們的距離。他非常熱情接待我，極力推薦他知道的真實歷史，他獨力促成美軍飛行員殉職墜機地點蓋上紀念碑，這在當時很不容易。

他促成雲南老機場的歷史再現，讓人們知道飛虎隊的歷史，單就愛鄉愛土角度，他為故鄉做了很多事。在他的奔走下，發掘了許多家鄉的人與事，獲得了官方的重視與經濟支持，學術上也獲得難得的成就。

他是個研究國軍抗戰史的狂熱分子，二十年前大學畢業就對滇緬戰役及整個八年抗戰發生了興趣。

一五年適逢抗戰勝利七十週年紀念，他策劃了多項活動，替公家做出了很多的貢獻，但是也發覺了中國大陸對抗戰史的認識嚴重不足，以及長期以來的偏差言行，他認為要從源頭做起。

一個人，一個年輕人，一個覺得自己發覺了真相的人，就希望能真相大白。小林自從一五年前後走了一趟訪美之旅，搞清楚飛虎隊後，就深陷於挖掘真相的無法自拔的境界，一頭栽進二戰滇緬邊戰區的夢幻世界，他要逐夢。

他並無長遠打算，尤其是財力支援，他想靠賣書為生。從一〇年就投入飛虎隊研究，去了美國多次，訪談了許多人物，收集了許多史料，一五年出版飛虎隊，又出了遠征軍專書。對一個年輕人來說，純民間學者，靠著自籌經費，自立更生，這是很不容易的事。

據他說，他是在家鄉搞了一個小企業，很幸運的賺了點錢，但他知道不是做生意發大財的命，就把錢全部投入了研究學問，連家都沒時間成立。他透露原來有個志同道合的女友，也因為他太投入寫書而不得不結束兩人關係。我說，是不是跟你一起做抗戰老兵的志願者，他苦笑點點頭。

小林說，我不是做生意的料，我就是搞抗戰史的料，這輩子就只會搞研究、搞出版，我要出十大本中國跟美俄兩國抗日的書。他對抗戰期間的國府大員如數家珍，我自認已是此中高手，贏我的不多，然而比起他來自嘆不如，我暗自佩服這個生長在雲南驛美軍機場旁的農家子弟，比我還懂抗戰。我嘲諷自己就像一個井底之蛙，沒見過真正大氣的作家。

小林與我見面只有兩三次，都在大理，之間有五年未曾謀面，原因是他遠走美俄，搞他的偉大工程。美國的飛虎隊與遠征軍已搞出很好的成果，不但出書也在美國結交了很多的朋友，對他未來繼續研究有很好的作用，我一直以來認為這是他一生奮鬥的目標。

沒想到，隨後他把注意力轉到蘇聯二戰援華，這個轉變據他說，是為了全面了解抗戰真相。美蘇兩國是中國抗日的最重要盟國，他在俄羅斯發掘的史料不比美國少，光是俄羅斯援華就可以寫十本書。

是不是這樣我不敢說，但是俄羅斯之行肯定沒有之前去美國的幸運，他在這條道路上充滿著艱辛。五年待在俄羅斯，資料蒐集雖不比去美國的少，但花的錢比去美國的多，加上疫情將他推入險境，風險管理稍有不慎就回不來了。

我與他已許久沒連絡，微信都因他找我籌款出書而趕緊拉黑，記得是去年二一年的九月份，突然小林找上我，要加我微信。之前彼此都忙，交情不怎麼熱絡，彼此都不常來往，微信不通了，突然接到他的信息，我還是蠻高興的，自以為我在年輕人中還有點魅力，於是高興地加了他。當下他就要視訊我，他主動打給我，映入眼簾的卻是一張滿臉鬍鬚，疲憊不堪，頭戴一頂破舊帽子的小老頭，蒼老得讓我不敢相信。若不是他一口大理口音的普通話，我差點認不出他了！

小林，你怎麼混成這個樣子？

劉老師，我在俄羅斯，我遇到麻煩，我吃不上飯了！

怎麼說？我嚇一跳，還以為他在大理，至少在美國，跑到俄羅斯幹嘛？

劉老師，我到俄羅斯找資料，我在做二戰蘇聯援華的研究。

主觀意識形態作祟，我直覺排斥蘇聯，更不願意談蘇聯二戰援華的歷史，所以話說得就不好聽。這有價值嗎？我問。

有的，我查出有兩千個蘇聯飛行員，來華幫我們打日本，物資援助也很多，不是你想像的那樣。

我沒興趣，也不相信，是買的吧？我認為援華是花錢買的。

不是的，資料太多了，我要寫十本書把這事搞清楚，他興奮地說。

我真的以為他在說笑沒搭理他，只是好奇，他怎麼陷入絕境的，這哪像書中西裝革履，與中外嘉賓合影的英俊小生？同時我不信他真的在俄羅斯。我說，你讓我看看你在哪兒？他把手機朝四周轉了下。嗯！不太確定是俄羅斯鄉下，因為我沒去過，不清楚長什麼樣？但是幾個老太婆說的不是英語，穿的也不怎麼樣，看來是跟俄羅斯差不多的東歐國家。

你具體位置在哪裡？發來給我，他說距離莫斯科五百公里的一個鄉下，暫避風險，叫什麼名字他也不知道，也不願意說。我問了幾次他都支支吾吾的，看來真的不知道，或許怕我到處亂說。

這把我嚇一跳。你瘋了嗎？我問他，不在城裡死了也沒人知。我要他趕快回城，他說，不能亂跑啊！抓到要隔離，還要罰款，中國人罰得最重。

你是去做研究的，正式簽證，有介紹信，也有朋友，怎會被抓？他說，沒用的，我已經沒錢了，隔離要花錢的，一筆不少的錢。我說那你趕快回來啊？他說，沒有直航班機了，轉機要花更多的錢，付不起的，核酸也做不成，大使館也不要我們回去添亂，飛機票是嚴控的，國內不讓回，回去要有關係，而且是控制給特殊需要的。我沒有關係，買不到，就算買到了也走不了。

他說這話好像快哭出來的樣子，我反而呆得無話可說。

劉老師，小林永遠叫我劉老師，你能不能借點錢給我，這是個特殊的關鍵時間點，晚了我可能過不了這個冬天。什麼？我嚇得語無倫次，半天說不出話來。

真的，莫斯科的冬天下個月就到了，會到零下二、三十度，現在已經接近零度了。我再沒錢就不能出去買吃的，現在就要開始準備，可是我真的沒錢了。我的媽呀！我心驚膽跳，這是要出人命了。好，我給你一千元，我再想辦法。我不記得他謝了多少遍，匆匆結束談話，我立刻連絡了他的老師，以及洪師兄，他兩人是認識他的，還是好朋友。

他們聽了，洪師兄回說不熟但知道此人。我把小林現況大致說了下，他感動小林的堅持，立刻給了一千元，張老師給了五百。小林收到了，不斷感謝。他哭調感謝說：劉老師，你是我的恩人，以後必定厚厚報答。我說不求回報，我的能力有限，你直接跟他們說吧？把微信給了他。

惡夢從此開始。

他幾天後又要錢，又是一千，微信視訊他幾乎是怕我掛電話，一再重複說這是最後一次了，他的老領導會幫助他，但要領到工資才行，時間上來不及。我被他說的又給了五百，說是最後一次了，再借朋友都做不成。他又快速收下回答我說，錢他是一定要還，對他好的人都會回饋。我相信，以他的為人是他會還的。

洪師兄也勉強再打了五百，也說能力有限，善門難開啊！張老師則直接拒絕，抱怨說原先是困在美國，現在又說是俄羅斯，說自己已經用點滴的工資匯給他多次，他總是喊不夠，我特別請縣文聯出面協助，情況如何我不知道，也叫朋友給他幫助了，年紀大了，實在沒有能力。張老師的回答我信，小林做的事是政府的事，他搶著做沒有必要，經濟來源要自己解決。

當然都被他們倆說對了。沒幾天又要我再給一千元。

他首先聲明這是非常時期，沒有人願意遇到他卻碰上了，這個絕境沒有人能體會，他只能找能理解，至同道合的朋友，別人都不理解他，能再借的只有我了。我駁斥了他的話，我再次強調，去找大使館，他們不會見死不救的。

我把張老師的微信發給他讓他求救，畢竟他是德高望重的老前輩，說話管用。他尷尬地說已都有了，去年二〇年已幫忙很多了，但是疫情越來越嚴重，他叫我回來，已經晚了，他也沒辦法再幫我，他叫我找政府。

是啊！我說，我也認為這是很好的建議。

然而不說還好，一說，小林要得更急了，他說大家都不能理解，這場大災難，所有的困難同時出現，不是一般人能承受，也不是能克服的，都找政府是不切實際。他說，我是不會找政府的，這是我的私事，我沒有政府幫忙我是服氣的，我還有好多事要做，我的理想願望都還沒有實現。

他主動又要了我昆明兩個朋友的微信，說實在的，他兩人我也是初交，當時我只希望有人接手，把麻煩人請走，他好像也不想再麻煩我了。我當然覺得遺憾幫不上忙，但是自認也盡了力。

就這樣又過了幾天，突然有一天他說要跟我長談四件事，嚇我一跳直說我真的幫不上忙，不要浪費時間在我身上。

他說，都是很重要的事，首先，要送兩張抗戰時期美國飛行員高空拍攝的照片，是雞足山空照片，請洪師兄轉送住持。這與虛雲老和尚及洱海墜機的傳說有關，都是非常珍貴的照片，洪師兄鐵了心拒絕，要他回來後自己送去，他可以幫忙引薦，後來心軟願意轉交，但不願加彼此微信，顯然還是防著小林。

小林碰了一鼻子灰，又要我轉交張老師，說以前他要求過，另外又送了兩組老照片，保證是珍品沒幾人看過，同時保證帶回珍貴資料送張老師，讓他們可以編為電視劇，另外還有千張以上珍貴照片，都願與大家分享。

我都照做了，鼓勵他姿態放低，好好說話，讓他們了解你的處境真相，生存第一。為了堅定他的意志，我還請張老師發動眾籌募款，讓他湊足機票及生活費，但是小林聽不下我的美意，仍只打算用賣書湊錢，不願求人，讓我氣得不願理他，直接拉黑他的微信。

他冥頑不靈地希望我在台灣賣他的書，他的那本飛虎隊與雲南曾在台灣賣出一本三百人民幣，日本賣五百人民幣，在中國也有一百元的實力。他相信兩岸三地海外僑胞都會買他的書，讓他度過難關，還要我記下名字，他要一一回報。

他是不是冥頑不靈？是不是瘋了？是不是腦子進水了？還是活在過去美好的歲月？還是死不悔改的死硬派？

我氣極了！覺得無語問蒼天，怎麼這麼一個二百五？我認為盡快回家，不論風險有多大都必須承擔。歷史使命、寫書發掘真相都是次要的，賣書是遠水救不了近火。忘掉工作，全力以赴回家吧。我苦口婆心勸他以為打動了他，其實不是，他沉默了幾天後又找我了。他避談回國，只說天黑得早，天氣變冷了，物價暴漲，出行越來越難，吃的東西越來越少，恐怕度不過這個冬天。那是我回台隔離的第一天，我說幫不上忙，我已回台沒在中國大陸上課，收入也沒了。

他是廁所裡的石頭又臭又硬，要我問張老師給他大理人大領導電話，讓他買書，我如實轉了，他又要查三個大理的領導，他們有交情會買書，我也轉了，他又要張老師幫他賣書，請我轉達做法，末了他終於又要借錢了。他吐露心裡話，劉老師，我們大家都是小有名氣的人，我缺的錢不是很多，我不想牽扯太多人，有些事經過幾個人傳播就走樣了，像有人說我借了幾十萬元，這怎麼可能？我不希望以後有人指著我鼻子、脊梁骨罵，我也不想飲鴆止渴，我還要回去跟大家一起工作。

他跟我仔細算了算怎麼賣書怎麼推薦，這些人該如何勸說買他的書及資料，他以肯定的語氣說道，五、六年前他可是雲南傑出人士，大理州政府授予他傑出青年。對故鄉具有傑出貢獻的卓越青年，央視及知名媒體都曾介紹他，他是家鄉與美國之間的親善大使，總而言之，他對各方面都做出貢獻，這些領導不會忘記他。

然而，一點效果都沒有，所有的大理鄉親朋友、領導老師，都沒有幫忙他度難關，外地國外的關係也是無濟於事，這是為什麼？我百思不解，後來，我領悟出來了，小林搞遠征軍、飛虎隊與故鄉關係密切，一切政府支持好辦。但是搞蘇聯援華，距離太遠了，在新疆、甘肅、大西北，也無法認識些美國朋友，公家、學界興趣缺缺，加上疫情持續不退，幫忙已到盡頭，交情、鄉情、友情等關係，都已到極限，只有跟他說抱歉。

他還是惦記著他的資料，認為是無上珍寶，不能輕易流失。他說，劉老師，我在俄羅斯蒐集的史料光照片就兩千多張，我的電腦沒有定期保養，我的資料不見了很多，我好擔心我的心血白費了，看這個樣子，我還有再來的必要。他真的是瘋了，這次能否安全脫身都不能保證，居然已經想到下次了！

我替他出主意介紹一些團體，它們有計劃地收集抗戰史料，出的價格還算實在，前半截話他還聽得進去，後半節聽出是籌路費，口氣就不好了，可惹惱了他。他不客氣地說，這些是國家與人民的資源不可以買賣的。一句話把我堵死。

之後，又過了幾天，看來是怎麼說他就是不聽，就是要賣書籌錢，跟自己的鄉親父老，朋友兄弟不好開口要錢，臉皮薄抹不下來。洪師兄想拉個群替他籌募款項，又因他太多顧慮，這個不行那樣不妥，把洪師兄搞得哭笑不得，無可奈何，只有放棄。

張老師那裡更是絕望。其實，張老師最關心他，出的錢幫的力最多，但是讓張老師也最失望。他跟我說，不期望小林回報他珍貴的史料，只望他早點平安歸來，他能做的都做了。小林最清楚，他不能回來看望他死去的外婆，沒錢買藥治病，沒錢充電、吃飯、做事，這能怪誰？

我很尷尬，我是他交情最淺的朋友，卻肩負著最重的責任，我也想打退堂鼓，實在是心有餘而力不足。我們還是一致希望他找大使館，其他的方法都沒興趣。

提到大使館，他就發火了。他說，劉老師啊！讓我找大使館的人太天真了，我既不是留學生，又不是觀光客，更不是企業家，我如何能讓大使館幫我？我在大災難中聽到太多這樣的話，他們不懂我的處境，幾乎全部講的都是空話，都白活了。我心裡想怎麼不能？你是中國人就可以。

他又舉了好多例子，生病去醫院不要錢？吃飯不要錢？我吃不上飯關大使館啥事？說這話的是不明事理啊，聯合國大門口天天有難民，沒見聯合國救助，政府處理的是國家大事，是與外國的外交關係，不可能處理私人的事情啊！劉老師。

我很失望，不，很絕望，不打算再理他了。不，不是打算，是立刻，我根本不回信了，來電不覆，是我定下的宗旨，如如不動，看你小林耐我何？

當小林知道我又不理他事與願違後，他不再提賣書的事情了。他跟我談起這兩年疫情他的心路歷程，他哭訴借錢過日子的心酸，天天躲俄羅斯警察的恐懼，以及身體越來越差的無奈。他說他不想死，他還有太多的事要去做。他大吼，我還有十大本書要寫啊！他說，資料不會賣的，大使館也不會去的，對他好的人不會忘記的。

我都有一筆筆的記下你們給的錢，他說，劉老師啊！你和洪師兄，張老師的恩情我一定會報的，經過這段時間跟你交流，我覺得我一定會熬過這次災禍的。

他主動的表示不會再向張老師要錢了，因為他的夫人生病也需要錢，家裡花費也大，對張老師的恩惠，他是永記在心的。他也感恩洪師兄，不是非常親密的朋友，卻給他很多的錢，他也終身不忘。至於我，他說，劉老師啊！你是我最信的過的人，沒有你的幫助，我可能沒法再繼續奮鬥下去，早已淪為乞丐，甚至不在人間了，認識你是我畢身榮幸啊……

凜冽的北風刮著他的臉，不敢目視我的雙眼含有些淚光。他站在小丘上與我視訊，因為信號微弱，全身包裹著像個肉粽，卻仍凍得直打哆嗦，南方生活習慣的他如今如何能挺身與寒冬之中，我的心也寒若冰霜了！

翻回年前的微信，他說他被野狗咬傷，禿鷹追啄，警察搜捕，吃的苦是這一輩子也沒吃過的。他在大雪天找吃的，差點餓死異鄉，電腦也壞了，手機也無法更新，都是不斷有好人相救，他相信終會度過難關的。

他表示，一五年到一八年這是他最輝煌的一段人生，那是拜抗戰勝利七十週年之賜；一九年到現在，他困窘在俄羅斯鄉下，卻是拜疫情所賜。兩種人生天差地別，讓他感嘆萬千。

我的看法有點不同，我認為小林根本就不應該搞這兩個項目，張老師說得好，政府做的事，個人不要去做，正二八經的事，應該有正二八經的經濟基礎。

美國之行是因為中美關係需要，政府牽了頭，民間再配合，經濟上政府支持，民間接辦有利可圖，像大型活動，大量的宣傳。各地的紀念活動，都是政府牽頭，民間跟進，雙方相互支援，獲得雙重的作用，同時，還有統戰台灣人的作用，一舉兩得，何樂不為？

但是蘇聯援華項目，一是沒有時代需要，也沒有現實利益，蘇聯援華本身就缺乏正義性，完全是利益考量，小林只是專注學術研究成果，不會計算政治利益，這就制約了外溢效應。你研究再好，沒有現實價值，也沒有商業機制，地方上也有很大的隔閡，如何做大做強這題目？是很大的挑戰。

小林身陷疫區進退維谷，早已不能外出辦事，也就談不上去檔案館查資料，沒有通行證，沒有核酸測試，也就寸步難行，沒有親友也沒錢進村就得忍饑耐苦。他說，我就像個半原始社會的原始人，每天最快樂的時候是走到家附近的小山丘上，滑著手機與家人朋友視訊，一則報平安，再者爭取回家的旅費。

我問他吃飯還成問題嗎？他說，溫飽已沒問題，已找到取得食物的渠道，村民已不把他當遊民了，沒把他扭送官府，讓他有了安身之處，但是，他哎呀一聲，無奈地表示，俄羅斯人不好處，尤其是對中國人，總是敵視的眼光，還有貪婪的私心，以為中國人都來俄羅斯搶錢，讓他們過不上好日子。

言語不通，生活習慣不同，物質與精神生活的雙重困難，使得小林臉上缺乏笑容。我建議他寫點東西換錢，他苦笑地說，劉老師，再缺錢也不要賣文章啊！文章是千古事啊！

我笑他，你現在就要爭一時，怎能想要爭千秋啊？

他的原則本能地流露出來，劉老師啊！我苦了十多年了，餓是餓不死我的，窮也窮不垮我的，我要做的事別人理解不了，我希望你能理解我。只要熬過這次疫情，以後沒有能難住我的事。

我相信，我相信，我在萬里之外給他打氣。只是划算嗎？還要支持他去玩命嗎？他已經得罪了所有的親朋好友，他儼然已是個十惡不赦的騙子。我覺得他不是騙子，是傻子，這個世界好像虧欠他些什麼？而我顯然不是能夠補償他的人，也不應該由我來補償他，想到此我又怕他跟我借錢，

果然他又要向我借錢了，我毫不遲疑的第一時間說不借，我毫不遲疑拒絕了，他微感失望，但並沒有失禮，仍然道歉連連結束了通訊。我內心深處依然想幫助他，但我知道不可以再給了，我不是該給他錢的善心人士，應該有更合適的人給他，像他的領導、上級單位、曾經鼓勵他繼續奮鬥的人。我不是，我不希望他走上這條不歸路。

雖然大家都說他是騙子，不要跟他往來，我也警告過別人，說過同樣的話，但是我只是沒資格做好人，並不證明小林是壞人。我至今不認為小林是騙子，但也不是個傻子，只是個我幫不了忙的書呆子。

如果他不傻，就會安份守己的做一個小科員，拿份皇糧居家過日子，但是大理、雲南，甚至中國大陸，就會少了一個替抗戰史添磚加瓦的傻子；而如果他做了體制外的傻子，這歷史就少了一個體制內的聰明人。

大理盡是些奇人怪人，到底是這個世道怪還是人怪。我看，應該是前者，大理的好山好水造就培育了美好的大自然，但卻讓身處大自然裡的人舒服慣了，一離開大理就周身不舒服，除了身理上的不適，心理上也不滿庸俗的社會，想要改變的心油然而生。

小林說現在已經熬過最困難時期了，爭取支持到三月，俄羅斯疫情轉好，天氣也轉溫暖了，就是他回家的時候。

我說，這樣也好，我也打算三月回大理，看來我們能夠在春暖花開的三月在大理相見了。

這當然是我們主觀的良好願景，能否實現實在很難說的準，因為，已經過了期限仍無法成行。中俄邊境仍封，交通仍然斷絕，這兩個政權都不靠譜，俄羅斯歧視中國人。小林終於體會到了，蘇聯援華還可能是自願的、免費的、義務的？他心裡應該有底了。

至於祖國，願不願意讓他進來還是一個嚴肅的問題，尤其是從第二、第三世界回來的，都有說不出口的原罪，一個逆向思考模式下的極權國家，處理疫情也不同於民主自由國家，對自己的國民，早已聲名在外，無庸置疑再替它辯護。我估計就算回來到家門口了，也是咫尺天涯，圈禁於外地，防疫重重，回不到家。

說實在的我不想見他，見了他又能說些什麼？是讚賞他的毅力，還是批評他的愚蠢？我想我如果見面我會罵他，你是為名還是為利，犯得著這麼折磨自己嗎？他自然有一套大道理等在那裡，只是，我在私下不斷反問自己，如果我是小林，我會這麼堅持嗎？

手機又響了，一看是小林，不知又是何事？

劉老師嗎？我是小林啊！

嗯！有啥事？不會是又要借錢吧？

劉老師，你能不能再借我三千元？實在是，我半天不說話，直到他牢騷發完了，我才哼出一句話，找大使館吧！我不等他回答，就關了手機。

他肯定不會的，我確信他寧願餓死也不會的，他不隨便這麼無品的，他還要形象，要尊嚴，而我呢？會堅持不向大使館求助嗎？我會為政府說話嗎？

如今又過了幾個月，把小林拉黑也快半年了，我不知小林近況如何？好幾次想再恢復聯繫，但是想到他毫不通融地拒絕找大使館，我就氣餒了。這就是我跟他完全沒交集的所在，他是餓死事小失節事大，我是活命第一，人民面對政府的救濟無須氣節，是應有的權益。小林聽說還在到處借錢，也間接證實他沒去大使館求救，他堅持不給政府添亂，我忽然想起傷痕文學作家白樺的精句：「你愛祖國，祖國愛你嗎？」

蒼洱一沙鷗

誰搞的鬼？我問。

我真的不知道是誰？

阿目一臉疲憊搖頭嘆息！

人到中年還童心未泯的東北小友小趙，網名阿目，跟他女友共築的愛巢，一夜之間化為泡影，他們在茶園搭建的茶室被官府派人拆除了。

誰幹的？誰舉報的？我問。

不知道。他說，我真的不知道。

整個蒼山都有茶室，為何只拆你的？我問

不知道。他還是三個字。

我比他還難過，因為是我鼓勵他建的，而這個茶園正是我的好友兼同鄉柯董的茶園，我一手促成兩人的合作，共同打造美好的未來。

如今，阿目與女友蝸居在老柯讓出的一間空屋，前面簡單圍了一個小院，完全沒法跟原來的比，我看了差點沒當場掉淚。

沒理由啊？我百思不解，我們關鍵的四人都還算是在地的人，敦親睦鄰還是懂得的，不至於得罪附近的街坊鄰居，況且根本沒有鄰居，誰會無聊到搞我們？

老柯因為違規出租茶園給外人經營茶館，不符使用規定，被罰了人民幣兩萬，地震又震垮了茶坊，機器都打壞了，又是一筆龐大的開銷，真是禍不單行。

阿目為了早點上山搞茶體驗園，增加收入，提前向原房東解約，搬出舒適寬敞的小院子，退了兩個房客，既沒了租金，還要籌錢整新家，一來一往手頭緊張，茶館還沒開張就連根沒了。這個打擊，任人都難以承受。

屋漏偏逢連夜雨已夠可憐的，何況不是屋漏，是片瓦無存。我心疼他們的經濟損失，更揪心他們遭此劫難，能熬得過如此這般的身心煎熬否？

仔細檢討，這事我也有責任，我太樂觀躁進，損人不利己，但是我的原意是利人利己，皆大歡喜的。

阿目是我在大理認識的朋友，東北黑龍江人，四十歲，大個子，人品好，心腸熱，外語本科，國際見聞廣，手巧，烹飪、木工尤其擅長，是個可交的忘年友。我們處了兩年多頗為投緣，我書房的書架他做的美觀耐用，經常送東西給我，大到電器，小到木頭飾品，種類繁多，許多還是他自己做的。盛情難卻，卻也熱忱可感，我回報的只有送菸給他抽。他是老菸槍，需求量大。

大理是做夢的天堂，許多年輕人來大理圓夢，阿目也是其中一個，他來了快十年了，原本在北京廣告公司上班的白領，也曾在台資企業做過。年輕人換工作像換衣服似的，他也歷經很多職場，但都沒有太成功。他在北京結的婚，有兩孩子，不知道原因離了。他來大理，在大理認識一女子結婚又生一女，卻也離了。最後認識現在的女友，但是她卻是個有夫之婦，原因也不知道。感情這東西不好說，他們倆倒是處得好，也有結婚的打算，阿目跟兩位前妻生的小孩處的都很好，我認為他人緣好，離婚問題應該不出在他。

阿目多才多藝，是我見過的少數優秀的後輩，舉凡男人的優點他都有，只是對人太過於信任，秉著吃虧就是佔便宜的做人原則，只有他付出的多，換回來的有限。幾個工作都不知道理財，最後黯然告終。我常笑他，學廣告的怎麼不會推銷自己啊？他只有笑笑，他臉皮薄，不太會先開口談條件，要好處。

像他在大理打工，做過房仲，銀子多多，但不懂理財，都花在不切實際的地方。他賣過木材工藝品，不會開價，遇到識貨的或者是看順眼的，經常半買半送，甚至直接揣到人家懷裡。好東西換來許多朋友，就是換不來錢。

他喜歡茶，懂茶，說起茶來頭頭是道，我很訝異，東北不產茶，他能這麼懂茶，實在不簡單，女伴也懂茶，更懂包裝茶，以茶會友，他們倆交了不少好茶友。

但是他不如她的精明幹練，抹不下臉，講不來價，原本他主她從，後來變成她主他從，連住的地方他也不得不遷就她，原來女主內實在不高明。她不但不會燒菜煮飯，修繕屋子裡裡外外，女流之輩又做不得粗活，就這樣男主人兼廚子、管家再當長工了。

兩人搭配得挺好，小摩擦固然有，但目標一致，幹起賣茶合作無間，神雕俠侶也挺讓人羨慕的，雖然偶而相互吐槽不會持家過日子，但基本上成事是早晚的事，只是人算不如天算，阿目始終沒發。

我琢磨著問題仍出在他的人格特質，他交遊廣闊，舊雨新知忙得不可開交，心仍不定，評估生意太過樂觀，時不時異想天開，弄些麻煩上身，又懷念之前在城裡的生活，寫寫小說，搞搞直播，弄些文青的事，佔了不少時間精力。他又喜歡惹事生非，扮演公知，胡言亂語，語驚四座，常常忘了自己是個賣茶的，不是社會活動家。

他手頭很鬆，口袋裡存不住錢，買書、買茶、買工藝美術品、買樂器、買文房四寶，只要興起，來者不拒。又喜歡周遊列國到處亂跑，照顧別人比照顧自己還熱心，本是茶販子賣茶變成買茶，越賣越少越買越多，只有自己喝。他的朋友遍大理壩子上，可是知心有幾人？

我在大理跟他認識是在我家附近的茶園，他與主人家合作搞觀光茶園，因為他與伴侶都懂茶，又勤快，生意很好，經濟發展頗為可觀，我十分替他高興，誰知沒到一年就跟伙伴鬧翻了。嚴格講不是伙伴，是背後的老闆。

他的伙伴叫小龍，本地人，比他小，很優秀勤快，替老闆管理茶園，雙方合作得十分愉快，但是有些事不單單要與小龍商量，也要與東家商量，例如拆帳分成，誰主誰從，誰先到後來？等等許多要清楚的事，阿目可能沒說清楚，總之都不是不能講開的事，結果得罪了老闆，當然就做不成了。

以我的觀察，雙方都不是壞人，真正壞的是守山的打火隊，以及景區大大小小的單位與人員，尤其是門票，是個很大的負擔。這些山老鼠，靠山吃山，吃喝拿，還常常借故找碴，許多事都是他們找的。為了塞這些狗洞，他們沒少出血，成本難算，全憑三個年輕人的默契。

事情不是出在規矩沒定好，也不是沒有真正落實到位，小龍也沒有不幫忙，不夠意思，他有多少權限，他就給阿目多少方便。然而，如果是老闆要重新分配利潤，小龍只有照辦，這個問題的根本不在業者，而在於產權不是個人的，也不是集體的。名義上是，真正的地主只有一個，那就是政府，就是黨，個人沒有擁有土地的權利，只有使用權。

我與他們的老闆楊總認識，他很有商業頭腦，承包了蒼山下這片茶園，但是隨時會被政府收回，簽了多久的租約都沒有用。因此，老楊就盡量利用，他甚至轉租出去，給外地人養豬、蓋客棧、開餐館。總之，哪些賺錢快就搞哪些生意。

自從大理整治蒼山洱海，山上就不能養豬了，客棧餐廳都拆掉，雨季又封山，老楊搞不下去了，只有透過關係打擦邊球，搞觀光茶園，遊走在灰色地帶偷偷摸摸經營，賺的也是辛苦錢，常常好不容易弄到點錢，又因得罪了誰，或是沒配合什麼工作，就被罰一筆款子，又白忙一場。

我的了解，在大理，不論靠山吃山的茶園，還是靠海吃飯的客棧，幾乎都是靠灰色地帶混一天算一天，能開多久算多久。開有開的機運，關有關的楣運，沒的準。阿目有點腦筋轉不過來，逆來不能順受，分成談不攏一氣之下一拍兩散。

老楊調高分成比例有他的原因，小龍照吩咐辦事也不算錯，阿目應該找老楊去談，卻怪罪小龍身上，這是把原來不是敵人的小龍也推到對立面了，這就顯示出阿目不成熟的一面，我怎麼調解也沒用。

我是批評了小龍，他也願意再給機會，但是阿目他們倆卻不願再吃回頭草，透露出自己想有一個茶園，自己做老闆，要我跟柯董商量。這是好事，我全力以赴，要老柯把租金降到最低，條件開到最好，柯董看著我的面子，也很欣賞阿目，就爽快答應了。

我覺得他要把握這個機會，將事業做長做久，必須敦親睦鄰，以和為貴，尤其是同行不要得罪，相互支援，有錢大家賺。我多次請吃飯，辦活動，促成兩方的見面，一笑泯恩仇，但是沒用，公說公有理，婆說婆有理，女友也較上勁了，真的合作不下去了。

再此之間又發生了一件事，證明大理不是表面那麼可愛，而是爾虞我詐的吃人社會，我與阿目做事還是稍欠妥當。

原本我們像一家人似的過得挺小確幸，他有啥好吃好喝的隨時叫上我，我也一樣，每次都不讓他們吃虧，總之，沒把彼此當外人。他們倆人緣都好，說實在的我也沾不少光，但是我總覺得阿目的朋友有點雜。果然不久就出蛾子了。

其實從介入租茶園之事，我就沒注意副作用與後遺症。當時我想幫他們倆的忙，既然不想在小龍那裡做就自己做吧！

我找到老柯要他讓出一塊茶園，以及一個住處，租金要非常克己。老柯賣我的面子答應了，雙方算是各取所需，在慶祝合作成功酒宴上，雙方頻頻向我敬酒，看的出雙方都很滿意，當時都知道我替他找了個茶園，替老柯找了個徒弟兼房客，誰會知道有人不高興了。

阿目茶館被拆，老柯被罰款，絕對是有人檢舉，因為老柯已來大理快三十年了，很懂規矩，自家茶園分租出去是很正常的事，針對他不大可能，但如果加上要阿目與我一鍋煮，那就值得一試了。誰是我們四五個人都看不順眼的？我心中並不清楚。

雖然到目前為止，我還是不清楚我的推斷對不對？但是老柯跟阿目甚至女友到底得罪了誰？在有經濟實惠的引誘下，不排除人人都有嫌疑，因為在中國，因利忘義的人很多，這與告密文化有關，眼紅症這裡特別發達。

但從常理來說，人人都不太會這麼無聊，這兩人是出名的濫好人，連他們倆都容不下，在大理真的白混了。

但也不好說，兩人都是口沒遮攔的，莫非人怕出名豬怕肥，有人擔心他們聯手會搶了好處？不會吧?!大理是個觀光名城，觀光客多的是，做不完的生意，何況路長得很，他們才上路，離發財不知還要等多久，眼紅症發作也太早了點吧?!

那麼到底為什麼？非得制兩人於死地，莫非沖著我？我無意間猛然一驚，對啊！加上我那就不同了，我的台灣人身分在這裡已引起了不少是非，兩岸最近一些破事，我處理的是不是妥當？是不是得罪人而不自知？還說不定呢?!

說到破事，有人挑撥我們的感情，這我隱約有點感覺到。事情是這樣的，大理有個女作家，人長得還不錯，與我老婆是閨蜜，四十好幾了還沒對象，我替她做了幾次媒都不成功。阿目與女友也有不合，我覺得蠻合適的，就沒經過深思熟慮，又亂點鴛鴦譜，有些刺激了他們倆，對我有點心結，生了意見。

阿目頭腦又木又直，沒想太多，我是皇帝不急急死太監，包括感情上、經濟上、交友上，都想讓他走上正道，因此常拿話擠他。平常他不回嘴，但扯到女友，他不答應了，衝突就此展開，加上女作家，有心人就趁機做了一篇文章，把我整得夠嗆。

其實都不是大事，只是兩岸文化差異，加上我個性始然，我認為身為第三者看的真切，又長他們好幾歲，倚老賣老，不合適的就說。我沒想到，這又遷扯到外來的一些公知、知識分子、都市白領之間的恩怨，拿我跟阿目開刀，老柯當犧牲品。這些猶如戲劇性般地發生，至今仍未見真相。

如果冷靜下來，仔細想想，這是有跡可尋的。我跟阿目都喜歡評論時事，常常貼些外面的文章，阿目也常常發牢騷，抱怨不公平待遇，我常常給他踩煞車，否則會闖禍。這在無形中容易遭到有心人穿鑿附會，旁徵博引，黑白不分，指鹿為馬，張冠李戴，既報了私仇又解了公恨。

經過這個事件，我深信大理是個人心險惡的地方，三教九流，龍蛇混雜，一些檯面上的好朋友，其實檯面下有極為不堪入耳的髒心思，背後插刀的事時有所聞，尤其是外來人聚集的中高級小區，更是什麼樣子的人都有。我們少根筋的傻逼，被人出賣了還替人數鈔票，我認為極為可能。

他們混在我跟阿目都在的場子搞了一些明堂，透露給不知真相的人，想掀起大風大浪，一則趕外地人走，二則把這台灣人也攆出大理。我知道有些人主觀上對台灣人有成見，只是不說罷了。一旦時機成熟就現出原形了。

經過我仔細的分析比較，我可以斷定就在我三個好朋友之間，而是誰其實都已呼之欲出了！果然，有一個久未來往的平常朋友，忽然熱絡地到我家聊天，扮當事人的說客，問我知不知道得罪了誰？他分析了情況，自己也曾經過的事，果然得出了毛病所在，被有心人利用了。

而阿目被人當槍使，我不過是代他受過吧！但是他竟然渾然不知，令我痛心疾首。更令我氣結的是，他受了某人的挑撥，把我開玩笑的話當真，跟我叫板導致友誼終止，如此不明事理，我是看走眼了。

阿目小事精明大事糊塗，搞不清內部矛盾與敵我矛盾的差別，不跟我聯手對付外人，反而搞窩裡反，跟我叫板。

阿目啥都想做，他才華橫溢，足智多謀，可是自我意識不清。他又要名又要利，有時想名利雙收，有時都可拋。

他對國家大事非常關切，利用翻牆知道很多外界的信息，也很用功吸收學習新生事務，跟他談民主自由非常投緣，毫無代溝，甚至比外面還理性與民主。

但是，他自我要求雖高但卻不能持久，盡做一些不切實際的事。例如，他很具有寫小說的天份，他的小說毫不輸給專業作家，我也能寫點東西，但是坦白說沒有他寫的好，尤其是紀實文學，非常到位，既有記憶力又有可讀性。

我記得我是在境外的網站看到一篇小說，立刻被小說情節吸引住了。這篇寫的是一對母女在大理靠賣淫為生，無論情節、文筆、鋪陳、對話，的確是一篇上上之作，輾轉知道竟是阿目寫的，我大加誇讚寫得好。他很高興，有台灣教授肯定，但是卻否認描寫的是現實社會。我不信，以我的嗅覺，這絕對是寫實的。他不承認，只是傻笑。

我佩服多才多藝的人，毫不掩飾自己的想法，我認為阿目絕對應該出人頭地的，然而，他興趣太廣泛，只寫了幾篇短篇小說就擱筆了，任憑我說破嘴他也無動於衷，一再虛應故事，恭恭敬敬、卑躬屈膝的樣子，讓我想甩他一巴掌，忽悠我太沒意思了。

他又想做主播，在網路頻道搞直播，也邀了我做了幾集，談大理。我們都有心推廣大理旅遊，這是我喜歡且遊刃有餘的，他也能說，我們配搭得挺好，可以說是難得的好節目，但是沒有迴響，不能打動聽眾的心，他的東北口音可能也是原因。

我認為，木作還是他的最愛。他始終不渝的想要做木匠，什麼木頭到他手指之間，就能化腐朽為神奇，我保有不少他的好作品，逢人就推薦，但他卻與茶共舞，怎麼也不願再投入這行。但是他不能忘情木頭，好幾次，他帶我去他朋友處看木作，在那裡他像變了個人似的，至今我還印象深刻。

談到家庭，是他一大心病，他出生於一個平常的家庭，在老家是家中老大，卻無法扮演好老大的角色，沒有能力奉養二老。面對三個小孩，也只能支持一個人的實力，惟一的兒子也跟著母親，自己很少盡到父親的責任。我曾多次分析情勢，建議他回大城市發展，最好跟前妻復婚，應該有再起的機會，他也表示過受教，但轉眼間就忘得一乾二淨。

我想，他已回不去，已無顏見江東父老。大理是個躲藏的好地方，餓不死人，也沒有壓力，許多人流連忘返，早以他鄉為故鄉。我反對年輕人來大理享樂，阿目堅稱是為了理想而來，不認為女友是他欣賞的伴侶而迷失。他說他的我看我的，我還是不看好他們倆，雖然他們倆怎麼吵也離不開彼此，我稱之孽緣，這種結合非常脆弱，只是現在雙方還有共同目標，就是賣茶。如今封山了，我知道上山採茶旅遊學習已經中斷，山上的商機非常少，他們如何過冬？

阿目今年四十整，應該會有一番感觸。四十是不惑之年，我一再提醒他不再年輕，他的小孩也大了，要上學花錢，他是個愛面子的人，如何籌出教育費？靠在大理混茶館，是很難做到的。但是，除此之外又有何法呢？這就是我不看好他，也不看好她的原因。且慢慢讓我們拭目以待！

房子怎麼被拆掉的？我們這一夥怎麼被設計的？我與阿目怎麼會走到這個局面的？這是我來大理最大的一次危機，也是我百思不得其解的。他愛批判時事，喜歡追根究底，批評當道用詞潑辣，常踩紅線。我不得不經常提醒他過頭了，他也不以為然，過不久老毛病又犯，但是這絕對不足以被迫害成這樣啊？

他有小確幸的本質，但也兼有鴻鵠之志，軟硬拿捏之間總是缺乏正副本次之計。他是個外圓內方的人，是個施比受更計較的人，但是如果他的付出未換得合理的回饋，他的反彈是強烈的、可怕的。

每次到老柯家打撞球，都要經過阿目簡陋不成樣的棲身之地，疫情讓茶園生意不佳，是我害了他嗎？還是他自己害了自己？我不知道，總之，他離他的夢越來越遠了。

阿目在大理十年像一隻孤獨的沙鷗，飛翔在蒼山洱海之間。他有時單飛有時雙飛，但是我知道他的內心還是蠻孤獨的。他有遠大的志向，有他夢中的理想國，沙鷗在天地之間飛來飛去，到底在追尋什麼？只有沙鷗知道。

但是我感覺大理絕對不是他的桃花源，也不能提供他做夢的空間。他想終老於此，我也想終老於此，怎奈，我們都是身在大理心也在，但他與我追尋的桃花源卻始終是海市蜃樓。他接受了大理，大理未必需要他，他生長在這種惡質的文化中，他何去何從？最後如果被排除出去，跟我一樣，我想我也是沒辦法追尋我的夢。

夢醒時分

我還要再生兩個！

剛剛做完七十大壽生日的秦老抱著剛滿月的兒子，向前來喝滿月酒的朋友發下豪語，五年內湊齊一支籃球隊，十年內組一個足球隊，他自任隊長。

秦老是我在大理的老友，比我大五歲，是我少有的哥哥輩。

秦老是正宗北京人，他不是八旗子弟，他說那是外地人，他是個正二八經的城牆根的人。據他說，他先祖一直住在宣武門附近，這裡是北京的發源地，最正宗。

秦老來大理快十年了，我也認識他六、七年，他租了一個大宅院，附近有廣闊的田野，是大理有名的郊野公園，來時剛剛得了一個女兒，隨後連得二子，一家五口其樂融融。

秦老是個軍中藝文工作者，也就是海外叫做軍中文工團背景。文革站錯了隊，吃了不少苦，平反後憑著自己的才華與努力，很早就進入了中產階級，如今已算高產階級，跟他的子女眾多一樣，多產。

他說，人有多大膽，地有多大產。我是多產老公，快產作家，因為膽子夠大。

秦老原有正室，育有一子，離異後的伴是小他一半歲數的現任，這位續弦夫人才三十多，秦老與前妻生的獨子也是這個數，其實還要大點，已在海外定居，偶而會來看看老爹。另外還有沒有阿哥、格格，我就不知道了，秦老也神祕兮兮地不說。他生平佩服知名學者辜鴻銘的茶壺論，我就猜出來十之八九還有。

為何這麼說呢？因為國學大師辜鴻銘堅持一妻多妾。他舉例，男人是茶壺，女人是茶杯，一支茶壺要配多個茶杯。秦老認為這是正論、真理，否則一壺一杯不成體統，倒也算是一家之言。他鼓勵我加入他的辜氏學會，廣置妻妾，我敬謝不敏，也不夠格。

秦老出身望族，據說是北京名門之後。他說，這些都是不清不楚不牢靠的。但是他說，我承襲了父祖輩的家教，傳承了優秀的家風。這個家門對我確實是讓我佩服萬分，我佩服家教對我的啟蒙教育。如今我也用家教來獨立思考、科學求真，我一輩子就記著祖輩做人做事的精神。

然而，說真話卻給他惹得大禍。他說，文革說了真話給打成了反革命，五十不到就草草離開部隊，走自己的路，經商，憑著本事很快就開轎車住洋房了，但是個性使然，常常講真話得罪人，六十不到就不幹了，退出職場改做國學教育，在南方辦書院，但是看不慣假國學又一拍兩散，自己單幹，從此一發不可收拾，投入自我的國學教育。

秦老快人快語，指著自己鼻子大言不慚地說，大家都對我老夫少妻，老年得子，老而不休（羞），感到好奇是不是？難得他自我解嘲，意在言外，我也就胡言亂語，一笑置之，不接這個碴。他搖頭直說，沒關係，教授——這是他始終不改的稱呼，我怎麼說他就是依然如故，叫得越來越起勁，只有隨他。

秦老用心良苦，他私下跟我講，我堅持辜老的學說只是表象，我反映的是這個社會，這個黨啊，害慘我了！我怕他又跑題了，正要制止。他拐彎抹角地說，我一輩子最大的閃失就是緊跟著黨走，只生了一個娃，在舊社會我愛生幾個是幾個，黨管的著嗎？

誰是黨啊？黨又是誰啊？跟著它走，走左也錯，右走也錯，只有它沒錯，這像話嗎？我嚇得吐吐舌頭，叫他少說兩句，他卻越扶越醉，扯著喉嚨叫，我愛黨黨卻不愛我！

我這個台灣人是統派，他放心的很，也應該是反黨的，否則老爸不會跑到台灣去。他兩眼直勾勾看著我，直來直往地直呼老毛的名諱說，黨最大的問題就是計劃生育，多少生命被殺害啊?!他批判計劃生育是第一個讓我認識真的秦老。

原來，秦老想多生卻碰上了計畫生育政策，只能生一胎。他說，能生不讓生，這是多不人道的事啊?!如今，人口問題來了，不夠了，讓年輕人放開來生，但是誰生啊？誰帶啊？誰養啊？自己都養不活了還養小孩？

他說，我們被耽誤的一代是多麼可憐，女人受了多少的罪？我就第一個不服，但是在那個年代你沒辦法不服啊！你不服會害自己之外，還有多少人連帶遭罪啊？

秦老有弟弟一人，他也只能生一個，搞得秦家人丁越來越單薄，這是違反自然律的。從這一點我就反對黨的生育政策，為何不能多生？有能力生能力養的家庭就可以多生，優秀的基因就應該多生，這是大自然界優勝劣敗的法則啊！

如今，好吧？放開生年輕人不生了。我老了，但是我心不老，我有能力生能力養，我就要多生多養。我要做我自己，我愛生多少生多少，只要養的起，在大理這個好地方，多養兩個娃花不了多少錢。

的確，我們誤解了秦老，原來還有這麼一段過去。其實，以秦老的資質、體格、生活品質與空間，多生幾個的確不會出狀況。若說老來子多，恐怕照顧不過來？秦老說，教授，你看，你我幾年的交情了，我哪有照顧不來的話？

真的，夫妻二人男女老少五口子，都活得樂呵呵油滋滋，老少都能獨當一面，不但十歲的大女兒早已能姊代母職，照顧小弟，連五歲的大兒子也能自理還能照顧小弟弟，比城市的孩子不知能幹多少倍。

的確，秦老的這間大宅院好幾間房子，中央寬敞的大院子，四周都是綠草如茵的美山水，人少車少，四季如春，吃的都是原生態的素食。啊！秦老家的素食堪稱一絕，色香味具全，營養豐富，三個小孩都吃得壯壯的。

這個一點不假，我有深刻的體驗。去年暑假，我的杭州學生來大理，我安排到秦老家玩。兩個學生一個二十，一個十一歲，但是跑，跑不過大女兒；跳，跳不過大兒子，玩一下就氣喘如牛，見到野生動物怕得要死，吃飯挑三揀四的，嫌沒有油水吃不下，生活起居不能自理，完全無法跟秦老小孩比。

秦老嚴管手機，小孩不能自已擁有手機，也不能用父母親的，我很少看到孩子們玩手機，大部分時間在外頭瘋。我說瘋，指的是在郊野公園裡玩，大理的郊野很粗獷，但很安全，孩子們不會被金屬或人工東西傷害，馳騁在田野間五官四肢都充分放鬆，身體長得良好健壯。

這點深深震撼了我。小孩子們吃素我是反對的，覺得營養不良，專家學者也是這個看法，但是秦老家的小孩卻長得碩壯活潑，這是什麼原因？秦老說，小孩子們是小鳥，不可以關在鳥籠裡，得讓他們飛，我讓他們天天跑到山野裡，精氣神都好了，素食吃得多，吃得香，也是會長肉的。秦老厲行古聖先賢的清爽生活，父母子女皆受惠。

吃素是我再次認識的秦老，他顛覆了我的胃也改變了我的觀念。小嫂子是廣東人，典型的南北合家庭，但是她的手藝南米北麵無不精通，除了不沾葷，沒有什麼她做不出來的美食。我總是隔三差五往他們家去蹭飯，吃完了還有打包帶回孝敬老岳母。她也喜歡素食，與小嫂子結成好友，兩家走動，總是互贈些吃的，交情更形密切。

我問秦老啥時候改吃素了？這一問又問出了一段祕辛。

他說，早些年做生意，跟你們台灣人做，酒喝得凶猛，跟大陸人是吃肉吃的多，成天酒色財氣樣樣都來，直到我接觸了台灣的南懷瑾與宣化上人，帶給我心靈的震盪太大了。我才開始戒菸戒酒，說也奇怪，這時候，我這口子遇見上了，她改變了我的整個後半輩子。

她，小宋，秦老的繼室，原是他的學生，跟他學做印章，兼學點其他的文物價值，書法寫作等等。那時我在湖南辦書院，她打老遠投奔我，一個大姑娘不怕別人說話，對我崇拜得很。我剛剛與前妻分手，她帶小孩一起去了美國，我也無伴，就這樣生活在一起。我說，這平常得很，國學大師錢穆、大文學家梁實秋，還有更多的大學問家娶的繼室都是學生。她聽了點點頭更踏實了。

她勸我吃素，親手做素菜，說吃素食多好多好，我剛開始也不習慣，但是久而久之，就漸入佳境了，如今你叫我吃葷我都不吃。

這個改變我也嚇一跳，秦老自謙說道。一個無品文人，每天假大空，長期在謊言中生活，這與我的傳統文化家庭教育不符，也與我的本性不合，我早想跳出這十里紅塵，反璞歸真。小宋的出現正是因緣巧合，前世注定，我毫不猶豫就離開職場，來到大理。

來大理也是緣分，小宋推薦大理，我跟著她來了一次就喜歡上它了。說真的，各地名山大川，我也去的不少，但住了一陣子就膩了，或者沒有特別感覺，只有大理一住十年，越住越來勁，三個娃都在這裡出生，生活在大理的大自然天地之間，長得一個比一個壯，你說是不是上蒼早就安排的。

的確是的，我毫不猶豫的同意秦老的看法，真心替他們高興。

秦老為何年紀一大把了還要抱娃？甚至越多越好，不怕外人說閒話嗎？我剛認識他也是有如此的想法，真的被秦老的理念嚇壞了。怎麼七十歲了還要抱娃，而且越多越好。再看看小嫂子配合他也不停生，兩人帶三個孩子挺累人的，還不停止，說不定一會兒又有消息了。

秦老幾杯黃湯下肚打開話匣子。教授，我喜歡小孩，想用我的方法親自教育成人，不能看著孩子讓現在這種教育毀了。我要用家教教育我的小孩，像我的祖輩教育我一樣。他說到做到，老大十一快十二歲了，沒上學，自己教；老二六歲了，不去附近的小學報到；老三才一歲更是不考慮給人帶，全部自己帶。

這個現象雖然在大理有過，但是都是短暫現象，不多久都會重返體制內，秦老一堅持就十年，這令每個人敬佩，對他卻是痛苦的決定。他逢人就數落當局的不是，認為文革害死人，無神論害死人，階級鬥爭害死人，現今的體制內教育害死人，他堅定不移地抗拒這種教育。他說，不能讓這幫傢伙糟蹋我的小孩啊！

秦老他以家為校，整了兩間屋子，打理成教室，自編教材，自任老師，老婆也是老師，購置了許多書籍讀物，教具倒是挺多的，除了一般英數理化史地等教材外，主要以佛教居多，儒家次之，道教也有，但是西洋的較少。秦老願花大錢在教育上，但是明顯有以傳統文化教育為上的傾向。

秦老的教育方式也令人意外，他主張背誦與抄寫。這是幼兒教育的忌諱，他卻特別強調。我擔心孩子不想學，然而不會，孩子們學得十分有效。秦老能把蒙童調教成小大人，靜如處子動如脫兔，也許有人不認同，但是我是很讚賞秦老用古法教子的苦心。

台灣有位教育家王財貴也在中國大陸推廣國學，我在福建見過這些學校，中西合璧，中英文兼顧，也是強調背誦，效果也不錯。秦老也知其人，他說，相互尊重，互補互助，人各有志，不可強求，他們來大理我還是接待的。

我的台灣朋友，國學家陳教授來大理看我。我把他引見給秦老，兩人一見如故，交換教學心得。陳兄告訴我，如今很難得看到如此的家庭教育。秦老的家教值得推廣，有存在的價值，但是要有客觀的條件，大理是個試驗的好地方。

秦老又強調禮貌。每天灑掃庭園，待人接物，孩子們都非常有禮，見人叫人，見面鞠躬敬禮。鄰居的孩子們也受到影響，也許不久就會忘了，但我覺得，至少客人來到秦家，這些小朋友都爭著鞠躬，爭著叫人，發自內心的天籟讓人好不舒服，全被秦老的教育震撼了。

大理的國學教育很發達，有許多收費頗高的貴族學校，據說都有來頭，像我家附近就有私立的幼兒園、小學、初中，據說是高層的親戚朋友開的，來頭不小，已開成集團化教育機構。

我到過此學校，學生一穿唐裝著漢服，見面行古禮，家長同時要陪讀，下午一小時培訓。據說這樣回家後家長才有資格家教，效果才好。我有朋友也把小孩送讀，但是一則陪讀培訓費時辛苦，再則回家後無法持續，收效甚微，大多有始無終，草草了事。秦老以身作則，親力親為，我看沒有幾個人能像他那樣持之以恆，這也是我不敢否定他理念的原因。有恆不也是美德嗎？

秦老很少談到他的過去，他說昨日種種比如昨日死，今日種種比如今日生，只要覺今是而昨非，就是大澈悟了。

他是個盡責的父親，與前妻離異並非他錯，我只知道他有個很大的孩子，比小張年紀還大。秦老強調，夫妻緣盡子女不能忘，他供小孩上大學、留學，孩子至今非常尊敬親近他。

秦老學貫中西，學習能力超強，七十歲了還每天學習，他與周遭鄰里敦親睦鄰，處得很好，能力又強，常常幫鄰人解決問題，是這裡遠近馳名的能人。有次我親見他在鄰居家修了兩個鐘的活，在一片感謝聲中疲憊地回家。

秦老曾是體壇健將，足球踢得很好，樂器彈得也好，詩詞歌賦，琴棋書畫，樣樣精通。我們信步在屋外曾問他，他的夢想除了小孩還有什麼？他指著家旁邊的郊野公園，笑著說曾經想包下來做訓練基地。我大為驚訝，為何有這念頭？

他說證明他還有夢，我笑他財迷心竅。他對我特別尊重，稱我教授而不名。他說自己是個粗人，但絕對不是一個老眼昏花，見錢眼開的守財奴。他為我分析了情況，我才驚覺他真的不簡單，有大都市人物的眼光，又穿透人性的人文素養。

他說，在這裡訓練，空氣好、氣候好、食材好、物價好、生活空間好，比起城裡頭要好得多。我就想在有生之年，在這裡組訓我的足球隊，我相信一定會成為一支好球隊，這個夢並不遙遠，只要有心夢可成真的。

秦老的這番話，這股豪情壯志，聽得我不禁擊掌叫好，心想這個老傢伙比我還老不休，老玩童。我更認知到，像秦老這樣的皇城根的人，的確有文化。他們家學淵源，家教甚嚴，本身只是不幸陷入這個體制，讓他們從小就被打壓，定了型，走了很多冤枉路，年紀大了再改就改不掉，只有在下一代中補救，也就明白了他為何處處跟黨國頂牛。

秦老有部轎車做為代步工具，一家五口剛好出遊，車身上印著「阿彌陀佛」四字，車內梵唱不斷，孩子們在車裡就是這樣的殊勝福氣，每次車還沒到我家大門口，就心有靈犀地聽到歡聲笑語。秦老一家父慈子孝，兄友弟恭，這不都是他家教的功德？

秦老生活十分低調，他在村子裡不顯山露水，大家都知道他有學問要他開科授徒，他不為所動。他的金石碑帖是他的拿手絕活，許多人有求於他，甚至想收購他的作品，但是他只送不賣。他調教的小宋已快出師，這也是秦老高瞻遠矚，日後高枕無憂的安排，令人激賞。

秦老深藏不露，在人生路上我比起他來還嫩得很，小宋看上秦老的確有她獨到的眼光。我想到，秦老九十二歲參加他小兒子的大學畢業典禮，那是多麼不可思議的奇景，也是多麼美好的畫面。

但我相信，秦老活在當下活出自己，他的願望一支籃球隊，甚至足球隊，在他的有生之年一定可以實現。但是這個皇城根下的貴族，真的不懷念冠蓋京華的大宅門歲月？甘願隱居在蒼山腳下平靜度日？

秦老內心熾熱，外表冷淡，他的內心世界我是了解的。他就像一個失去戰場的戰士，老兵不死只是逐漸凋零。他把希望寄託在下一代，但是這個夢想就算實現了，但又有何意義呢？我不知道。

第二部

那些事

水流到誰的荷包了？

喝水是問題嗎？

有些地方的確有喝水難的問題，但是在大理這是從來沒有的事。

自古以來蒼山十八溪加上洱海所蓄的水量，不但足夠壩子上居民的飲水所需，還可滿足農業所需，甚至近年來工商發達需水甚鉅，也能勉力為之，大理人從不為吃水發愁。

但是為什麼現在吃水難？是水不夠了？不是，那麼原因出在哪裡？

天災不成立，因為自古以來就有天災。答案是人禍所致。

人禍之一：水源遭截取。

蒼山有十八條溪流，是大理人民生活飲水最大的來源，估計占了近八成以上的用量，以往居民將溪水引水至家，完全可以滿足生活所需。使用者只需付出少量的維護管線設備費，基本上為數甚小，佔生活支出甚微，有些地方甚至不要錢。

大理人享受著老天爺的恩賜，祖祖輩輩喝著幾乎免費的山泉水，大手大腳的用著水，從來沒想到有一天要花錢買水喝。然而因為水源遭到截取以致水量大減，地方基層開始用水不足，水費開始逐漸調高。筆者所在的村鎮，長期都是免費的，近幾年來卻從免費漲到一噸三毛，進而五毛，再到一元兩元乃至現在的三元。小區裡漲幅更高得驚人。

水源枯竭主要原因是商業用水劇增，礦泉水業者及工廠取用了巨量的溪水做為原料水，作為承租業者只向政府交納租金，並未將利潤回饋地方，以致大理居民的利益受到侵害。這還不包括環境及其他影響大自然對村民的傷害。

一般已開發國家，首先不會同意將社會及人民的共同資源，轉變成私人營利工具。以私害公已是法所不容，同時未對外公布具體合作內容，受害方未能獲得補償，也未享有任何福利，連購買礦泉水也未能享有優惠，涉及官商勾結以權謀私之嫌。

人禍之二：封禁水井

不但禁止新水井的開鑿，同時填埋舊井不准再取水。

除了山泉，大理人自古以來就有喝井水的傳統。在壩子上有無數的水井，產生出所謂的井文化。然而官方以地層下陷為名禁止新井開鑿，其實沒有科學根據，因為民間開鑿的水井口徑都很小，深度都很淺，不會對地層產生影響。反觀外來企業開鑿的井又深又大，一口大井抵數十口小井卻不見官方取締？明顯有官商勾結圖利的嫌疑。

再者，舊井不得再用必須填埋實屬荒謬，蓋因居民飲用久矣，已成生活一部分，更是文化的展現，貿然停止，因小失大得不償失，正確之道在於封禁大型商用水井方是正辦。

人禍之三：自來水廠

原本大理居民每村每里都有小型的水塔提供山泉水至各家，收取微薄的人事費與維修費。雙方配合良好相安無事已達近一世紀，然而因為整治蒼山十八條溪，竟然不許居民飲用山泉水改喝自來水，水費高達每噸三元錢，是原本喝山泉水的六倍之多。

有關當局稱水費不變只是加收設備費，就是安裝自來水管及水表等設備的費用。極其荒繆之能事，當局大興土木挖路鋪管所花之錢算到消費者頭上已算不當，放著原本清淨甜美的泉水不喝，改喝從洱海打上來的所謂處理過的自來水，這是說不通的理，誰願意放著原生態好水不喝去喝這種再生水？

三種人禍只有一個原因，那就是決策的不透明不公開，缺乏監督與制衡，也就是缺乏民主與法治。筆者獲悉不久全大理市民都要買自來水喝，甘甜的山泉水將成為歷史的記憶，好山依舊在，好水已惘然，大理還是理想的養老之地嗎？

化公為私的公交車

一年漲一次，七年漲五倍，大理公交車如此漲價，身為台灣同胞的你相信嗎？

筆者在大理住了七年，一五年、一六年是人民幣一塊錢一趟，一七年至一八年一塊五，一八至一九年兩元，一九年至二〇年漲至二元半，二一年至二二年更亂，有些漲到三元，有的更直接漲到四元，平均漲幅七成以上。一個小小的大理城，就有好幾家公交車行，彼此收費不一，各自為政，弄得外地人不知所措。這種現象，身為大理女婿又是台胞的我，慚愧又難過。

大理市比台北市大好幾倍，但是人口卻只有台北的三分之一，而且主要集中在下關、大理兩個鎮上。兩鎮距離也如同木柵到淡水，最遠不超過十五公里，照理說也不超過台北公車的兩段票價內，應收車費應在台幣十五到三十元（人民幣三元至六元）。

然而大理公車收費不分段，只要上車就不分遠近。一律收最高價，以此標準比較兩地，大理公車收費甚至比台北還貴。若以兩城市平均國民所得比較，大理是台北的四分之一到六分之一，差距就更大了，大理公車費幾乎是台北的好幾倍多。

台灣的接駁公車小巴收費很少，至多一段票價，許多地方甚至免費，然而在大理沒有這個規定，不但缺小巴，反而都喜歡跑長途，縣與縣、鎮與鎮之間都是這種小巴，收費都很昂貴。除了下關到大理鎮有公車，其餘的鄉鎮都算長途，車費從七、八元到十餘元之間，合台幣三十多到六十元，距離最多也是二、三十公里，比台灣的公車收費都貴。這個現象我剛來不太能理解，時間久了就看出了這裡面的貓膩，還是體制養出來的經濟現象，公有化是根本原因，官督商辦是加速惡化的導火線。

中國大陸上的公共交通費用，大城市的收費定價似乎還不太離譜，與台灣各地差不多，但是中小城市則有偏高現象，此現象的原因為何的確耐人尋味。一言以蔽之，仍是體制作祟，也就是官督商辦，承包制下官商勾結的結果。

公共交通、公營鐵公路、水電瓦斯、通訊業務，基本上是為了照顧人民生活，是政府責無旁貸的責任與義務，不是營利事業，是公眾與社會服務，為中下階層而設的，一般已開發國家甚至是福利事業免費的，不能賺錢的。

另外。政府有公權力要監督業者，要注意便民，要有前瞻性，服務性質，遇到不便民要協調解決，例如公車票鐵路票等車票的統一化，鐵公路及市區大眾捷運票務的簡化統一，都是政府的責任。像台北的悠遊卡能一卡通，這就是公權力的積極作為所致。然而在大理，小小的城市就有多家公交車行，車票彼此不能互通，這就是政府的不作為與怠政。

官督商辦的承包制必須有科學合理的管理，專業化營運機制十分重要，但是在國營企業主導的事業，在沒有合法積極的監督單位以及媒體輿論的監督下，貿然將公眾事務委託民間營運，就會發生種種亂象，亂漲價就是其中一項比較常見的秕政。

台灣各地的公交車收費都要經過地方議會的審核通過才能收取，漲價更是要經過議會與輿論的層層考核。全民監督下的車費不但收費低且漲價慢，漲幅也小，像台北公車票多年不漲，漲幅很小，這是全民共同關切的議題，不可私下協議通過。

然而大理公交車費幾年內連漲多次，漲幅驚人，人民只有接受的份，原因是沒有議會的監督，地方人大政協沒有權利管控，媒體無監督權，政府與業者行瀣一氣，以權易錢，怪現象與不合理就不足為奇了。

也許讀者會問；監督力量去哪裡了？我來說兩句，筆者在大理七年沒有看到人民喉舌的媒體與代議士替人民說過話，報紙電視整天刊登播報的新聞都是正面的消息，代議士的人大政協也是替執政共產黨唱讚歌的花瓶。八個民主黨派只是擺著好看，只敢提些不關痛癢的小事，像民生重大議題只有舉手通過的份。

社會輿論又是怎麼回事？告訴你沒有的事！怎麼說？就是一個字「屁」，放由你不放也由你，放不放都由你，根本不會有任何實質上的效果。執政黨讓你說不讓你說都是它說了算，媒體登不登報不報都聽黨的，輿論根本無從興起，像台灣輿論現況在中國大陸免談。

筆者節儉成性，搭乘大眾捷運系統非常頻繁，在台北我感受到公權力的能耐有限，但對升斗小民的日常生活，因為受到制約而謙卑執政，但在中國大陸則絲毫沒有這種感覺，對我而言，生活條件不寬裕，一些民生開銷還是能省則省，光是交通費，我覺得在台灣比較花得少。在中國大陸一般以為比較便宜，事實上並非如此，如再加上遠程交通工具火車飛機等，已經比台灣貴了。如果你不在乎無監督的政府，可以選擇中國大陸的生活，否則要謹慎啊！

人民的山也敢封？

人民的山人民上不了？

是的，有錢也上不去。

什麼情況？筆者初到大理的確對官府每年對蒼山實施封山政策無法理解！大理人民祖祖輩輩都可以自由上山下山，為何到了號稱人民政府的共和國卻把人民拒之山外？

當地人告訴我上墳可以上山但不可燒紙。

一般人或外地人呢？他們沒有墳可上啊？

那就沒辦法了！只能買票坐纜車進山，爬山是不准許的。我明白了，還是經濟原因，有錢好說，沒錢免談，但是門票是連著纜車的套票，動輒人民幣一、兩百塊，之前還要三百多，賊貴，一般人尤其是學生大都負擔不起，只有繞道往上爬，這是封山期不允許的。

大理每年都有六個月封山，整個山區布滿了崗哨，負責把守的警衛成堆的緊盯著上下的人，一般人不讓進，當地村民也不例外。帶著紅袖章的巡山員穿梭在各個山林小徑之間，發現閒雜人等就趕下山，沒買票的或者說不出理由的還要罰款。

封山期不能爬山？不可能吧？我問過相關單位與負責人，回答是非封山期的半年可以，但要買門票，至於封山期則要買套票，先坐纜車上山，下山搭纜車或走下來都行。

進山買門票，是因為蒼山為國家公園需要經濟支持，可以理解，但是封山期只能買昂貴的套票這點我就無法理解了。我不明白，爬山的人會放火，搭纜車進山的人就不會，遊客素質以經濟條件為準？這是哪門子的標準？山火發生一定是人放的嗎？不會自燃嗎？只有遊客會放嗎？村民上山祭祀燒紙會不會不小心燒山？照過去的紀錄燒紙引起山火的比例不低，為什麼封山不准遊客上山？卻准村民上山祭祀只要不燒紙，以村民習俗哪有不燒的？

我決定深入了解這件事，首先我查了封山的依據，從網上政府公告查詢居然沒有封山一說，只有入山規定，可以短時間因為緊急事故暫停入山，時間很短至多十天半個月的，絕對不可能半年。乾季來臨也可以加強入山管理，但是只要符合要求還是可以上山的。封山的規定實在找不出，尤其是長達半年多。

另外，封山後連常態登山都禁止嗎？我是不相信當局敢如此胡來蠻幹的，果然，查了相關規定只有登山規定事項，像不准帶火種，不可燃燒物品如燒紙錢等，總之容易引起山火的行為都會禁止，但就是查不到封山的規定，可見封山是違法的。

難道當局知法犯法？非也！我的調查心得是當局的一石二鳥之計。它利用了法規的模糊地帶擴大了行政裁量權，也從寬解釋法規內涵，說到底一個字「錢」，為了經濟效益為了賺錢，被委外經營的風景旅遊區業者，變相想方設法賺錢的伎倆。

業者以山林安全為由鼓勵入山客買全程套票。在雨季以山路濕滑安全為由鼓勵買套票，但是一般遊客消費力低只好由他們買門票，因為旅客多也能薄利多銷。但是冬季風季的乾旱季節，遊客本來就少，加上疫情肆虐，就以山林防火為詞只售套票。如果遊客只想買門票，就以封山為由拒絕入山，因為門票收入是抵銷不了成本開銷的，然而如果遊客堅持要買票入山，業者也只有放行，於是售票處常常關門不賣票，把入口關上。

但是問題來了，因為蒼山管理單位太多彼此之間權益糾葛太亂，遊客搞不清楚他們的內部矛盾，也沒有能力應付各個單位的要求，第一關售票處也許沒人就進來了，但是第二關防火隊重兵把守，說一句封山了，訪客感覺有事，就搞得不太敢進山了。

蒼山上有五大領導班子組成管理層，有國家公園管理局、蒼山景區管理局，有武警、森林警察、派出所、鎮政府等……

例如，景區賣票是景區管理局，索道纜車是委外業者承包，安檢是武警、森林警察負責，防火是由鎮政府招募打火兄弟上山，景區附近還有軍方的軍事設施、軍事單位，再加上附近緊臨的小區保安人員，都能隨時攔路讓你上不了山，諸多管控單位令人目不暇給。

其實，當局就是料定外人不了解真相，為了利益才把很簡單的景區搞得這麼複雜。

經營著靠服務取得利潤不算錯，但錯的是追求不當的利益，公然不顧法律規定，以自己的利益與方便為準。當局也睜一隻眼閉一隻眼姑息養奸，更有甚者乾脆官商勾結狼狽為奸，原本很好的法規被解釋得亂七八糟。例如，村民或本地居民憑身分證可自由上山，不必買門票，卻給業者曲解成打折購買，清明或忌日才能上山，平時得買票上山。

當局又巧辯沒有阻止居民上山，只是希望早上上山中午前下山，甚至直說只給兩小時鍛鍊身體就符合規定，但是遊蒼山時間至少要一天，根本很難兩小時就下山。這不是便民而是擾民，這都是因為沒有商業利潤，又要擔負山火的責任，說到底是政府的不作為與亂作為。

如今當局常常掛在嘴上的是人性化管理，但是筆者就碰過多次刁難，讓人受不了。例如我符合優惠打折的老人票，需要查驗身分證，但是爬山不方便就常常忘記帶，售票口就是不讓買老人票改買一般票。後來知道我是附近住戶，台胞也有優惠，我也常帶朋友爬山，也都是上年紀的，但是只要沒有證件一律不給優惠。村裡長輩說情都不理，只有領導發話才可以，我氣得只有打電話叫領導，弄得十分尷尬。

我常常感慨大理這個地方好山好水好空氣好食材，只可惜是個不達標的政府管理，它不需要為人民負責，至於高喊為人民服務的，只是口號，做不做完全沒標準。他自我吹噓服務了多少多少，那只是他說的罷了，人民服務他才是真的。

台灣的自然風景的確美麗，但是一個小島有它的侷限性，然而，台灣政府在為民服務方面的確比對岸好多了，至少人民有申訴的管道，政府不敢胡來。如果讓這種顢頇無能貪腐成性的政府管治，一定搞得亂七八糟，讓台灣同胞失望，屆時悔之晚矣。

變味的老協

老協已經變質了。

老協只剩紅白帖吃飯喝酒的場所啦！

老協是老人協會的簡稱。

一般而言，中國大陸各地最基層的公共場所要算社區活動中心了，而它的功能又以老年人聚集聊天為主。老協有固定的場所，老人可以在裡面唱歌跳舞下棋打牌等等康樂活動，因而使用率最高，婦女同胞來此跳舞唱歌做家庭教室也偶而為之，算是也不錯的場所，青年朋友來的最少，除了紅白帖吃吃喝喝，基本上沒有充分利用這裡。

這個現象是怎麼產生的呢？筆者做過調研，主要原因是公家侵占了人民的合法場所。

依據中共當局的規定，每個村子都要有活動中心，經費較寬的鄉鎮可以每個自然村都有一個甚至多個，如果情況稍差也要每個行政村至少有一個。一般一個行政村轄有幾個自然村，近幾年因為當局要求多設，經濟狀況也確實改善了，一個自然村至少都有一個活動場所。

硬件都有了，軟件也積極配合，裡面至少有圖書館、棋牌室、康樂設施等，各方面也充分供應了書籍讀物、康樂設施、音響設備等有益身心的硬件設備與軟件配搭，當局可謂積極推廣用心良苦。

可是為何只剩下吃吃喝喝的功能？

先從硬件說起，活動中心大都是有樓層的建築物，場地大小不一，但是麻雀雖小五臟俱全，每層都有規畫用途，設計上一樓是老協，幾間屋都作為老人所用，老人上下樓不便，都集中在一樓活動。

二樓以上有圖書室、自修室、各類型活動教室，最上層保留行政人員使用，照原設計社區活動功能為主，其它為輔。

依規定黨政單位都有自己的辦公場所，黨有村支部書記辦公室，政有村主任辦公室，加上工作人員也只佔活動中心極少比例，但是這些單位加上許多其他單位社團，人員膨脹，官僚化的結果，便佔了許多空間，有時竟然佔了一半以上。

例如筆者所居住的村子，雖然是個自然村，但是活動中心除了一樓，二樓以上竟然都被黨政機構作為辦公室。有個人辦公室，黨政部門還設有檔群關係，黨員開會、黨員學習、黨的資料、文獻等各類性質的房間，外人是不能進的。簡單來說，黨政部門尤其是黨，已經嚴重侵占了人民日常活動的場所。筆者曾上二樓以上查看，侵占嚴重，圖書室有書但是沒人借閱，康樂室健身室設備損壞不修理，擱置一旁改作其他用途。房間常被鎖起，社交功能基本喪失，其他村子也大致如此。

筆者訊問當地人士這個現象，各村回答都是如此，沒有什麼不妥，還怪筆者小題大作，大驚小怪，令筆者十分驚訝。連知識分子、白領，甚至學者專家都不覺得有什麼不妥，但是在台灣生活的我卻是不能接受，因為台灣的社區活動場所是完全開放給社區居民使用的場所，不是政黨辦公的地方，如果台灣人民知道中國大陸現況肯定反應跟我一樣。

老協成為殺雞宰羊之處是我始料不及的，它的功能已敗落成吃吃喝喝紅白帖辦理之處，是自然形成的還是有關方面有意為之？我繼續觀察的結果是當局蓄意為之。

據我了解，每年村里都會向住戶收取數十或百元的分子錢，辦理各項慶典節日所需經費，這一點在台灣由相關組織與單位負責，居民住戶是不需要繳納這些費用。村民要在老協辦紅白帖飯局，要依規定再繳場地費，以及相關的水電開銷，但是因為場地寬敞，時間寬裕，動員人力物力方便，經濟實惠，以致成為村民的首選。

老協經常性作為婚喪喜慶的場所，其他活動相對被壓縮，辦席時人聲鼎沸，嘈雜紛亂，也不利其他藝文活動，廣場挪為酒宴辦桌之地，籃球舞蹈等體能活動也受影響，安排課程無法如期辦理，社教活動很難展開，最終只剩廣場舞等少數人使用，淪為擺設之用。社區裡的文武活動雖然都受到影響，但是可以簡單化社區活動功能，有助當局的管理，何況紅白帖還有經濟效益，一舉兩得，可以達到當局一石二鳥之計，何樂不為？但是這對社區營造卻是一個負面影響，長期以來中國大陸社區活動不振，這是主要原因。

社區小區兩重天

社區與小區兩重天。

筆者當初不解緣由，經過多年體驗才領略其含意，意思是說兩者的條件有著天壤之別。

社區顧名思義指的是一群人生活在一起形成的居住環境，通常是地理環境與歷史原因所形成的。廣義的社區是城鎮鄉村，狹義的是指它下面的人為區畫出的基層居住單位，但是仍以村為集合中心，尤其在經濟政治文化方面有著不可切割的關係。

這種原始固有的社區，幾個社區就組成村里鄉鎮，近年來中國大陸經濟高速發展，人口迅速集中，大一點的社區升格為鄉鎮，人口外流或經濟實力轉弱的鄉鎮也有不少降格為社區，但是基本上屬於開放空間，人員自由流動，在地意識仍強，居民皆認同腳下的這塊土地，願意被稱為當地人，身分認同分歧不大。

但是在市場經濟下產生的商品房，或者改建老社區的新樓房，加蓋了圍牆，增設了社區保全人員，監管控制了進出封閉式樓盤的管理組織，這種商業行為產生的聚落，概稱之小區，它的行政管理不屬於鄉鎮村委會管理，而改由治安單位如公安局派出所等管理，其他方面則不變。

由於入住的大部分是外來人口，基本上務農的極少，收入也普遍比當地人為高，他們有自己的托兒所、超市等基本民生所需的條件。嚴密的封閉式管理，外面的人很難進出，與外面開放式社區有著顯著的不同。

由於中國大陸農村或城鄉交界之處的社區普遍資源不足，社區建設較差，應該具備的社教設施如圖書館，運動場所如籃球場、網球場、游泳池等皆欠缺，等而下之的各類文化及體育設施皆顯不足；反觀小區，不論大小高低皆因有管理費支撐，基本上都大致具備，這也是建商販售小區樓盤必要條件，否則難以競爭。

中國大陸因為屬於大政府小社會的組織架構，社區總體營造由政府主導，私人只能起補充作用，然而政府資源有限，分配下來到社區的社區建設經費長期不足，社區總體營造硬件就算有，軟件卻是遠遠不夠，只有靠各界捐助，但總是杯水車薪無濟於事。

市場經濟的興起，小區的出現則改變了本身社區的情況。小區內因私有制為主，又有管理費等資金的支持，基本配備都粗具規模，修繕及增補的費用源源不絕，使得小區的設施不斷改善，小區住戶可以足不出區，獲得應有的社區總體營造的成果。

然而小區的排他性，讓外面的村民無法入內分享資源，以致兩地產生極大的差距，這種差距隨著生活素質的兩極化，逐漸拉大了對社區的認同與滿意與否，對社區總體營造起了相當不利的影響。

筆者居住的大理，小區處處，著名的有山水間、中和坊、海雲居、大理小院子、大理王宮等高級小區，這些小區佔據著最好的地段，當地政府提供了最好的社區服務，交通運輸線的開通，生活機能的舒適便利，明顯的將四周的居民比了下去。例如為了配合小區落戶，水電瓦斯等能源的保證供應，明顯佔據廣大居民的使用份額，哄抬了物價也緊縮了供應鏈，原有鄉鎮村里的社區民眾相對生活品質受到影響。

小區的興起造成環境保護的困難，大量的農地消失成為小區建地，原來綠油油的水田茶園樹林受到侵害，水源河流的汙染斷流，空氣污染造成藍天不再，私家車横行造成交通壅塞與事故頻發，種種跡象顯示小區的出現有百害而無一利。

筆者長期呼籲的社區總體營造與公民社會，最大的障礙之一要把小區算上。小區屬於封閉社會，形成社區裡的孤島，因為經濟情況較佳故有高人一等的優越感，不願參與村里的社區活動與建設，冷漠的態度形成與村民的兩極化，語言生活習慣的不同，因著小區的興起而使社區總體營造更形惡化。

筆者認為根本解決之道在於減少小區的增長，打開小區的封閉性，鄉村建設加速進行，不但在金費上要增加，還要結合民間力量，放寬社區各類團體的設立，用民間社團取代公家的社會建設與教育的任務，改大政府小社會為大社會小政府，釋放出民間的力量。總的來說還是一句話，把自治權還給人民，讓人民高度自治，政府由消極的管控改為積極的不作為，不妨由小區與社區做起。

巍巍蕩蕩，民無能名

「聽黨話、感黨恩、跟黨走。」

斗大的黑字寫在白牆上，黑白相間，氣勢磅薄，一氣呵成，過目難忘！

在中國大陸農村到處可見這些寫在牆上的橫幅，還有些其他的標語，但是這九個字令我印象深刻，太簡單明了，也太直白易懂。如果僅就傳播學角度看，成不成功？有無效果？就看對誰說了！在台灣視為笑談，在中國大陸，長期洗腦的結果應該是起了重要的作用，或謂太假、太八股，但是宣傳做到這份上還有啥不敢說的？

我在大理的家，村子裡各處都可以見到這九個字，其他地方也隨處可見，我曾私下問過村民真的如此想？約有一半認真地回答認同這九個字，打心底擁護黨。有一半不是那麼認同，也有反對的，半信半疑的，無意見的，總的來說大部分是認同，這說明執政當局是有幾分把握。這九個字可以時常提醒人民，黨的偉大光明正確，有助於確保當局長期執政。

筆者長期研究中國大陸的社會問題，之前都是高來高去與政府官員交往，或者是在沿海城市走動，沒有確實的走進社會底層親身體會。數年的大理窩居，每天趴趴走，走透透每個村子，才感覺若要真的了解中國大陸，一定要深入村莊走進基層，傾聽人民的聲音。

村子裡的確有許多讓人意想不到的現象，初看或初聽到都不敢相信自己的眼與耳，但是聽多了、見多了，也就不以為意，見怪不怪了。

我記得剛來大理時就對那九個字不可思議，我對內人說怎麼會有這種事？內人是當地人，我們口中的陸配大陸妹，她覺得一點也不奇怪，她全家人包括岳母、舅子、小叔等妯娌連襟，沒有一個覺得不妥，令我印象十分深刻。我問內人你住台灣已經二十多年，難道不覺得奇怪？她回答，這就是兩地差異，我初到台灣也是不習慣，需要時間適應。

內人對政治沒有興趣，對兩岸事務也關注不多，她避重就輕的說詞當然我不滿意，也許是她有意淡化，也許真的見怪不怪了。我覺得她生活上雖然已經適應台灣，但是腦子裡還是存在大量的故國情懷，在意識形態上始終沒有融入台灣意識，沒有認為自己是台灣人，回到老家除了生活上有些不適應，幾天下來，又變成如假包換的大理姑娘了。

我內人最讓我吃驚的是，她常常有意無意之間流露出過去教育下的刻痕，她大學以前的教育都在雲南，刻版的教科書意識始終盤桓在她的腦際，中國大陸上的歌曲，尤其是紅歌幾乎出口成唱，舞蹈與藝文小說、電影、電視等也充斥著宣傳品。她會不經意間唱跳說寫出執政黨的黨八股，有時甚至頗為陶醉其間。

連已到台灣定居二十餘年的她都無法忘懷過去中國大陸的黨八股，我不禁意識到人民是可以洗腦的。

台灣同胞必須了解中國大陸執政當局開動宣傳機器七十餘年，要了解中國大陸同胞不可不注意它們的思言行為，都是長期接受黨國體制、黨化思想、黨化教育的，在思想上要有準備。你打交道的中國人是長期與你背道而馳的快車，不注意是認不清視不明的，雙方是雙線道的平行線，是雞同鴨講的不同時空。

在中國大陸不需要全稱執政黨為中國共產黨，只要稱共產黨，再簡稱共黨、我黨，或一個字黨就可以了，其他八個黨派基本上不必記黨名，一律稱民主黨派就好了。這又是我的一個疑問，八個黨派都是民主黨派，共產黨肯定不是民主黨派，但它又說自己是最民主的，這又是做何解？有夠悖論的。

你問路、搭車、交談，只要說黨，如黨校、黨委、黨章黨綱、黨的紀念日、黨與國家領導人，指的都是共產黨，沒有人會聽不懂搞不明。但是在台灣不但不存在如黨校、黨委等組織，也因為政黨太多了，要問清楚哪個黨否則無法繼續交流對話。

七十餘年，中共黨的內涵已有很大的質變，也有巨大的量變，如今黨已經是個排他性專屬性極強的名詞，它不是一般政黨政治國家人民的固有概念。在中國大陸，黨國體制讓黨凌駕於政之上，黨是實的政是虛的，說中國大陸是一個國家，還不如說是一個黨團，黨機器控制一切。黨可以沒有政，但是沒有黨就沒有政，沒有一切，入黨是一個人最重要的政治行為，沒有入黨不是一個真正的政治人物。西方與海外華人，尤其是台灣年輕人，對此沒有深刻的了解，以致從根本上偏差了。

在中國大陸基層，尤其是廣大的農村，他們取得消息的管道只有黨媒，官方宣傳主導了他一生，他們堅信沒有共產黨就沒有新中國。黨救了中國，救了中國人，黨是唯一的真理，是人世間的聖經，只有相信、崇拜。因此上述九個字至今堅信無疑，已就不奇怪了，台灣人你願意接受這種宣傳，讓它成為你的新信仰，取代現有的一切嗎？我相信受過民主自由洗禮的現代台灣公民，應該知所進退知所取捨了吧？

失真的史冊

杜文秀是民族英雄？

在大理要有個心理準備，不但中國史的史觀與境外不一，連地方史也呈現出完全相反的史觀。

筆者在台碩士論文寫的是雲南的少數民族，其中牽涉到一個人——杜文秀。他是清朝咸豐同治年間在大理造反的回民，在中共官史上是民族英雄農民起義，但海外學者認為應該屬於少數民族的造反。在大理，筆者提出台灣人不同看法，遭致大部分地方學者的反對與批評，感覺十分的不服氣。

在中國大陸，史學可能是兩岸學術領域裡最有分岐看法的學科之一。從史觀上有著明顯的不同，呈現出解釋史實的巨大差異，中共以唯物主義、馬克斯思想，及毛澤東思想為標準，以階級鬥爭為綱解釋歷史，從中國有信史朝代開始就與境外敘述不一，因此學歷史的我一則怕研究不精，再者怕立論不周，遭致中國大陸同行的譏評，一直不敢說出自己的想法。然而，我想多了，問題不是出在我自己有沒有本事，而是我根本研究方法錯了，怎麼研究也不可能正確，令我萬分痛苦。

大理的少數民族是白族，但是分漢白與原白。漢白受到漢文化影響，說漢語寫漢字，有中原一統思想；但是原白則為純粹本土土著，不跟外族來往，以建立自己的王朝——南詔，更以大理兩個王朝為榮，本土意識強，具排他性。

杜文秀是個原白，具本土思想，利用太平天國造反清廷無力西顧時，響應洪秀全以反清為名，建立大理王國，歷時十餘年才遭平定，而平亂者也是少數民族將領廣西苗族岑毓英與同為雲南白族的楊玉科。

在中共史觀的指導下，杜文秀被定義為農民起義，是民族英雄，為他在大理古城廣場設立紀念館，敘述他的豐功偉績，而岑毓英與楊玉科因為幫助封建王朝鎮壓農民起義，因而成為負面人物，始終未能得到應有的評價。

這種史觀論證與評價，在學界也有不同的看法。有的認為杜文秀推翻滿清獨立建國，私通外國分裂國土，是不折不扣的造反與分離主義著，嚴格講是出賣祖國的叛徒，證據是他派代表到緬甸與英國人接洽建交與重劃領土，這種行為就是漢奸行為。然而中共當局無視此事實，為了政治正確，始終定調杜文秀為農民起義的樣板，學界及地方多次呼籲，終不見改正。

反觀平亂的岑楊二人，明知道輿論同情二人，學界也頻頻呼籲平反，但至今不准翻案，只在出生地建有紀念館，規模不大，敘事也不盡真實，導致知道真相的外地人不多。然而稍具常識的當地人都知道官方不對，但也只有私下講講，學界及社會各界分歧逐漸擴大，但是官方仍我行我素，這是不負責任的態度。

學術為政治服務的例子不只杜文秀，當局對漢白民族的交流史也明顯地站在漢的立場，常常忽視了白族同胞的感受，例如在敘述大理兩王朝南詔與大理王國，與唐宋兩朝的互動，就犯了大漢民族思想，從漢人角度寫史、敘史、論史，將白族王朝矮化，視其為藩屬。

中共除了以史觀曲扭歷史，也將政治正確用在歷史敘事上，最明顯的是國共關係上，不但矮化國民黨，而且扭曲事實真相。在大理許多民國名人，無論北洋政府還是南京政府時期，大理知名政治家及各類出色的人物，都受到政黨色彩的干擾，未能得到應有的評價，尤其是去台人士以及參與國共內戰的國民黨人，基本上是不待見的。

其次，有關抗戰時期的國共關係，由於雲南沒有共黨部隊，共軍沒有參加過滇緬戰區的對日作戰，因此有名的遠征軍、飛虎隊等抗戰史，當局淡化其重要性，輕國軍正規軍作戰史，強調盟軍與雲南地方部隊，如龍雲、盧漢等地方政治人物的貢獻。筆者父親是遠征軍，我又研究抗戰多年，面對當地人對國府的無知與誤解，只能感慨政治介入的無力感，台灣人只知道在中國大陸沒有學術自由，但是親身體會了，感受特別難過。

大家都知道騰衝有個國殤墓園，裡面紀念著為國捐軀的國軍官兵，但是當局非要再弄個共軍靈位，令人哭笑不得。有名的惠通橋，重建後硬要在橋頭崁上大大的一顆紅星，說是紅軍反攻的橋，這些杜撰的偽史，竟然也有很多人相信，而真正老兵的墓園又遭到搗毀與拆除。

我的父親在大理駐紮四年，他是野戰醫院的軍醫，離我家不遠，幾年前建商整地挖出許多骨骸，從殘存的軍人飾物終可證明是抗戰國軍官兵的遺骸。但是，建商勾結官府與學者專家，硬說成為原住民的，竟然挫骨揚灰，未能安葬。

中共的史觀刻意扭曲歷史已造成歷史嚴重的失實或政治化，在大理，許多歷史敘述與考證訓詁已嚴重黨化。從筆者所住的三月街起，周邊許多歷史古蹟，不是毀了重建，就是介紹失實，例如金庸所著天龍八部就是嚴重失實的大理國歷史，它的王宮天龍城更是四不像，城樓嚴重失實，許多學者專家呼籲重視歷史卻得不到回應，令人失望與傷心。

筆者是外省人第二代，祖籍四川，來到雲南適應力很強，原本以為可以很快融入當地，但是除了語言、生活習慣很快適應，許多人文歷史、哲學思想各方面與當地很隔閡，尤其是自由民主等觀念，更是格格不入，南轅北轍，毫無共識。

為什麼會如此？為什麼總覺得不是我的家，不是我的安身立命之所？我總結經驗，主要問題出在體制上，台灣的公民社會產生不了，自由民主的社會無由產生，社區總體營造落實不了。台灣的公民社會無法複製到中國大陸。我活得並不開心，因為，一個人的生活處所不光是物質生活要好，心靈上也要舒適，大理生活好山好水好空氣好食材，但是沒有一個好社區、好社會，我的身心靈未能平衡，算不得好。

反觀台灣，雖然功能上、物質上、地理環境上稍遜大理，台灣的空氣水沒有大理好，山川之美生活條件也稍欠上乘，但是大理欠缺足夠的自由空氣。台灣大自然空間沒有大理壯麗，但是陽春白雪各取所需，小確幸一點不輸給高大上。台灣同胞面對大是大非的問題，還是要慎重的抉擇，建議台胞多多到中國大陸基層蹲點，應該相信筆者的憂慮絕非杞人憂天。

選舉還是換屆？

孫中山曾說過，一個縣的縣長民選了，不但這個縣民主了，整個國家也算做民主國家了。照此標準，台灣光復後就直選縣市長了，至今已七十餘年，台灣可謂早就步入自由民主社會之林。

但是中國大陸，自解放後，所謂的新中國成立後也七十餘年了，如今只能村長民選。直接選舉只到村一級單位，距離縣長直選，中間還隔著有鄉鎮長級別的官位，因此距離縣長民選不知何年何月，中共宣稱它已是民主國家不知所據為何？

筆者在大理生活多年，親眼目睹了多次基層換屆選舉，有村長（村主任）選舉、村委會（村支書及委員）選舉、村民代表選舉。後兩者是否直選，我較不熟悉，但真由村民直選的、歷史最悠久的，要算村長直選了，這也是中共最常掛在嘴邊引以為傲的事。

其實，從中共政權本質上分析，中共是以黨領政，甚至是以黨代政，從中央到地方基層，都是黨說了算，而黨組織、黨委會又以書記說了算。政府從上到下各級主管，如總理、省長、市長、縣長、鄉長、鎮長、村長都是黨委會的副書記，是二把手，權力來自書記與上級的授予，全要在書記的監督指導下施政，權力有限。本質上仍然只能稱是半個民主。

就是這麼一個權力有限的村長，因為是村民直選出來的，因此又比上面各級政府首長要來的重要，是中共的民主樣板，因此權力稍大，加上地緣上宗親勢力，是唯一能與黨官分享政權甚至分庭抗禮的基層幹部。有時強勢的村長能夠獨斷獨行，以致支書形同虛設，於是近年來支書由村長兼任現象頗為普遍。

但是習近平上台，為加強黨的領導，不惜疊床架屋，在書記上面增設第一書記，將原書記降為第二書記，有點回到早期老路上。如此，村主任更是地位降低，由副書記降為第二副書記，雖說都可稱作書記，但明眼人一看就知，這是有意將民選村長位階降低，權力遭進一步的侵蝕，村長選舉就更是沒那麼重要了。

姑不論地位與權力，村長選舉實質上仍辦得轟轟烈烈有板有眼，為的是展現人民當家作主。從公告選舉日期，產生選舉被選舉人，政見發表，投票日的決定與投票規範，候選人與選民的交流，都是環環相扣，絲毫馬虎不得，務必平安順利完成選舉。

中共為了黨要演好這齣選舉大戲，明明知道這只是作戲，走走過場，但也要做得煞有其事，從各方面費了不少功夫，為的是對外有個成功勝利的選舉，證明黨的英明領導。在此時期黨委動員組織、宣傳、統戰三大法寶，先是組織動員基層小組，由小組長掌握選民數，保證選舉投票率高，候選人能為黨所圈選與信賴，不可產生不是黨意屬的人選，同時防止基層反彈或從中搗蛋，引響選舉順利成功。

媒體宣傳是隨之而來的配合，除了宣傳選舉的重要，鼓勵村民踴躍投票，同時告訴選民與候選人要守法守紀，不可賄選與暴力。

最後發動統戰，運動民主黨派、社會知名人士、社會各界菁英，齊唱讚歌，個各表態人人交心，同時也藉此考察選民，變相人人過關，沒有運動之名卻有運動之實，如此三管齊下，預定的人選幾乎毫無懸念的順利產生，一切都在靜悄悄一片和諧的氣氛下完成。筆者幾次遇見地方換屆，都覺得與人民距離好遠，一般老百姓都知道早已內定人選，大都沒有什麼興趣，有些人終身未投過票，不知選票長啥樣。

為啥中國大陸選舉不像台灣的選舉那麼激情那麼熱鬧？因為台灣的選舉是真選舉，不到開票不知誰當選，而中國大陸選舉，被黨推薦的候選人還未投票，大家都知道必定是他當選，這種走過場的選舉怎能吸引選民的興趣，激發出選情的熱鬧。

中國大陸的選舉中共比較重視，其他八個所謂的民主黨派則低調配合，中共黨員是選舉這齣大戲的主角，男女主角都由黨員擔任，因此要賣力地演，演得好不好不僅演員有責任，黨員觀眾也脫不了關係，黨員必須賣力拉觀眾入場並且大聲叫好，演成功了大家有賞，演砸了全體黨員都跑不了，因此換屆與選舉已成為黨的頭等大事，

但這並不等同民主國家的選舉，關乎著國家社會人民的未來，一切的未來要靠民主選舉產生的領導人。中共辦的選舉重心在儀式性，重視過程不重視結果，表演多過實質，因為這只是走過場，所謂的內行看門道，外行看熱鬧。內行的中共黨員早就知道選舉結果。

門道是換屆要辦得熱鬧、順利、成功。達到人民熱烈參與，選舉公平、公正、公開，人

民充分當家作主下的民主效果，證明這個政體的合法性與民主性。黨外人士因為要分蛋糕，要跟執政黨分潤好處，如果分得好就賣力點，如果分得差，也會像老百姓一樣當吃瓜群眾，以看戲的心情熱情不起來。當然做大哥的不會虧待小弟，私下分點好處，黨外為了與執政黨拿更多的好處，比執政黨還不顧形象，吃相難看，社會形象十分不佳，但最終仍會使命必達，換屆這事還是可以勉強完成的，因為換屆比選舉重要，形象重於實質始終是當局選舉的目的。

中國大陸民主選舉制度與海外民主國家選舉表面上沒有很大的區別，選舉形式也大同小異，最最不同的是候選人的產生辦法，比外面多了一層規定，必須通過選委會的資格審查。而這個選委會是掌握在黨的手裡，具體操作是絕對掌握了提名審核委員會委員，而委員的產生絕對是在黨的絕對指導之下，共產黨的各級組織是一切選務的幕後大哥，前台的小弟政府選委會只是傀儡。

以黨委下指導棋的形式，不受歡迎、不符合需要的參選人必將遭到淘汰，資格不符的理由千奇百怪，除了法律規定的除外，政治考量可以不理法律逕行終止候選資格。如實在難纏非要去登記，也可動員人力物力，讓參選人出不了家，在法定時間內登記不了。另外還有許多辦法讓非黨人士，或非內定人士登記不了，或自動放棄。

中共的選舉是小圈圈的選舉，中共希望圈子越小越好便於控制，候選人中共說是代表性重要，要滿足各界的需要，因此如同台灣早期的職業分類，也就是功能組別，由各個行業別從業人員選出，但是提名權掌握在黨委的手中，選民事先都不認識，也沒有機會認識，因為競選時間很短，直到政見發表也只能在有限的場合見到他們，談不上了解候選人。

在農村更糟，從選舉業務開始到候選人產生都是黨委的事，只在選舉前幾天在社區或黨委亮亮相，談不上是政見發表會還是政黨推介會，村民只知道又到換屆了，也知道上面要求的對象，一般都是同額選舉，不必上級指示，差額選舉在農村很少見，也就不存在競爭，因此都是客客氣氣的茶話會，賓主盡歡。

我在大理很少看見過當地的民意代表，村長支書也只認識自己村的，它們嚴格講不是公務員，待遇菲薄不夠養家活口，必須另外有份工作。有的務農有的營商，收入差異非常大，像支書水平不高又不是本地人，靠開客棧與跑車拉客維生，村長則因家族力量大，又懂得經商，收入豐厚令人羨慕。然而所從事的都與本鄉本土有關，舉凡衣食住行都有這些基層幹部的身影。

因為村長是民選的，所以村民幾乎都認識，找他幫忙解決問題的村民自然比支書多，掌管建設，財政這塊村長比較有話語權，支書比較居於劣勢，但是黨領導政不可丟，因此基層黨政一把手爭權奪利非常激烈，大致上村長比較強勢，我們村的情況就是如此。村長抓權，支書垂拱而治，但是好處一點也不能比村長少，政商關係基層更密切更勾結，腐敗很嚴重。村民不清楚城裡大官的貪腐情形，但是說到村幹部的貪贓妄法，人人都破口大罵。

基層幹部最容易搞錢的是地皮，農村土地是集體制。農村土地與農民息息相關，土地永遠是集體的，集體以村、小組為單位，選出五到七位委員，三到四人贊成就可出租地給他人。村長支書總其成，租期長短，租金多少，都是他們說了算，職位不大但權力不小，公有制讓土地租賃成為他們的搖錢樹。

農村還有一個讓幹部找好處的機會，就是認定村民的土地性質，是可以傳承、租賃或買賣的宅基地，還是不能繼承、不可買賣承租蓋房的自留地，差別甚大，這些認定權大部分由村幹部說了算。還有違建拆除都是村幹部執行。

筆者長期觀察中國大陸政治制度，深研中共的黨政關係，佐以地方黨政制度下的選舉制度，想奉勸我的國人同胞，將中共視為一個民主政黨或是正常的黨就錯了，中共是個只迷信權力，只相信賞握了權力就掌握了一切。只要不傷及其權力，共黨政權可以化妝成任何形式的政府，政府形式可以從蘇維埃的蘇區政府，到陝甘寧邊區政府，到新民主主義政府，到人民民主專政政府，隨便你講，只要權力掌握在組織的手上，黨就是組織，政府不算組織，否則政府怎會沒有組織部呢？

反觀台灣，黨只是個社會政治團體，是個社團組織，無法取代政府公權力。台灣人自由加入或退出黨組織，不存在違法行為，執政黨也是在法定時間內代表政府施政，為民服務，一旦敗選就要下台。共產黨不存在下台的問題，因為憲法已賦予它永久執政的特權，甚至政府沒了黨也繼續存在。

親愛的國人同胞，你願意放棄目前的民主國家，不論是叫中華民國還是台灣共和國，以民主選舉產生的政府服務我們，還是由一群永不下台的祕密組織統治我們呢？相信聰明睿智的台灣同胞一定會做出正確的抉擇。

髒亂幾時休？

筆者在大理加入了淨溪活動，讓我驚訝的是整條溪流充滿著垃圾，髒亂程度令人乍舌。大理是個觀光名城，政府砸下大筆資金整頓環境，但是依然到處髒亂，筆者分析原因，一是資金遭挪用或貪污了，二是體制造成全體居民的集體墮落與社區營造的失敗。

說起大理整頓環境衛生不能不提到整治蒼山洱海運動，這個運動又以一五年習近平到大理，要求不計任何代價搶救洱海水質，停止惡化，提出青山綠水就是金山銀山，撥下巨款整治，但多年後環境依然惡化，水質依然沒有起色。

筆者適時躬逢其盛，目睹了整個治理過程，對政府的亂作為與不作為深感失望。失敗的原因驗證了公民社會與社區營造的失敗，追本溯源體制是最大的因素，所謂的公有制其實就是官僚資本主義制度，此制度不改，公共服務永遠無法有效運作。

在中國大陸多年，深深感受到大政府與小社會的缺點無處不在，然而最感同身受的是自己生活的環境與衣食住行的現代化與質量的合格化。在大理生活多年，一開始被它的好山好水好空氣好食材所吸引，直覺是找到了退休後安身養老之處，但是時間久了就逐漸發覺並不是自己心目中的那個伊甸園。

大自然固然賜予了大理人一個桃花源，但是大理人並沒有好好珍惜這個恩典，尤其是四九年後的朝野兩方，極盡能事的破壞了這個香格里拉，如今的大理已是虛有其美麗的外表，骨子裡已潰爛腐朽不堪聞問了。

就拿溯溪撿垃圾來說，蒼山十九峰十八溪，到處是垃圾，從溪頭到溪尾，從這個山峰到那個山峰，沿著溪谷遍佈著各種人為的廢棄物，有包裝品的，有建築物的，有大型的，也有小的。再到洱海畔看看，漂浮的大小垃圾以及汙濁的廢水，滋養著變異的藻類，翠綠的湖水已被暗藍的顏色取代，年年說水質有改善，但是年年說形勢嚴峻。

中國人隨處亂丟垃圾是最不好的習慣，國民素質最脆弱的部分就是公德心的欠缺，對其而言，隨手亂扔比順手帶走容易太多了，哪怕垃圾桶就在附近也懶得多走兩步，再多的垃圾桶也無助環境的改善。

公有制的社會導致公家資源人人想搶，分一杯羹，搶食大餅的觀念深植在每一個人腦中，唯恐吃虧的心理培養不出能捨能得的美德。自掃門前雪的自私觀念，對公共議題不感興趣，社會服務的觀念難以建立，有好處大家搶，沒好處大家躲，沒有犧牲奉獻的宗教情懷，欠缺中華文化傳統美德，髒與亂不見於牆內，卻放任流竄於天地之間。

政府的亂作為與不作為加速惡化了原本就脆弱不堪的環境保護，蒼山已經嚴重被人類破壞殆盡，不可再蓋房子還一棟棟地建，山坡地嚴重破壞，山體移動災禍頻仍。原本是綠油油的壩子，早已被密密麻麻的房子取代，從空中俯看一片灰白，毫無生趣，更談不上美觀。從山頂往下看，一層薄霾籠罩大地，藍天綠水已是奢侈品，不可追回，只能成為不堪回首的永恆回憶。

公權力在哪裡？

公權力本身就不作為。在大理，只看到定時倒垃圾桶、拉垃圾的垃圾車，但是散在各處的垃圾卻沒人清理，風一吹四處亂飄。在溪裡，在山徑，整座蒼山與其說是被綠色所蓋，不如說是被垃圾所埋。長期以來風吹雨打早就分不清是新翠還是舊綠，都已成為蒼山的一分子了，但是山體就這樣受到侵害，久了就成不治之症了。

洱海承受著人為與自然雙重的汙染，人為的排汙養大了湖中的怪藻，怪藻又侵蝕著洱海的健康。當局只治標的打撈水草與垃圾，卻無視慢性病般的人為造汙，尤其是大型企業的結構性破壞，攔壩、砍樹、建屋整地，推土機天天怒吼於蒼洱之間，沒有積極的培元固本措施，只有頭痛醫頭，腳痛醫腳的鋸箭式治標性療程。不科學的亂作為，權力傲慢下的獨斷獨行，金錢利益下的官商勾結，公權力的不彰，已到了不可思議的地步。

大政府小社會的社區結構，社會團體體量小、地位低，一切啟動要靠公權力，政府部門包山包海，立意良好的計劃落實到實際就大打折扣，一是能力不足，不信任專家專業，二是人力不足，卻不願發動社團，或交給專業團體來做，一切聽上面的指示。社區工作不到位，弱小的社會力無法動員愛鄉愛家的人民，團結起來做點有意義的事。

公權力不但不借助社會力解決問題，反而站在對立面製造問題，深怕社會力坐大取代或影響公權力，敵視公民教育、公共知識份子，公民社會、這種不符合現代社會的思想與觀念，仍主導著當代黨與政府。就算政府做得不好也不輕易讓社會團體來做，這種錯誤保守的心態，是社區建設、社區總體營造無法有效落實的原因，也是公民社會無法成形的根本。

中國大陸的公廁髒亂是久遭詬病的缺點，也是社會觀感不佳現象之一，與垃圾並稱兩大絕症。

中國大陸早期窮沒錢修廁所，髒亂再所難免，如今經濟已十分寬裕，各地公廁既美觀又普遍，尤其是旅遊景點區都有廣泛的設置，但是硬件有了，軟件仍顯不足。在大理，公廁髒亂仍隨處可見。筆者初步分析，公私兩方都有責任，都要改進。

官方花錢修廁所應該肯定，但是維護廁所整潔必須有充足的配套，人員夠不夠，素質有無提升？這是最重要的元素，依筆者看，不夠。

廁所打掃人力肯定是不足的，長時間沒人打掃，打掃的也不徹底，或者限於經費不能常常打掃，或者因此而無法培訓夠格的人員；然而據資料顯示上面撥下來的經費應該足夠，只是無法落實到位，上下其手的現象普遍，經費層層剝削，到基層能有多少錢辦事？這些都是老生常談，但是對我而言，親眼目睹的大理生活，讓我不吐不快，台灣人願意過這種生活嗎？願意接受這種社會機制嗎？

總而言之，言而總之，一個缺乏監督的政府，沒有議會、反對黨、媒體監督的公權力，一定走向作威作福無法無天的地步。社區總體營造沒有監督機制，社會的末端小區，就像神

武統一家親

我們一定要收復台灣！

筆者問十個中國人九個回答上面那句話。

中華民國已經亡了，不存在了。

筆者問十個中國人九個回答上面那句話。

國共應該合談，共謀民族復興。

筆者問十個中國人，十個回答上面那句話。

但是筆者問台灣獨立，中國大陸會武統台灣嗎？

筆者問十個中國人，幾乎也是全部同意。

中國人真的跟我們台灣人想的不一樣，雙方的差距不可道里計，腦子裡的想法更是南轅北轍，雙方的認知是平行線毫無交集，官方還吹噓兩岸一家親，那是睜眼說瞎話，還是指鹿為馬，黑白顛倒。

筆者經過長期的觀察，得出基本結論，中國人長期在一黨獨大的體制下，只有接收單一的資訊，教育也是單一性的教育，經過長期的洗腦，在沒有相對比較的單一認知下，中國人產生了集體意志，相抱取暖，才有如此驚人的意識高度集中的一致性。

台灣人在中國大陸的言談舉止有許多紅線，上述敏感的問題答的不對，就會惹出麻煩。輕者遭譏諷，重者遭喝斥，然而台胞常常踩了紅線而不自知。筆者觀察許久，覺得問題出在台胞對中國大陸體制缺乏了解，尤其是黨國體制下的中共政權知道太少。中共怎樣產生的，怎樣壯大的，怎樣打敗國民黨取得政權的？中共的本質是什麼？中共如何拿下台灣？為何要拿下台灣？這些搞不清楚，是看不清兩岸關係的問題所在，也無法正確選擇台灣未來該走的路。

翻開中國大陸教科書，寫得很清楚，中華民國一九四九年亡了。台灣是尚未收復的一省不是一個國家，比諸現實，代表中國的是中國大陸政府，中國大陸又在共產黨控制之下，中國人很習慣這套說法，很能接受中國大陸要收復台灣的說法，而這個光榮的任務由執政的共產黨來執行，那是再自然不過了。雖然共產黨做得極差，但在收復台灣，實現中華民族偉大復興的偉業上，它的缺點中國人也就視而不見不予計較了。這是全中國人民的共識，不必民調。

面對中國大陸民族主義的極度膨脹，執政共產黨為了確保政權的有意喧染、推波助瀾下的中國大陸輿論，近幾年來受到國際情勢與中美角力的影響，變得越來越激烈，越來越沒有理性。台灣的確很危險，台灣人與中國人越來越相處不來，摩擦越來越嚴重，身處中國大陸的台灣人都有感，中國人對台灣人越來越不客氣了，以往見面都是笑嘻嘻地相互問好，現在都是三句不離統一，講著講著就警告不得台獨，否則武統，態度極為不友善。

以前中國人問台灣人的問題都是收入多少？退休金多少？物價多少？談的都是錢，現在不談錢啦！開口就是你們不可以搞台獨啊！你們不可以跟著美國人走，不可以當漢奸啊！當美帝的看門狗美國人也不會保護你等等，只要是電視上的說法，都能朗朗上口，出口成章。證明宣傳之有效，早已進入腦子裡生根發芽了。

台灣島上的國人同胞卻不明這個道理，還以為武統只是共黨當局單一的看法，民間並不買帳。其實不然，這早已是中國大陸朝野上下一致的共識，只是要區別對待，盡量減少誤殺統派，但是時間有限，如果統派不離開台灣，武統台灣時造成的人員傷亡財產損失，統獨一鍋煮，也就不再憐惜。

中國大陸如今大政方針靠六十多歲的一代，但很快四十到五十歲的中生代將掌握各項大權。未來的中國大陸領導，主要靠目前的中年人，但是我對這個世代不存妄想，他們不分男女教育高低，已經被中共洗腦了半生，哪怕是學富五車、道德文章領袖群倫、思想開放理性問政，他們的深層大一統思維已經固化。我有太多的經驗，話談到最深，酒喝到最酣時，一定會問我，台灣何時回到祖國的懷抱？

這種制式的發問已成慣例，我經過長期觀察得出心得。從小的教育，前半生的養成教育，都在黨的教育與宣傳下，已經無法再重新思考重新出發，對他們來說反對統一那是不敢想像的叛逆，罪不容誅。不但對不起中華民族列祖列宗，更對不起民族大義，有愧於知識分子的重責大任。

台灣人跟他們講民主自由平等憲政，跟他們講人權，講普世價值，他們都聽得懂，但是只要談獨立，哪怕你搬出二戰後的民族獨立，共產黨自己鼓吹的民族獨立，都無法說服他們，因為台灣是個省，不是一個國家，中華民國已亡，台灣不適用民族獨立。你跟他講民主自由人權，他說不能光信西方那一套；你說普世價值，他也說沒有這事，不能聽西方的一面之詞。

再說說國民黨的看法對中國人的認知。國民黨基於一個中國的共識，主張一中各表，甚至一國兩府。這是太天真的想法，也是不切實際的主張，是不了解共產黨與中國人的自言自語。筆者問了中國人對一中各表與一國兩府的看法，都認為這是不自量力的空想與幻想，他們不知道中華民國的歷史與國共關係的來龍去脈，腦子裡只有共黨的那套宣傳，沒了正確的歷史敘述，中國人怎能認同你的一中各表，更不能接受一國兩府。

國民黨在中國大陸的印象十分差勁，國軍也是一樣。一部中共史，就是中共如何打敗國民黨的歷史。在中國時期，國共鬥爭大多時間是國民黨占上風，但是一場內戰卻是共產黨大勝，奪得江山的中共雖說早期犯了錯誤，但是後來改過後卻反超台灣。兩岸如今體量懸殊，中共本來就看不起國民黨，如今國民黨連民進黨都打不過，那就更看不起了。民進黨與共產黨頗多類似之處，最雷同的是都是由地方游擊隊出身，都是打赤腳的贏了穿鞋的，但是民進黨太了解中共那套奪權套路，因此中共也要消滅民進黨，但困難多了。

這讓筆者想起早年在英國讀書，洋老師同學知道台灣，但是中華民國知道的很少，我的正統論言論更是遭到批評與撻伐，我為此憤恨不已。如今想來覺得一如中國人的觀念，中華民國代表正統，代表法統，中共一天不消滅中華民國心一天不安。猶如民進黨一天不消滅中華民國也過得不踏實，兩黨對國民黨與中華民國，立場是一致的。民共兩黨未來聯手收拾國民黨，消滅中華民國有著高度的共識。

筆者的目的是希望本著實事求是的精神，把中國人真正的態度告訴台灣人，許多認知的事物因兩岸的隔閡而產生巨大的差異，如果不把實情真相告訴台灣同胞，也不把台灣人的看法告訴中國人，那麼，因誤會而衝突的機會就會增加很多很多。

如今兩岸不能將心比心，異地而處，設身處地的為對方著想，這種誤解，常常導致衝突，而衝突又源於長期的隔閡。我常覺得，兩岸的隔閡主要出在中共當局的阻撓與扭曲，真正不想統一的恰恰是叫聲最大的中共當局。一如我剛剛前面講的民共兩黨先收拾了共同的敵人國民黨，再互相比畫一下，決勝負。台灣如果不知中共的計謀，那麼兩岸交手一定是北京勝利。

中共真能代表中國嗎？這是一個很大的題目，兩岸人民都無法作答得很好，也是一個不該由官府自我可以提出答案的題目，因為兩岸的認知差距太大了。真正生活在中國大陸基層多年的我，與生活在大城市高層的台商們，認知的中國大陸就有差距，更遑論中國人。同理，在台灣多年的陸配，與未來過台灣的中國人，兩者的認知也是天差地別。最好的方法還是各過各的，誰好誰壞，誰對誰錯，就讓時間決定吧！

台辦，台胞之友？

台辦與台胞的關係總是說不清道不明，對台胞是福是禍也在一念之間。

在中國大陸各省市縣都有台辦，但是因為績效不彰許多台辦只是聊備一格，甚至遭到降級合併的命運。原因無他，業務萎縮無事可做，同時服務的本質變了，台辦與台胞雙方關係變得越來越曖昧，越來越疏遠，圈子越來越小，許多台胞與台商索性躲得遠遠的，甚至不相往來，成為陌生人。

台辦創立的原因主要是為了因應兩岸三通後的許多狀況要解決，同時在中國大陸台胞越來越多，必須有一專門單位負責處理相關事務，尤其是事務性工作，立意原本不壞。

但是，台辦成員都是由統戰部人員兼任，本身並非一個獨立的單位。一般來說，中央台辦主任例由統戰部副部長兼任，後來越來越重要，就由外交、僑務及其他部會二把手，甚至三把手出任，屬於副部級但享受正部級待遇的級別。

從中央到省市縣都一樣，省台辦是聽省統戰部的，台辦主任是副廳級幹部，地級市到縣及縣級市的台辦主任依此類推，都從統戰部派出，都聽統戰部的。從編製可看出中共是以統戰台胞為出發點，是黨對黨國共內戰的思維，是黨的系統單位，不是政府憲法裡設定的部會，不隸屬國務院而直屬黨中央，嚴格講是中共的幕僚與諮詢單位。台灣人並不了解這層涵意，以為是政府部門設的單位，如同台灣的陸委會，是政府單位。

這種安排一如上面講的是國共內戰的思維，因此台辦從一開始就不是服務人民的政府單位，而是含有濃烈統戰氣味的臨時安排，它的目的是讓在中國大陸的台胞受到思想改造，以及言行上不出格的有效管控，是對非我族類其心必異的消極防範。

當然，台辦也有它工作上的積極面，如逢年過節慰問台胞，台胞有難給予急難救助，的確也發揮了些協助台胞作用。然而這些工作政府部門也可以代勞，只是中共當局刻意將台胞劃為非一般居民，專門設立一個機構管控，說到底是不放心這些沒有經過黨國思想教育洗禮的異類。

這種防範心態可從台胞證的演變過程中一窺真相，筆者可算是較早赴中國大陸旅遊的台胞，一九八五年就由倫敦飛到北京開始第一次的中國大陸行，中共大使館所發的是一次性台胞證，只能去中國大陸一次，效期是一個月，外幣換的不是人民幣而是外匯券，只能去指定的消費場所消費，除了經濟因素外政治考量也是原因之一。

之後經過一段時間開始放寬停留時間（效期）到三個月，然後半年、一年、兩年、五年，進出次數也由一次逐漸增加到不限。期間的開放時間拖得相當長，從一簽一次到一年、兩年直到現在的五年多簽，前後長達數十年，台胞總算經過這麼長的時間考驗，所持的台胞證才有點護照的味道。

然而台胞的旅行交通雖然方便了，但是住宿卻始終沒有正常化。雖然從原先規定只能住高級賓館與涉外酒店，逐步放寬到一班商旅使用的快捷酒店等平價住所，但是仍然有許多住所不開放給台胞，造成不便。原因是有些地方住宿場所電腦無法連線台胞證，無法匯報給公安單位，只有拒絕接待。

台胞證與中國身分證是兩個系統，中國人是十六個數字，台胞證只有八個，在大數據下台胞與外國人劃歸一類，以涉外工作性質處理居留等生活事宜，包括銀行開戶，各種證件驗證都會另類處理，這對台胞的確產生許多不便與困擾。

如今，中共統戰當局有意將台胞納入國民體系一元化，在台胞證外加發居住證，證件號碼十六位數字，與中國人的身分證一樣，可以享受國民待遇，但是申請條件相對較嚴，主要是常住中國大陸及在中國大陸扎根發展的台商為多。中共有意逐漸由居住證取代旅行證，目的是區隔真正認同中國大陸還是只是過客的台胞，以利益為誘餌逐步融合台胞。

台灣當局因應之道，就是將返台時間逐漸縮短，目前只要兩年不回台，將註銷戶籍，將不再享有部分公民權，像選舉權，對台商而言無所謂。至於筆者只是個退休老頭，既非台商也非打算更換身分享受中國大陸的福利，所以暫時沒有換證的打算，但是小小的一個台胞證改變，就可以窺出裡面的統戰因素。

台辦有統戰任務使得它不能客觀的落實工作，它的工作重點在防範台胞踩紅線，台灣人在中國大陸可以賺錢發財，但是不可批評政府，不可鬧事，不可有政治問題，尤其是帶進來西方的價值觀，人權、民主自由、憲政法治都是禁區。台胞在台已養成高談闊論，毫無忌諱批評時政的習慣，在中國大陸改不了放炮的習慣，因此而惹禍的也不少，也是台胞不適應的原因之一。

像是憲法賦予人民的集會結社自由，台辦就嚴格控制，當局規定只能成立商會，級別只能到地級市，像雲南省就不能成立雲南省台商會，只有昆明市、大理市等台商會。也不准成立同鄉會，聯誼會也不行，這些規定讓筆者十分不解，也有一絲絲不爽。中共就是統戰起家，廣結朋友鄉親宗親，結果自己因此成功卻禁止他人學習，的確說不過去。

眾所周知，台灣走的是大社會小政府的路子，各類社團非常發達，多得令人目不暇給，原因是台灣申請成立社團非常方便，三五好友就能成一社團，政府也不會干預社務。筆者妻子是陸配，來台後就參加了同鄉會，對會務貢獻很多，如今陸配已成為台灣社團裡重要成分，影響力非常大，也是維繫兩岸關係的重要因素。

陸配嫁到台灣四年後就能拿到身分證，享受應有的國民福利，但是台胞在中國大陸想要入籍中國籍，中國大陸當局卻不願接受，怕有副作用。表面上是有兩國論的嫌疑，實際上是怕台灣人滲透到中國大陸，安全受到威脅，這種防範台胞的思維，始終是涉台工作的大障礙。

總之，台辦對筆者而言從成立宗旨就開始偏差，長期不改逐漸官僚化，如今已無法真正的服務台胞，反而有時會成為問題的製造者。所以多年以來筆者始終不熱心參與，也不想有任何瓜葛。因為，台辦必須改變它的性質與屬性，要擺脫過去國共內戰關係的統戰思維，要改變身分從黨機構為政府部門，要為台胞服務，成為台胞的朋友，而不是監督者、管理者。

漢白不一樣

漢族信黨，白族信神。

七十年了，黨仍扎根不了白族的心中，黨仍取代不了白族之神本祖的地位，漢族仍不願意平等對待白族。

大理最大的少數民族是白族，最多時占一半以上，目前也有三成七八，彝族居次約占一成，整個少數民族與漢族約各佔一半。由於歷史與信仰原因，白族彝族一直很難漢化，漢族也很難融入本土文化，四九年後漢族勢力達到顛峰，但是在基層仍是漢白分明。

漢白文化之爭首先呈現在語文方面，白族認為有白文只是官方不提倡，漢族則認為並無白文，沒有必要在學校提倡白語，教學難度極高，實用性也不強。

姑不論有無白文，提倡白語的確是政府基本的義務，何況是新中國的人民政府，更是要好好保護少數民族的語言文化。從實際面而言，以現在語文教育的條件，中國早已是羅馬拼音幾十年的國家，教育程度已達九成以上，義務教育的普及率高，學習白語絕對不是問題，但主要還是政府的態度支不支持？

中共表面上支持少數民族文化，但是也不希望太強勢威脅了正統漢族文化，也就是漢文化必須主導白文化，從歷史，語文兩方面強調漢族文化為主體，少數民族只能從屬於其間，裝飾一下多元性罷了。再加上思想上的馬列主義固化教育，基本上消滅了少數民族生存的空間，白文白語既然用途不廣，重要性不大，就在不知不覺的情況下消失衰退了。

執政當局的一念之間功利思想與權力的傲慢，使得民間為此產生極大的矛盾。民間白族學者，在體制內不得不隨著主旋律不願提倡白文化；在體制外的白族學者，因為人微言輕，又是一盤散沙，或者被各個擊破，或者與當道妥協，使得白族文化割裂成漢白與原白兩大類，雙方水火不容，形同仇寇。

筆者在大理就遇到無數次這方面的衝突與辯駁，大理有名的戲曲〈大本曲〉，用白語唱的看不起用漢語唱的，認為不正宗；漢語唱的又批評白語唱者傲慢孤僻，不切實際。在文學上也存在白文及漢文創作的爭議，在教學上也產生教法上的問題。原白學者見漢字漢語掩耳疾走，痛不欲生；而漢白卻是見怪不怪，只覺原白無事生非自尋煩惱，甚至標新立異，沽名釣譽。

歷史人物評價，文學藝術創作也是漢白兩岐，甚至民間信仰，歷史傳說都有不小的爭執，感覺上不是漢白之間的衝突，而是朝野之間的不和。四九年後中共對人文、歷史、哲學思想做了全面的重新解釋，但是對少數民族方面，在不是完全了解與尊重的情況下，貿然劇改，必然造成傳統的反撲與抵制。

在大理，筆者親身經歷了許多上述現象，隨手舉出幾件印象深刻的畫面。

第一次參加傳統藝曲活動，白族〈大本曲〉是重頭戲。首先兩首依規定要唱改編的、歌頌黨的歌曲或舞蹈，然後才開始正式的演出，之後參加過幾次幾乎都沒有例外。

其後又去體驗了白族的慶典節日三月節、火把節、繞山靈等傳統慶典，幾乎在活動開始前都是冗長的黨八股，升黨旗、唱黨歌、呼口號、幹部致詞，像老奶奶的纏腳布，搞得又臭又長之後才開始正式活動。

在宗教信仰上，中共大改特改各個教派的教義，弱化神性加強黨性，如基督教弱化聖經與教廷的分量，強化擴大社會主義與教義的代表性與連接性。在白族信仰的本祖教，當局強調舊社會的黑暗，老百姓沒有活路了才用宗教麻痺自己，在共產黨領導的新中國，應該感恩與聽話，黨就是新的本祖。

黨與信仰爭做本主，黨希望將本祖邊緣化，希望將其僅僅圈綁在宗教信仰領域，是精神生活的一部分，主要還是黨的馬列信仰為大宗。但是馬列主義與毛思想畢竟較難懂，不像本主信仰，只要對村民好，做了有益村民的事，死後都能被供奉為本主，受村民膜拜祭祀。

從本主這件事來看漢白異同，黨跟政府在其中起了很不好的示範，表裡不一，心口不一，這與政治體制有關。黨國體制使得黨領導一切，凌駕一切之上，所有的語言、文化、思想、信仰，甚至生活習慣、衣食住行，都要符合黨的要求。在現階段的清況下，一切以經濟建設，政治及社會和諧等似是而非的要求下，只有犧牲原白的文化改以漢白代替，這是無法解決問題的。

台灣也有原住民文化，也曾發生漢民與原民之間的衝突，期間也有當權者扭曲造假漢原人民之間的關係史。最知名的是吳鳳，一說是英雄，一說是原民罪人，最終真相是虛構之人與事，曾在島內引起軒然大波，甚至引起尖銳的族群對立，嚴重影響族群和諧。

台灣朝野因為民主自由的法治社會，真理越辯越明，終於還原住民一個公道。這在大理或整個中國大陸，許多民間傳說、傳統信仰，能否像台灣不受政治的干預，還原信仰的原貌，這有待中國大陸同胞的努力。台灣應當反思，兩岸制度的差異不單單是制度之異，而是價值之不同，國人同胞思考兩岸問題能不謹慎乎？

老房子的黃昏

大理白族的建築只剩老房子，但是十之八九破爛不堪，誰造成的？誰該負責？

走在大理的各鄉各鎮，最美的建築應該屬於白族特色的小院子，俗稱三牆一照壁，是漢白文化融合的建築。從唐朝開始綿延了一千多年，不但外表美觀，還經濟實用，呈現出白族人的高度建築智慧。

筆者在大理多年，造訪了洱海周邊不下數百個老房子，有人住的小院子，有牲口住的土庫，每個建築造型都令我讚嘆不已。我曾在漢族建築最美的江浙地區住過，感覺也沒有大理小院子美觀。

然而，大量的小院子荒蕪了，廢棄了，數量之多令人乍舌。依據我自己的感覺與認知，也綜合了當地學者專家的看法，至少有近三分之一的老房子遭毀棄，其中還能住人卻成空屋的至少一半，另一半已成危樓不能住人。這些都是古蹟國寶，毀壞的損失無法用金錢衡量。

我經過長時期的觀察，廢棄的原因是主人家已搬遷，另外房屋年久失修以致不得不搬遷成空屋。兩者都有共同的原因，房子已不屬於私人所有，產權不清，維修費用龐大等諸多原因，都是小院子空置的原因。

這些小院子大都年份久遠，都是民國以前的老房子，但是皆蓋得十分牢靠美觀，印證了當時白族的建築水平。房子有大有小，大的十幾間屋子，小的也有數間，歷經風吹雨打仍能歷久不衰，主要是修建的牢固，加上維修到位，主人家愛屋及烏，連帶四周的環境也打理得井然有序，從留下的庭園規格與周遭文物可見一斑。

然而，為何破敗至此？為何不能好好維修住人？筆者長期觀察，這種高格調的建築，要是在台灣肯定會保護起來，絕對不會放任不管，首先相關的文物保存單位，就逃不過議會與媒體的監督，起碼瀆職罪跑不掉。

當地人說，老房子裡住著太多戶但是都沒有產權，房子不是自己的沒有人願意修。四九年後的公有制，房地產都歸公，私人只有使用權。房子的主人被掃地出門或被迫讓與其他人一起住，人口戶頭越來越多，生活素質越來越低，加上不是自己買的房子，也就不愛惜房子。入住的越多越不維修，也沒錢修，也不打算修。久而久之，房子就舊了壞了，搬進搬出的多，對房子感情也沒了。

的確，毛病出在公有制。數十年的折騰，現在就算有錢了，也因為毀損太嚴重只有拋棄。何況房子不能買賣，修好了也沒法過戶，沒有人想投資改建。有人說，大理真正好的老建築在巷弄裡，一點不假。在各個鄉鎮村莊裡有著無數的小院子，它們才是原汁原味的古建築，那些觀光旅遊點上的城門樓子，城牆、寺廟、名人故居等，其實都是仿製品，原件早就拆毀了。

沒錯，越有名的越有問題，但是為何中共當局不能保護古蹟呢？估略說來，政治因素最大，歷史原因其次，思想教育第三，三者相互激盪，衝擊出一個前所未有的大浩劫。

政治上公有制的社會主義，要打倒資產階級，沒收地主田地，無產階級優先。貧下中農及工人優先分了地主與富農資本家的動產與不動產，連小康之家都要把許多好房子分給底層人民住。這些素質較差的住戶把住屋住得十分不堪，然後改革開放去他鄉打工，有的一走了之，有的改租他人，只享受不盡義務，房子不維護總有毀壞的一天。

歷史上中共貴今賤古，古人古物古建築等古蹟古文明都不重視、不保護，視為封建迷信的產物不值一提，放任大量古文物器物建築自生自滅。這種令人乍舌的史觀，聽來不敢相信，然而竟然真的影響了一個甲子之多。他國唯恐保護不周的古蹟，中國人卻毫不愛惜，爭相毀壞離開，這是歷史原因帶給中華民族的災難與不幸。

還有中共當局對信仰的不敬，對自古以來的歷史底蘊不尊重，對地方上的民間信仰祭祀的廟宇神道、古文物解說的傳承不夠。從基層教育到高等教育，輕文史而重理工，重物質建設而輕文化心靈建設，視民間信仰為迷信。政府預算分到文史古蹟等類別的費用相當少，民間文物古蹟的維護與保養那更是少之又少了。

中國沿海地區有心有力之人，曾經也紛紛租下小院子，經營客棧或自用，但是只租較完好的小院子，要買不成，要大修又財力不行，長期以來空置的小院子仍佔很大的比例。筆者強調的是那些經不起再廢棄的小院子，必須盡快搶救，否則就來不及了。然而，就算有心人想幫忙，但是紊亂的房子所有人、嚴格複雜的規定與手續，早把有心人嚇跑了。

除了村子裡成片的空置小院子，在山坡上還有不少的廢棄小院子，以及沒再使用的茶廠、菸廠、水廠、牧場、林場等建築物。有些建得非常有水平，見證了大理山坡上的輝煌過去，但是，當局以保護蒼山洱海為由，硬是一刀切式的打掉或禁用。這些具有歷史背景的古文物，就這樣荒廢在那兒，每天看著它們日曬雨淋逐漸損毀，內心十分的悲慟與不捨。

台灣的原住民建築比較簡略，比起大理白族建築的嚴謹大氣，的確有著天壤之別，但是台灣對原住民的禮遇與保護，已接近世界水平。任何文物古蹟建築都會善加保護，若有人居住也會安排妥當遷出，若是有如大理般龐大的建築群，絕對萬分喜悅好好保護與利用，絕對會產官學三結合，共同發展文化創意產業，而不會像大理老房子如此廢置不理。

說到底，大理的窘境折射出公有制造成的困境。早期的社會主義烏托邦無法繼續，必須放棄計畫經濟改為市場經濟，但是政治體制跟不上，一黨獨大的官僚體制無法解決複雜的土地制度，只要鄉鎮土地無法自由買賣，就無法解決龐大的老房子，但是如果土地一但自由買賣了，私有資本與企業興起，黨與政府就失去主導地方經濟大權，恐怕經濟自由後，接下來就是政治自由的要求。

大理的老房子問題是整個中國大陸土地問題，也是世界上共產體制的共同問題。無恆產者無恆心。在產權私有制只停留在口頭，而實際上是威權政權憑行政命令執行法律時，這個全國唯一的大地主不放權，就談不上真正的市場經濟。台灣已經政治解嚴三十六、七年了，

遇到名利就轉彎

有人說共產黨的政策初一十五不一樣，好聽是機動性，不好聽就是投機性。

筆者在大理多年看到的政策機動性不多，投機性卻是屢見不鮮，不以為奇。

就拿這幾年治理蒼山洱海來說，由於多年來的弄虛作假、官商勾結、瞞上欺下，搞得越治理越糟，終於驚動最高層出手，這是歷屆領導幹部投機成性闖的禍。

然而，體制不改，幹部積習不改，幾年下來績效有限，卻搞得雞飛狗跳，民怨四起。其中存在著法治不嚴、特權横行現象，當地人提起來就有氣。然而當局好官我自為之，貪贓妄法肆意妄為，貪官前腐後繼，令人嘆為觀止。

前不久印象深刻的州委書記陳堅又因貪腐進去了，大理官場貪腐的情形可列全中國前茅，幾屆州市委書記、州長、市長紛紛出事，要麼免職要麼入獄，等而下之的更不計其數，最精彩的是一個公安局一正四副都前後陸續進去了，在雲南出事率緊跟昆明，可謂哼哈二將。看在台胞的眼裡，一則感慨貪腐成風，再則怎麼會如此普遍？

大理是個觀光旅遊城市，也是一個休閒度假之處，工商業並不發達，值錢的就是酒店客棧與度假小區，外加景點，這三塊產業支撐了大理的經濟。但也是這三塊始終存在嚴重的問題，一切矛盾也因此而生。筆者曾經寫了萬言書，以台灣經驗探討大理觀光旅遊業的改革之道，但是卻被朋友勸阻，以免惹禍上身，令筆者萬分沮喪。

大理山多田少，平地只限少數當地稱盆地的壩子，因此土地資源十分緊俏，許多建商看上了地產業的好景，在壩子上蓋了無數的別墅與觀光旅館。實際上大理土地承載早已不勝負荷，再加上大量用水，大度數用電，消費水平提高，帶動了物價飛漲。這些地產開發的確對大理而言弊大於利，然而利之所致，建地一塊塊開發，從空照圖來看，昔日綠油油的壩子，已變成一片片的住房，密密麻麻清一色的灰白建築，難看至極。

開發土地弊病叢生，建商見地價飛漲，暴利可圖，不守合同精神，一屋兩賣甚至多賣的事情層出不窮，造成大理很不好的影響，早就傳諸千里。施工不佳品質堪虞、雨季漏水、地震龜裂、豆腐渣樓四處可見。管委會組織不全，收費昂貴，服務品質差，早已民怨四起。小區交通設計施工不良，事故頻仍，不見改善。公權力不作為、亂作為，讓來大理買房的人提起小區的軟硬件莫不搖頭。

官商勾結造成許多爛尾樓，後任不認前任的帳，不准前任的建案，或私自變更前案，胡搞瞎搞，現存許多爛尾樓或建案，要不停工待查，要不荒廢不建，光是筆者住家附近就有大型建案一棟國際五星級酒店，因為私自變更設計與用途，遭停建一停就是七年，至今未見復工。在筆者住家後山坡上一大片山地被產成平地，大蓋公寓，對外謊稱養老院，也是遭到停工命運。筆者奇怪的是，為何在動工許久甚至已初期完工後才被制止，這其中一定有什麼不為外人所知的謎。

這些違建不但公然違法，還侵占公地。筆者所知，幾個大建商都明顯擴地，尤其近臨溪邊、湖邊、山邊最容易非法侵占，像知名的蒼山高爾夫球場，就侵占國有林地蒼山國家公園水源保護區。養老院一案不依規定離溪邊三十公尺，把牆建在緊臨溪水，侵占溪邊大筆土地，以致溪邊小路被毀，路不通致使登山者無路可走。其他水汙染、空氣汙染更不在話下。

洱海畔的情形也嚴峻，有辦法的建物，可以不顧海邊距離規定，直接建到湖邊。某知名舞蹈家的知名雙樓就是典型的特權，法規碰到特權自動會轉彎，這叫一般奉公守法的其他業者怎能心服？

汙水處理也是一市兩制，雙標對待不同業者，有辦法的就沒辦法治，沒辦法的就有辦法治。筆者一位開客棧的朋友，好心將污水處理設備提高到六級，比官方的標準五級還要高，但竟因為未買官方推薦的廠商設備，竟也被判定未達標要拆除重建，氣的他只有花錢消災。

拆遷費也是亂七八糟，政府原說好拆除客棧可申請補償，待拆完就不認了，許多客棧補償費進了房東口袋裡，這是故意挑撥房東與房客的矛盾。對客棧的各項收費也是雙標，強推指定產品，一位朋友告訴我，管客棧的單位可多了，至少有七、八個單位要客棧配合購買他們指定的產品。公安局推銷監視器，消防局推銷滅火器，衛生局要求買消毒設備，而入住登記軟件、網路申請、工商登記等都要花錢，否則拖延或罰款。總之，司法裁量權寬緊不一，早已是習以為常。

最讓人不平的是，農村蓋房尺度也鬆緊不一，有時鬆有時緊，該緊的不緊，該寬的不寬，拆房時也是該拆不拆，不該拆的偏要拆，標準何在？不但業者納悶，一般老村民，祖祖輩輩生活在這的原住民，也感嘆今不如昔，很懷念過去的好日子。筆者的兩三個遠房親戚，所蓋的房子都遭到拆除的命運，如今皆成廢屋廢地，不但原來種地的莊稼不再有收成，還花了一筆冤枉錢恢復原貌。

當局為了達成上級交代的任務，不惜花費巨資增添設備人力，除了村村裝監視器，還添加無人機在頭上晃，監視著每個村民像防賊似的，造成官民之間的不和，也鼓勵檢舉告密，弄得村里街坊形同仇寇。原有的鄉親鄉里的和諧氣氛為之一去不返。

再舉封山為例，當局捨本逐末，棄疏導改封禁，雇用了大量的人力，增設了無數的關卡，一個哨所十幾號人，整個蒼山布滿了臂膀掛著紅袖章的護林員。支付龐大的人事費後，護林的應有設備沒錢買了，老舊的消防直升機，打水救火卻墜毀洱海，機上四人全死。配備簡陋的消防員十幾號被燒死在救火現場，期間的貪腐是造成損失的最大原因。

拆遷補償也是一個黑洞。中共口頭上說依法治國，我是不知道落實了沒有，但是絕對沒有落實到基層村鎮，常常看到村民上訪，或者在老家前拚命護厝，死不讓拆，常常造成流血事件。說到底，政府無法公平處理是最大的原因，幹部的良莠不齊更助長了不良風氣的蔓延。筆者剛到大理養老，親朋好友就撮弄我去拜見村長支書，說這樣有利以後的工作，我聽了直搖頭。

在大理養老，我享受著好山好水好空氣好食材這四好生活，我衷心感謝上蒼的恩賜。但是，讓我感慨的是大自然如此美好，為何卻碰上如此差勁的政府，以及貪腐成性的幹部。中共領導一切，卻一切都領導不了，樣樣要管卻樣樣管不好，最大的原因不在民間，恰恰是黨管一切闖的禍。中共基層的亂象說明了制度上非改不可，台灣要接受這樣的管治嗎？請珍惜當下，不要再被美麗的外表迷惑了。

他鄉難成新故鄉

總想把他鄉當做故鄉，但是辦不到。

筆者到大理養老多年，親身經歷也親眼目睹了台胞無法在大理養老，紛紛回台灣養老的現象。仔細觀察結果發現，大部分是醫療問題，少部分是其他原因。因此，台胞為何喜歡找大城市養老，答案就不言而喻了。

大理屬於三、四線城市，公共醫療系統相對缺乏，私營院所也不發達，可以說公私醫療機構具顯不足。公立醫院集中下關鎮因為是州市鎮三級政府所在地，醫院較多，但是仍不敷所需，私人診所也一樣，遠遠落後所需數量，看病難是大理人的一大生活問題。

撇開醫療水平，收費問題不談，為何醫療機構遠遠不及實際需求？筆者有個至親在市立醫院當醫師，他分析了原因。首先醫學院無法培養足夠的醫生，大理只有一所大學有醫學系，培養專業人才嚴重不足，且只有省會昆明有大醫院好醫師，來大理上班的意願顯然不足，這當然涉及到薪資與水平的關係，因此從省外延攬更不實際，所以醫師荒始終困擾著醫療當局。

另一主要原因是，退休後很難開診所，條件很多，在政策上當局不願大量開放，哪怕資金醫療技術不成問題，總是不願見到私有制邁過公有制。醫療這一塊產業，總是不希望開放成真正的市場經濟。至於醫師兼職問題，因為私人開業與私人院所不多的情況下，的確想兼職都難，至於私下看診那是非法行為，除非中醫中藥等傳統療法，要合法經營十分困難。

中共的經濟思想是公有制為主，私有制為輔，就算公有制問題叢生，也不輕易開放民辦越俎代庖。這種思維落實到政策上，當局只有量入為出，勉強維持基本的公共醫療服務，當然與實際需要差得很多。就算如今醫院非常賺錢，思維依然如此。因此就算病患很有錢他也得到公立醫院，不像台灣可以到水平較高的私人醫院，在中國大陸是不切實際的。

由於醫院都在城裡，對居住在郊外的台胞而言就嫌遠了點。在大理有兩個台灣村，分別住著有一、二十戶數十人，一個在大理大學裡面，距城裡十來公里，一個在鄰鎮山腳下，距離有二十多公里，山路下來到國道進城需一個小時以上。說方便也方便，說有點遠也是遠。這是與台灣比較，如果在中國就醫是比台灣遠了點。

來大理養老的台胞都上了年紀，慢性病比較多，但是生活上，水土不服或是飲食起居不適，這是常有的事，一個緊急情況常常無法緊急應急。冬天較冷老年人容易得病，感冒發燒引起大病常常發生，飲食起居不注意也容易引起生病，去一趟醫院看病很不容易。鄉下晚上下山，交通並不容易，醫院應急機制也非十分完善，人生地不熟，一般盡量維持不生病，畢竟不比家鄉方便。

其次是食物方面，當地許多食物有他獨特的禁忌，如果不察常會食物中毒。筆者就有兩位同鄉吃了野菜或吃了蜂蜜，立刻身體不適送醫不治了，還有同鄉喝了假酒吃了不潔食物而生病不治。幾年來筆者遇見與食物有關的佔比頗高。

還有一些外科類疾病，外傷幾乎是每個人來大理必會遭遇的傷害。雨季車子打滑摔傷、車禍撞傷、登山摔傷、越野跌傷，跌打損傷、傷筋動骨必有一項攤上。因此就醫就是件頭痛的事，由於台胞沒有中國大陸的社保，收費相當高，一些在台算做福利免費的醫療費用，在中國就要高價購買，進口好藥較少較貴，不能報銷就只好回台就診。

尤其是老人慢性病如三高、洗腎、化療等例行性治療，費用非常昂貴，補牙治牙也是費用嚇人，累積下來醫藥費根本不是社保可以負擔的。台灣看病不但醫療水平較高，而且費用低廉，台胞只有回台看病，老台胞再怎麼喜歡大理，也只好揮淚告別了。就筆者知道兩村的台胞大都是看病原因回台灣，如今只有兩三戶還在大理，已不復再有台灣村了。

年輕一點的台胞大都屬於短期居留，也有極少數因婚姻關係，娶了大理妻子而留在大理的。有的開客棧，有的開餐廳，但是都像一陣風，一段時間不見就離去再也見不著了。還有的是瑜珈老師、國學老師，各種職業都有，甚至有做貿易的，但也是來來去去，沒把大理當作久留之地。

除了大理市有台胞台商，大理州轄下的十一個縣都有台商台胞，人數很少，大都做茶、咖啡生意，天天與青山綠水白雲為伴，行事低調。有些已歸化成當地人，尤其是老兵返鄉這群，基本上他的第二代、第三代，已經完全在地化，分不清楚身分了。這種少數民族較多的地區，要長期留下來本土化是無法避免的。

然而台胞台商要本土化很困難，不像沿海城市的方便與普遍。一則民族不同，甚少通婚，二則生活習慣不同，台灣屬於海文化，大理整個滇西地區是山文化，要快速融合改變很難。筆者來大理之所以很快適應，一則是與漢族通婚，二則筆者祖籍是四川，川滇黔三省文化語言生活習慣相似，從小就對川滇文化不陌生。因為會說四川話，有西南語言的底子，因此很短的時間就學會了大理話。飲食生活習慣川滇差異不大，所以很快融入當地，如今也算半個大理人，有些北方朋友還不如我來得適應。老台胞如果不是本地貨雲貴川的，基本上也都回去了。

大理位於滇西，是中國往來印度、緬甸、泰國寮國的必經之路。國民黨在四九年後留有大量的國軍之後在東南亞，這個特殊的歷史原因，造成滇西與這些地區的關係非常緊密，身為國軍之後，父親又有遠征軍軍醫的身分，走前告訴我許多二戰在滇緬邊區的往事，使我與滇緬邊區的關係更進一層。父親的野戰醫院就在大理的家的附近，許多老人知道這段往事，讓我更珍惜與這塊父親駐紮四年的土地。我對大理的愛與恨，喜與悲，都是我發自內心的真情流露。

如今在大理的老台胞，常住的只有十幾號人。我的歲數排在前列，也算地方耆宿、台胞代表，希望能幫大理建設得更好，我願將我餘生奉獻給大理。只是我想以大理這個異鄉當作為新的故鄉，從現實層面看，條件還遠遠的不足。我心獨向月，奈何照溝渠。如何達到心靈溝通，融合一家，當局還有一段很長的路要走。

第三部

那些夢

我的思鄉地圖

那些熟面陌生人，那些照片的背後，心靈的枷鎖解放又鎖上，借來的時間借來的地，以他鄉為故鄉。歸鄉路遠，〇八年到現在的十五年，終點又回到了起點。

自我描繪的記憶

劉同學，你的地圖作業再用描的我一定把你當掉！

我的地理老師用憤怒且輕蔑的眼神與口氣警告我，地理課作業手繪地圖，不可以墊著書本地圖描繪，而是要自己畫，否則地理課會不及格。

老師，他是自己畫的！班上同學們紛紛替我說情。

不可能，老師斬釘截鐵地搖頭不相信。

老師你可以讓他親自畫給你看啊？一個同學建議。

好，劉同學你上來畫給我看。

我只好走上講台，拿起粉筆，照著地圖畫了一遍，老師驚訝不語，從此不再找我麻煩，還讓我替他畫地圖，地理課都是全班前三名。

那是高中的事，我依稀記得非常清楚，我的地理老師水平一般，靠著名牌省中的頭銜在補習班上課，在學校卻是敷衍了事，光是畫個地圖就去了半堂課的時間。我心裡很看不起他，常常指出他的錯誤給他出難題。他很怕我，以為抓到我描地圖的把柄藉此壓壓我的氣焰，誰知被反打了一巴掌，從此不敢小看我。我每次舉手發問他都很緊張，幾乎到了不敢上台的地步。

我從小就喜歡地理、歷史、英語、國文，也喜歡音樂、美術，從國中開始，這幾門課都名列前茅，還代表學校參加校外比賽，拿過作文、歌唱、繪畫、書法各種獎狀，國語文、英文演講比賽優勝。總之，文科一直是我的強項，但是理科除了生物還行，物理、化學、數學慘不忍睹。高二我就自動轉到文組，因為理化老師警告我不轉文組就不讓及格，加上數學紅字非得留級不可。

但是我不喜歡死背，我的史地英語都是用理解方法學的，我喜歡把這幾科混在一起學習，效率奇高。國文、英文我用史地去理解，史地的學習不但輔以語文外語，還就理化數學來理解史地。尤其是人文與自然地理、歷史要以科學的方法學習效果更佳，與其說學習這幾門課為了考高分，還不如說我樂在學習，從來不覺得苦或累。特別是史地，一學就永不忘記，之後，誰知道竟然影響了我一輩子。

華夏神州就是我的思鄉地圖。我是住眷村的外省人第二代，從小就被灌輸我是中國人，我的思鄉地圖關注的是秋海棠，也就是民國地圖，鐵公雞地圖是長大了才知道。我不但會畫中國全圖，還會畫分省地圖，尤其是老家四川與山東特別能畫，父母出生地內江與青島位置也特別清楚。這就是我的思鄉地圖，台灣地圖我並不重視，很少畫。

六年的初、高中史地，中國史地的篇幅佔到一半以上，因此養成教育的重心也在中國大陸。身分證上記載著籍貫四川內江，連下面的老家安岳縣改屬資陽市都是登陸中國大陸後才發覺的；母親的老家山東膠縣早就改隸青島，改名膠州區都不知道。我還發現與我認知的中國大陸行政區變化很大，但是我的底子厚，很快都一一改正了，這也是我的優勢，知道變化的前因後果，相信島內沒幾個人知道的比我多，這也是讓別人佩服我的地理知識的原因之一。

我要說的是，我的思鄉地圖有內外兩項原因造成，先天上的天賦與後天的環境。我比任何同齡的一代都對對岸了解得深，也因此對中國大陸發生無比的興趣，因為我很納悶為何我不能去對岸。我曾一度擔心永遠沒機會，炙烈的思鄉地圖在熊熊燃燒，出了國拐個彎就繞進中國大陸去尋找秋海棠的美了。

我熱烈激進的鄉愁濃得化不開，思鄉地圖日夜縈繞在我的腦際，我無時無刻不想一窺華夏神州祖國大地的壯麗河山。隨著年紀增長與所處環境的變化，中華民國台灣島未來的命運深不可測，我擔心再也沒機會一睹秋海棠的美，因此年紀輕輕就做出了驚人之舉。

我人在海外，台灣還沒有開放中國大陸探親，我已大膽地走進了中共的使領館，拿到了單程的台胞證，遊歷了祖國大好河山。食髓知味，隔年又去了一趟，索性到老家走了一圈。

雙親不知我的狂飆行徑，直到被限制出境，以及看到我拍的老家照片，才相信這個與其他孩子不同的我，的確闖了大禍。

然而事實證明我做對了，第二年政府就開放返鄉探親，父親母親陸續回到他們的老家，都是我陪著去的，他們只相信我有這個能力，因為我有思鄉地圖，能夠成功返鄉探親。

經過幾次的神州大陸行，不論於公於私，目的何在，我都堅信我的思鄉地圖發揮了重要的作用，我腦海裡的秋海棠讓我比任何台胞都觀察敏銳，判斷正確。不論衣食住行，南腔北調，南米北麵，南船北馬，好像我都已經十分熟稔，與中國人交流發現我甚至比他們還行。這張地圖讓我神州任我行，越偏僻越小的村鎮我越適應、越喜歡，有時我都忘了我是台灣人。

民族魂的史冊

另外一項讓我如魚得水游刃有餘的能力是扎實的歷史，不論世界史、中國史、政治史、社會史、思想史、中國近代史與現代史，我都喜歡，尤其是中國史更有強烈的故國情節。

我學歷史是配合著地理一塊學的，有時候也參酌政治社會以及理科的理論，的確感覺輕鬆學習，收穫頗豐。在教育學上有種教育叫做全人教育，就是打破各個學科的條條框框，統合成一種教育，我感覺我就是實踐了全人教育，那是我二十歲前就有這種認知，同年齡層的學子比我晚了最少一、二十年。

配合地理知識，我觀察世界各國與中國大陸歷史的進程，發現歷史離不開地理因素，五大文明興起都離不開水，大城市與高度文明都與河流有關，歷史進化離不開人，歷史名人也就大多產生在農業地區，因為莊稼需要水。

我可以毫不困難地說出各國的英文名、土地面積、人口、首都，各國的通史、知名人物，也對小地方注入很多觀察。許多中國人被我震驚過，尤其是他們的老家，我甚至比他們還了解，常常說的讓他們瞠目結舌，我常聽到的一句話是，劉老師，你比我還了解我的老家。當他們知道我並未去過，更是驚訝到一臉不可思議。

這就是我，帶著這張思鄉地圖，我開心地遊走神州大地。在大城市裡很開心，在小村莊裡更逍遙，在國外也能跟外國友人打成一片。我的比利時朋友說，Howard，我忌妒你對我的國家的了解，我送不起你安特惠普的鑽石，安特惠普是世界鑽石之都，位於比利時境內，但我送你世界上最好吃的比利時巧克力，與最好喝的比利時啤酒，這是一般人不知道的比利時三寶中的兩寶。

從地理看歷史，地大物博還是地瘠民貧？這是個嚴肅的話題。在台灣，我這個深藍甚至一度紅統的反動分子，始終以同理心與體己心看待對岸。因為我的思鄉地圖告訴我，中國大陸只有一成多的平原，條件比歐美、印度、俄羅斯、加拿大、澳洲這些大國地條件都差。加上人口多，歷史地圖告訴我，人口過度膨脹就會有災難，中國是個多難興邦的大窮國。但是國窮人不窮，燦爛輝煌的中華文化，是世界歷史、文化大國，在世界上絕對有一個相當的地位，沒有理由不想當中國人。

苦難的中國大陸同胞？還是無語的台灣同胞？

八六年第一次由倫敦到北京收集我讀博士學位要的資料，飛機飛到新疆上空。天亮了，從窗戶往下看，只見黃沙滾滾一片荒漠，沒有水就沒有農田，沒有莊稼就沒有農業。沙漠荒地占了中國三分之一強的土地，高原山地又占了三分之一強。第一印象是中國為地瘠民窮的國家，而非地大物博的強國。

飛機一直飛在沙漠、大山、黃土高原上，綠洲太少只能點綴其間，要過了太行山才看到平原綠地，但也立刻要降落了。這驗證了我的思鄉地圖，九成以上的地是荒蕪的，綠地平原出莊稼的田太少了。

北京機場小得可憐，出了機場住進友誼賓館，中國大陸同胞並不像印象中瘦骨如材，北京人穿得還算體面，儀容還算端莊，市容有點破舊，相對台北、倫敦有點落後。但是我的年輕時期都在國民黨的反共宣傳下長大，要反攻大陸解救苦難的中國大陸同胞，基本上我覺得台灣宣傳得過分了。

台灣仍處於戒嚴時期，經濟上雖然好過中國大陸，但是白色恐怖然陰魂不散，無論本省人外省人都活在恐懼之中。面對神州大陸，外省人更是有苦難言，思鄉之情已到了臨界點，比起彼岸人民好受不了多少。直到解嚴及開放返鄉探親，本省人自由出入台灣，外省人允許進了中國大陸，才真正體會出兩岸的差距。至少中國大陸農民的確過得辛苦，一般老百姓也只是溫飽，台灣的開放自由明顯好過中國大陸。

早期的中國大陸行算是史蹟之旅，少部分時間探親，大部分時間到景點遊玩，我更是希望多花時間在歷史文物古蹟上。這點沒讓我失望，各地台辦或接待單位安排得非常周到，在八〇、九〇年代，去中國大陸的台胞少，是稀有動物，受到很好的招待，我深深感覺做中國人的驕傲。尤其是中華文化方面，以一個文化人而驕傲，拯救苦難的中國大陸同胞，或是爭取民主自由的概念不知跑到哪裡去了？

老兵不死

登陸敲門磚

起心動念始於鳳凰網、世博、東南沿海史地之旅。

〇八年是個關鍵的一年，兩岸密集的交流讓我走上了登陸中國大陸的不歸路。

八四年我去英國遊學，拿了個碩士，但是博士文憑沒完成，只讀了一年多就沒錢讀了。八八年回台做記者也出差中國大陸幾次。八九年發生六四一度不滿當局的處理手法，但又無法忘懷我的思鄉地圖，九〇年反而赴港任職香港媒體，到香港上班打算以香港做跳板進軍中國大陸，但是生活所迫，只能安份工作賺錢養家。九七大限怕中共秋後算賬，又在九六年跑回了台灣。

在港六年多對香港沒啥依戀，還差幾個月，沒等到居住七年拿香港永久居民身分，就匆忙返台，這是一項錯誤的決定，它延誤了十年才讓我真正的登陸神州大地，感受真正的傳統華夏文明與中華民族生活的博大底蘊。真正驗證我的思鄉地圖與史蹟之旅。

這十年我嘗試過轉行做生意，做過五年國際貿易，但是專業沒學到多少，銀子更是少得可憐，卻把時間和金錢都花在環宇遊蹤上了。我去日本、美國、歐洲、東南亞。名為出差實為旅遊，我的史地外語優勢又讓我樂在旅遊。我不喜歡大城市、高科技，只喜歡循著歷史地圖找我喜歡的地方去尋思古人，發達國家及人少田多的東南亞。我又抱怨老天，兩岸中國人生活條件太差，分到的好處太少了，做兩岸中國人真是太難了。我不僅僅認為中國大陸同胞的苦難，台灣同胞也是生活不容易。我只是沉湎於祖國大好河山，專注於悠久的歷史文化，拯救苦難同胞沒在我的日記本上。

鼓舞我前進中國大陸的動力是我成為了網路大V，〇八年我成為香港鳳凰網的網路達人，一則文章的點閱率可以達到三十萬，文章經常成為頭條。我寫的幾本書獲得不錯的回響，邀請我去中國大陸演講座談、新書發表會的機會增多。尤其是鳳凰網邀請我去參觀世博會，駕駛賓士車由上海到深圳，食宿交通全免，對我的誘惑力太大了，我不能視而不見。

我說過，退休後還能獲得如此的禮遇與尊重，一則是我的能力受到肯定，再則也是對方的真情邀約。物質報酬加上精神嘉勉，在台灣沒有受到重視的長處獲得一展長才的機會，每當我畫出逼真的秋海棠，換來的是一陣陣驚訝的讚嘆聲。我那手正規的繁體字寫在黑板上、寫在書頁上，觀眾、讀者們的興奮與感激之情，讓我有一種說不出的悸動，也可說是快慰平生。

從香港回台十年，跌跌撞撞，磕磕碰碰，一事無成，我早就失去在台灣奮鬥下去的勇氣，公私兩方面的不順遂，我對後半生充滿了悲觀的態度，易地療養未嘗不是個好方法。兩岸開放全面交流，的確來的是及時雨，將我快要枯萎的心田從新滋潤開來。

著書立說

我的專長在抗戰史與晚清民國史。傳記文學也就是中國人說的紀實文學，對民國史、民國人物形成熱潮，晚清與兩岸事務也是熱點，這些都是我的強項。原本自哀自嘆的外省人第二代身分，如今居然是中國人追捧的對象，我不前進中國大陸誰才該進中國大陸？

我是一個傳記文學作家，在中國大陸一口氣出了三本書——《眷村》、《自由之魂》、《暗戰》。這三本書把我推到了寫作高峰，卻也種下日後紛擾不斷的種子。

眷村，在台灣人人都知道，不足為奇，但是中國人卻充滿了好奇，以為是中國大陸的軍屬大院。錯，我告訴他們，眷村是借來的房子、借來的地，是陋室、是窩居、是都會的貧民窟、是違章建築。住在裡面的是低階軍官與士官兵混雜的大雜院，與中國大陸的軍屬大院比，一個在天一個在地，沒得比。

《眷村》一書讓我在中國大陸幾乎與某同名的舞台劇齊名，也獲得製作人的讚賞，許多中國大陸學者也參考我的書寫相關的論文。電視台、報紙雜誌，還有讀書會，各類文藝活動，甚至教育單位，都紛紛邀請我去演講或座談。這本書盜印猖獗，幾乎流傳市面上的都不是正版，光是封面就都不一樣。這書連正版，我一毛錢也沒收到，但在短短的五六年間，我成為一個頗具知名度的紀實文學作家。錢，在當時被名沖昏了頭，沒放在心上，現在窮了想錢，也沒轍了。

第二本書《自由之魂》，講的是民國三十八（西元一九四九）年跟著國民政府來台的高階知識份子，與國民黨政權的關係。我選了七個不逢迎拍馬有風骨的知識份子，取名在台七君子。這七人與蔣介石的爭鬥故事，獲得了中國大陸知識分子的共鳴，改變了中國大陸對民國學者的抹黑。我的好朋友岳南出了一套書名叫《南度北歸》，更是列名十大暢銷書之一。出版《自由之魂》的是廣西師範大學，聽說口碑頗佳，能給此出版社出很感光榮，許多邀約也是衝著這個出版社而來的。我寫的並不好，何況被刪減了很多精華，但是終於還是不容於當道。據說當局隨後還是停止了這書的出版，改組了出版社的領導班子。

第三本書叫《暗戰》，講的是國府軍統大特務戴笠，我認為他功大於過，應該替他說句公道話。他對抗日的貢獻與對中共的鬥爭如同神鬼交鋒，獲得中國大陸許多軍迷以及國共鬥爭有興趣的讀者叫好。然而這本書與上一本一樣，都沒有出版多久，受到盜印與政治影響，網上已很難買到，具體情況我也不清楚。

寫書讓我躬逢其盛，巧遇兩岸展開文化交流的過程。在交流中我結識了許多中國大陸好友，有文人雅士，也有軍人、企業家，職業無奇不有，文武齊備。上至達官貴人，下達基層販夫走卒，讓我有一個全面觀察中國大陸各階層的機會。我可以篤定地說，我這個野路子的臭老九，既非學院派，又非實力派，既沒有顯赫的家世，也沒有政商派系支持，智商情商都一般的外省二代，竟能周遊列國位列上賓，憑的就是我的思鄉地圖與故國情懷，舉目四望，與我相似的應該不多。

挺進

衡量了我的知名度，評估了我的國學與史地實力，我決定入場一搏，打算以一張思鄉地圖大膽西進挺進中華大地。

新書發表會是一個很好的平台，寫書寫了三十年，前二十年都在台灣寫的，不符中國大陸市場要求，後十年找到兩岸共同話題，隨即越寫越多，越寫越順。除了中國大陸出版的簡體字書，在台灣出的繁體字版書也不少，有抗戰的、時事研究的，有人物、有事件。我愛寫書，從沒有計劃沒有方向地寫，到有計畫有方向地寫，居然十年內也寫了六七本，光是新書發表就舉辦了多次，我也算對出版社有個交代了。

專題演講也是另一個不錯的平台。我這個人走上文字工作與先前搞媒體工作有關，媒體人樣樣通樣樣鬆，我就是這樣，不知道我的專長在哪裡？好像都懂，也好像都不懂，寫作內容更是五花八門無奇不有。到了我這個年齡，書本上的已經不重要了，重要的是經驗的傳承，所以我的演講也是多方面，上至天文下至地理，觸類旁通，以小看大。演講可以題目很大也可以很小，甚至自由發揮，但是我有個不二法門，講前一定先繪地圖。

手繪兩岸地圖，完成時台下已是一片驚嘆之聲，這個架式已經先聲奪人，有的拿起手機有的鼓掌叫好。接下來從台灣四百年史，唐山過台灣講起，佐以閩台海峽地圖，順勢帶到台灣部分，再以台灣簡圖介紹台灣的史地文化，最後以四九年國府的大撤退結尾。這樣大江大海的敘事，無論文史哲政經文化時論，任何議題都能侃侃而談。

這還要感謝文革中斷了中華文化的延續，中國大陸黨國教育反西方路線，缺乏國際觀，英文普遍不佳，國學底子頗為缺乏，讓我這個台灣野路子的講者，可以輕輕鬆鬆地完成演講任務，還獲得滿堂彩。

演講中不斷書寫標準的正體漢字，讓台下聽者眼睛為之一亮，許多觀眾反應雖聽不太懂我的演講，但是光看到一整個黑板上都是正體字，就覺得特別新鮮，情不自禁地就拿出手機拍了下來，再聽到台灣國語的異樣感，整個演講基本上不會冷場。

我的英語發音非常正確，這要歸功於四年英國生活培養得不錯，標準的牛津腔，曾經獲得英國友人驚訝的肯定，用在內地演講我毫不懼怕，哪怕現場有英語高手，但老實講口語都不怎樣。我一面畫地圖，一面國語英語夾雜解說，地名人名源源不絕順口流出，完美詮釋講題贏得一致好評。

演講的祕訣很多，但是關鍵祕方是說故事與交朋友，把艱澀的講題像說故事般地說出，這是第一步；第二步一定要交朋友，把觀眾當你的朋友。在講前我一定先問台下都是哪地方的人，我會套近乎地把各地方的地理位置、歷史淵源與知名人物說出來，大大讚賞一番；沒去過也坦承從書本裡就知道是個風水寶地，台下基本上不是驚訝就是高興，甚至誇我比他還清楚他的老家。再加上幾句土話，雖然說得不道地，但是雙方的距離很快就拉近了。

啊！我那思鄉地圖啊！我想起高中地理老師警告我不得再描繪地圖的往事，不禁感慨萬千。老師啊！學生我真的與眾不同啊，先天的稟賦與後天的學習，我的確是個絕頂出色的地理學生啊！中國大陸是我實踐課本上知識最佳的場所，我決定全力以赴，學以致用。

中國大陸近年來還有一個時髦的話題，就是國民黨老兵。台灣八七年開放老兵返鄉探親後，國共內戰與國共二次合作抗戰，成為十分火熱的話題。我適時地寫了相關的書，像內戰時的《眷村》、《自由之魂》，與抗戰有關的《戴笠傳》、《暗戰》、《八年抗戰國共真相》等書，也倖添為專家學者之列。我的書也有不少讀者，學界也不時邀約參加研討會。總之，許多大大小小的研討會、發布會、研討會邀約不斷，巡迴各地就成為我的生活方式，了解中國大陸就從遊歷中開始。

在中國大陸，朋友一個介紹一個。我認識了很多志同道合的朋友，其中值得敘述的團體，以關懷抗戰老兵團體為重要。我跟著這些團體上山下鄉，看望了許多老兵，也做了許多的報導，還得過陸委會的徵文比賽第一名，也曾幫助過老兵們尋找老家的人，以及中國人找在台灣的親人。最有意義的是，我幫中國人尋找在抗戰或內戰英勇殉職的親人，以及幫助他們入祀忠烈祠；或者找尋相關資料，提供中國大陸親人平反以及爭取烈士的證據。這些做的很多，網路上報導的也很多，一時間，我幾乎是關懷老兵團體最受歡迎的台灣人。

我有專業基礎，出身軍屬，有著兩岸一家親的精神，最重要的是，我是國粉、蔣粉，我要替國民政府、蔣先生平反，不要再受對岸的抹黑與造謠。

中國人說民國已亡，以前朝相稱，我必反擊稱仍在台灣已一百多歲，比共和國還久。說蔣先生不抗日我必拿史實駁斥，並反質問國軍抗敵大小會戰三百餘次，死傷五百萬以上，將領陣亡三百餘位，造此謠言居心何在？

又有胡說台獨必亡，是民族罪人，我指斥乃偽命題，中華民國還在，憲法一中何獨之有？民族罪人更謬論，蔣先生是最偉大的民族主義者，世上只有一個中國是他堅持的，是他帶領的國府堅持反對兩個中國、一中一台，是兩岸後來者都扭曲了一中原則才釀此糾葛。

我的思鄉地圖與中華民國正統史觀，驅動了我對中國大陸官史的柔性反擊，內心有一絲絲的驕傲與快感，憑藉著史地專業，的確在明是非正視聽，把心中的那點故國情節，搭著兩岸開放的大潮，盡情地揮灑與奔流，日子就在辯證與反辯證下度過。宣洩固然暢快，但也累積了衝突的因子，掌控不足則易闖禍。

搭橋

兩岸既然是交流，肯定是有來有往，我去中國大陸許多次，中國人來台灣也非常頻繁。陸客入台來訪幾乎到了一週一小聚，兩週一大會。自己的中國大陸朋友除外，台灣朋友的中國大陸客人也要應酬，何況還有些許的合作機會，尤其是我已經聲名在外。只要說是《眷村》、《暗戰》或《自由之魂》任何一書的作者，多多少少會有陸客知道，關係就立刻拉近，轉眼間比舊識還熟。原因無他，還是文化史地所致。

在接待陸客的經過有兩個重點，一是中國大陸媒體，二是各級單位領導。媒體集中在海峽西面的福建、廣東、深圳兩省市為主，其他東南沿海、福州、廈門、廣州也很多，零星的江浙北方也有。總之，我都能應付裕如賓主盡歡。

印象中辦了幾件事，一是成立了一個小出版社，辦了本雜誌，替中國人出了幾本繁體書，我覺得都很有意義，尤其是無法在中國大陸出的書，我都覺得寫得太好了，直追大師級別水平，寫的文章也擲地有聲，我都盡量幫他們出版，並且推薦給島內媒體與出版社。然而善門難開，經不起賠累，只有停止合作項目。

其次幫陸客找東西，我不懂古董，油水撈不到，只有找史料、舊書，範圍很廣，份量非常大，文史哲為主。古籍及資料影本也要，印象中抗戰史料也是熱門當道。我非常熟悉在哪裡可以找到，因此各大圖書館、資料館都常見到我的影子，也結識了一些對岸學者，在中國大陸都獲得他們的幫忙，安排演講座談新書發表，十分受用。

當然幫中國人帶東西也是一個重頭戲，從書籍到奶粉，合法的、灰色地帶的都有，其中尋找史料是我的長項值得一敘。例如地方誌書，歷史人物與古蹟考查，史料真偽鑑別，我都做得津津有味，對方也頗為滿意。一度擔任某中國大陸出版社的顧問，提供編輯與專業的意見。

兩岸交流到一五年達到高峰。一六年開始，出版及交流尺度開始有明顯地收縮，赴中國大陸的活動也明顯減少。然而去演講也限制了範圍，活動也少了，市場明顯萎縮，利潤明顯降低。沒多久就因長住大理而沒法繼續，偶而為之也純粹為了朋友請託，談不上永續經營。

然而交往的過程的確值得回憶，助人為快樂之本不是一句空言。記得我幫一位作家出了他的書，他收到後我們再聚時，把整整一瓶老酒喝得一滴不剩。他感激之情溢於言表，我也深深以為交到這位文友而慶幸，回憶起來不勝唏噓。

幫中國朋友辦商業雜誌也是美麗的錯誤，對方是個報業集團的總編兼社長，雙方因誤會而結合。他出錢我出力，然而橘逾淮為枳，雙方都水土不服，都患了大頭症，最後又因為認識而分開了。雖然合作告終，但是依然是朋友，這是兩岸中國人血濃於水，兩岸一家親的例證。但是問題的癥結兩方都不願意提，一提連朋友都做不成了。

坦白講，交流初期我對物質報酬看得並不重要，反而重視心靈契合與精神交流，每次合作並不常談到酬勞的事，談到好處也是點到即止模糊不清。但是事後都很滿意所得，這段合作的過程真的值得紀念，那是一段人生難得的經驗，不是錢能買得到的。

幫中國大陸朋友入台交流，才開始了解中國大陸同胞入台的規定，入台的原因與潛規則。不問不知道，一問嚇一跳。

最先入台的以幹部為主，從中央到地方，一級一級的往下放行。事業單位其次，也是上下高低依序而行，其次還有各種披著民間團體外衣來台的官方專業團隊，還有濃厚統戰氛圍的文化團體、宗教團體、國共共同記憶的團體、社團、學校。最後才是個人自由行。這些體現了與台灣截然不同的國家社會結構，對個人的價值也有不同於境外的說法，兩地的差異逐漸浮現。

然而，我對此漠不關心，我關心的是我的才華能在此浪潮裡發揮多少，今後的我如何再接再厲，做出更令我自己滿意的表現。

飛越海峽漫漫旅程何處是歸程？一六年下半年是兩岸交流急速冷凍期，對我的衝擊最明顯的是書賣不動了，兩岸交流活動急遽減少了。

書賣不動極其明顯，在台發行的抗戰書籍，在一五年到一六年的兩年時間賣得非常好，之後自由行取消，立刻就賣不動了，因為買書的人都是陸客。他們不來，意味著書店沒客戶，我的書銷售情況據出版社告知一落千丈，直到後幾年總售出量還不如一五年一整年的多，一般靠陸客的作家莫不如此。我經過這個打擊，首次感覺對岸的不友善與不理性，厭惡之情初次寫在臉上。

這時候，我內子帶我回雲南大理老家散散心，這一去不得了，大理的好山好水好空氣好食材吸引了我。我在神州大陸漫長的旅途中忽然發現了這個中繼站，我決定休息一下。事實上，它來的正是時候，我正在徬徨無助也略顯疲憊的當下，我正需要停下來想想，今後何去何從？

大理的岳家有地一畝可種菜，有書房可藏書，有花園養性，附近有青山綠水，有地方美食與傳統文化，氣候涼爽，交通方便，還有物價低廉生活開銷比台北少，對經濟不寬裕的我是個不錯的選擇。

落地生根

我在一六年初正式在大理落戶，如同一般返鄉老兵般的開始了養老的生涯，這一住就五年，直到二一年十月回台，我大部分時間都是在大理度過的。如果說之前的中國大陸行是蜻蜓點水般的船過水無痕，在大理的窩居則是實打實的長留，是落地生根地過日子。

我在大理的七年，不對，有點水分，嚴格說五年左右。無論衣食住行各方面，我都是十足的遵循大理人的標準過活，努力扮演好大理女婿以及大理人的角色。我努力學習大理土話，適應大理的生活，吃大理菜，說大理文化史地，尊重大理習俗，配合岳家的習慣，處理好連襟妯娌的關係。總之，全面投入大理生活，一點都不想台灣。同時，反思我這幾年的神州行，總結這幾年的得失。

摩擦

在大理，我過著日出而作日落而息的日子，我花了近半年的時間與岳母合作把後院五六分地的菜園子整好。原本荒蕪多時雜草叢生的菜園，整理得井然有序，讓岳母種上她喜歡的瓜果蔬苗，親朋好友對我這個上門女婿都表示滿意。

我又花了一筆不菲的銀子重修了老房子，光鮮亮麗的兩層樓房，居住條件頓顯寬敞，不但夠自家人住，還有餘房三間供作客房，另外在花園旁修了一間棋牌室，供親友消遣之用。

為了圓我的耕讀之夢，我把一間房改為書房，向親朋好友徵集了上千本二手書，面向大街，歡迎街坊鄰居來看書，也可以借書，完全免費無償服務。由於地點適中往來方便，又不打擾內眷，開張以來人流旺盛，成為一個交友讀書的好所在。

安頓了內務，就接著發展外務，首先結交是古城裡的各路英雄好漢，也認識了許多知名精英人士，更多的是附近的鄰居厝邊。這些近鄰遠比遠親互動得多，真正能結為知交，還是要屬這類低頭不見抬頭見的村上父老鄉親。

我的交友沒有原則。我比較懶，不喜進城，不愛現代化都市，只要住的不遠，我的小電動單車能到的都可以交往，要出遠門搭公交車的就隨緣吧。因此整個大理洱海西側的壩子，也就是小平原，從上關到下關的三十公里，我家剛好在中間，北上南下共六個鎮，就是我出沒之地。壩子上風光好，騎著小電單車徜徉在青山綠水之間，訪親問友的確是人生一大享受。

我的身體毛病很多，退休後更是病痛連連，在台灣及中國大陸忙於兩岸事務，飲食起居生活沒有規律，更使得身體每下愈況，三高不說，還好醇酒美食。來到大理，戒菸戒酒，生活正常，離家不到五百公尺就是蒼山。山中溪水潺潺，我定時登山溯溪，接近大自然讓我身體健康獲得飛速改進。

離我家五公里內就有三家茶園，兩家台胞的茶主人。離我家最近是大理人開的，是我每天必到的茶館，這個茶園風景美極了。我與主人家處得很好，是我的忘年交。沿著茶園可去溪谷溯溪，只需半天就可以來回。這麼方便，這麼美麗，這麼原生態的鄉間生活，我是十分滿意的。

其實，讓我決定選擇此處做我餘生安生立命之所，最重要的原因是大理的包容性。來大理的外地人，不論來自大江南北，何方人士，有錢沒錢，來的目的都是找尋一處桃花源，西方的伊甸園，也是佛家講的淨土，而這大理都具備了。

來大理的人都被這裡的安靜祥和感動，都認為找到了心目中的淨土。有信仰的認為是妙香佛國、伊甸園，一般人像我信仰不堅的，就算找到了心中的樂土，也就是詩和遠方的家，一個可以作夢的香格里拉。

但是當我深入基層了解了基層，我卻靜不下來，我不再盲目樂觀。對人，我不再深信不疑大理的包容性；對事，我不再對大政府小社會的社區營造抱有任何期望。誠如我這本書的第一、第二部，我對列出的人與事有著無限的失落與遺憾。

除了大理，我還長期在福建、廣東及東南沿海一、二線城市遊走。雖長住大理，但也經常到各處走走，訪親會友，參加活動。我重新檢視了這些人與事，我參酌我的專業知識，我的思鄉地圖與歷史故國。對照當下，得出了我自己的觀點，我站在史地的等高線上，參考政治、社會、文化、教育各個專業領域的研究與分析，得出兩岸華人的異同。這是我的一己之見，我的一家之言，只代表我自己，對與錯自有公論，我希望讀者能理性對待，求同存異，如能體會我寫此書的初心，就不枉我的一番苦心。

摩擦的產生離不開下面幾個原因。

經濟：中產階級的自滿

改革開放，早期台灣人來中國大陸還不多的時候，也就是九〇與〇〇年代，兩岸的生活水平的確明顯的有高低之分，知識分子階層普遍生活清苦。當時與這些中國人相處，的確有點同情他們，願意分擔經濟壓力，對方也謹守分際，言談舉止留有古風，這是一段相對平和的年代，雙方求同存異，彼此尊重。

但是〇八年後，明顯發生變化，經濟上的差距逐漸拉近，但思言行為上的差距卻逐漸拉大。主要體現在來台中國人的大氣，花錢大手大腳，言語高亢大聲，雙方合作的氛圍發生變化。由原先的協商姿態轉為指令式的威權領導。市場經濟已經薰陶出經濟掛帥與市場效益的核心價值，私人交情僅供參考，對方要的是完成任務。

我稱這種現象是中產階級的自滿。因為經濟地位的提高，對台灣人的評估就由人性出發轉為黨性考量。以利己主義出發，做個精緻的利己主義者，做人的底線似乎越來越不重要了。台灣人願意交的朋友要人性高過黨性，對己有利對台有利者才是真朋友。台灣人重視的平等與公義，人性與愛等價值觀，但對對岸而言變得虛無且蒼白，他們要的是實惠是業績，是完成任務。

意識形態：民族復興的使命

其次是意識形態的衝突，早期不是沒有，只是隱忍不發，再精緻的利己主義都隱而不發，一則還欠實力，再則對台灣人還不是十分了解，不打沒有把握的仗，因而維持著暗中較勁，鬥而不破的局面。

但是經濟好轉了，意識形態的分歧就逐漸顯現了，最顯著的一點就是民族主義的奮起與堅持。這是從道德制高點強壓下來的道德綁架，必須維護中華民族的偉大復興，中華兒女必須無條件支持，堅持兩岸都是中國人，主權不容分割，也就是對中華民國的否定，更別說台灣是個政治實體，它只是個省，這個分歧撕開了兩岸的傷口，要想癒合難上加難。每次碰觸到這個話題，很少不是不歡而散的。

民主：遭扭曲的價值

中國人一輩子受的教育與意識形態的洗腦，有著密不可分的關係，黨國體制的教育與宣傳，其實已無法與台灣人在民主自由有絲毫共識，像是兩條平行線，沒有任何交集。「民主不能當飯吃」、「民主有不同的種類，各有特色」，這些都是中國大陸學界與社會上普遍的共識，也是兩岸關係回不來了的具體事實。這種對民主自由憲政的各說各話是改不了的，一談就抬槓，差距太大，兩岸知識分子沒有第三條路走。

這是我無法結交中國大陸朋友的重要原因之一。有人說，沒有你說的那樣，他就遇上許多支持西方普世價值的中國大陸朋友。我說沒錯，肯定有許多不同的聲音，但是這些聲音出的來嗎？能讓他公開的傳播嗎？不但會遭消音，可能還會有牢獄之災，以中國大陸知識分子絕大多數都是利己主義的菁英來看，沒有人會打第一槍，因為那是犯傻，絕對是跟自己過不去，從對價關係來看肯定划不來的。

終極統一也是兩岸知識分子重要的藩籬。中國大陸老一輩的人急著統一台灣是可以理解的，因為與去台的國民黨人有著千絲萬縷的關係。同學、同鄉、同事，同為中國人，也同樣在軍帽上頂過醬油蓋（國民黨徽），也同樣吃過國民黨的飯（國共合作共同抗日），更是許多中共黨人兩三代人的記憶。他們希望台灣回來，但是要和平統一，兄弟鬩牆他們也不希望再發生，因為是過來人，代價太大了。

新一代的中國大陸人，尤其是建國以後的新一代，就沒有這些顧忌了。首先他們大都與台灣沒有私人關係，有也是遠親，很少或沒見過沒啥親情。兩岸通婚的陸配，數量少也都是女性，在重男輕女的中國大陸不占重要位置。

沒有了血緣關係動武顧忌就不大了，再說經濟上來，上一輩的錯誤與自卑不存在，台灣的新生代也不像老一輩不認中國大陸的祖宗，也沒感情。中國大陸認為翅膀硬了，要從鳥籠飛走，這哪行？只有強行制止。

這裡面還有知識分子的經濟與權力的傲慢。怎麼說？中國大陸主政的菁英利己主義者，認為台灣那麼小，是內戰的手下敗將，在世界上又沒有地位，沒幾個國家承認，經濟與中國大陸比不是同個檔次。中國大陸已是世界老二，台灣算老幾？憑什麼與中國大陸平起平坐？

中國大陸再怎麼開明的領導人、學者、專家都是這個心態，筆者身邊的朋友幾乎都是這個心態。可以交你這個台灣朋友，但是放棄統一，沒門，差別只是文統還是武統！

文統可以慢慢來，只要台灣人支持兩岸一家親，都是中國人，世上只有一個中國，可以容許台灣保有比香港更寬的條件。但是首都一定在北京，中國不能改，台灣是個特區，中華民國國旗國號得取消。

武統則是乾脆得很，最文明柔性的手段是北平模式，重兵壓境，繳槍不殺。最激烈的方式則是斬首行動留島不留人，什麼統派獨派藍營綠營都顧不得了。套用它們的一句話，打掉重來。

你問我，真的下得了手？我的經驗是，他們下得了手。以武力解決問題本來就是他們的長項，記住，它們可是造反起家的啊。國共兩黨已經廝殺了一世紀，綠營更是中國大陸的眼中釘肉中刺，只有殺得更凶，更泯滅人性。

我的親身體驗，如果要聽真話，真的想知道你中國大陸朋友的內心世界，你必須單獨相處、喝酒，撕去虛偽的面具，達到忘我的境界，你通常會聽到的肺腑之言是，我們一定要解放台灣，我們一定要收復台灣，台灣絕對不能從我們手中失去，台灣絕對不能獨立，否則一定出兵，等等各種說法。其實都是官方常用的語言，中國大陸朋友長期被洗腦，再怎麼有獨立思考能力的知識分子，在統一大業上也毫無懸念地堅持統一。

我曾經思索這一現象，初步我的看法是這樣，中國人才濟濟，與台灣一比一相比，台灣人不行，但是一群人相比，台灣肯定不輸中國大陸。日本也有這個現象，甚至更明顯。這體現出，精緻利己主義的中國大陸菁英是看不起台灣人的，不信有本事比畫比畫。他們討厭歐美日看不起中國人，也連帶看不起數典忘祖的台灣人，這個跟著歐美日屁股後面的小跟班。

我說到中國大陸友人的內心深處，這也是我們已經貌合神離，不是一家人的現實具像。所謂非我族類其心必異，一旦不是朋友就是敵人，呼應了不是敵人就是朋友。中共至今堅信它得到最後勝利是歷史的必然，統一台灣也是必然，中國大陸人都堅信這點，因為真理站在他們那邊，這是天意無法改變。

在中國大陸這麼多年結交了這麼多朋友，交情越來越深到無話不談，十之八九都會問我，五星紅旗何時才能插上寶島？我剔除這類朋友後竟然發覺，我交友數年竟然因統獨問題沒了朋友。

另外要一提的是，台灣人真的缺乏對國共歷史的了解，真的不懂中共怎麼奪得天下，國共鬥爭是多麼的殘酷，雙方結下的樑子多麼深？國民黨，蔣介石在中國大陸是多麼的臭，民國是多麼的爛！直到今天，中共還不斷糟塌民國印證自己的正確，不斷提醒沒有共產黨就沒有新中國，人民至今仍然生活在被國民黨統治的黑暗中。因此只有支持共產黨，沒有第二條路，這已幾乎是對岸人民的共識。

再說，國民黨與民進黨一個無知一個幼稚。無知的國民黨還以為中國大陸人民希望它返回中國大陸。不論武力的反攻還是軟實力的寧靜革命、顏色革命，中國大陸都當作是和平演變會要了中共的命，非武力鎮壓不可，想都別想。

民進黨是幼稚，不懂國共鬥爭百年的原因與目的，那是敵我矛盾無法化解的不共戴天之仇，是天無二日地無二王的生死爭鬥，有你就沒有我，絕非西方的政黨政治，不以數人頭解決問題，而是以砍人頭解決提問題的人。民進黨想與中國切割，獨善其身，這是不了解國共內戰的因由，是典型的政治智障，對岸根本不屑打交道，長此下去，台灣人只有更讓中國人討厭，反之亦然，兩岸衝突將沒完沒了，非打上一仗才能解決問題。

反思

大理的確是個詩與遠方的家。

我決定不再搞歷史改行搞教育，原因在前面已經解釋了，做的也不是正規教育，想做公民教育、鄉村教育，但公民兩字太敏感，鄉村教育也不能隨便做，只有改叫社區營造與全人教育。

教育：大自然的全人召喚

大理有著好山好水，最適合做大自然教育。我在台灣住在山邊，附近有座森林小學，我帶小孩經常去玩，也知道這種教育的好處。全人教育是源自於英國，教育的理念強調信仰、通識與生活合一，既實用又簡單明瞭，還不花大錢。

做全人教育，讓我與山、與水、與人發生密切接觸。我要走進大山，溯源走溪，參訪茶園；要走進村子，走入社區，認識村民，跟官府交涉。不是遺世而獨立的化外生活，更不是不食人間煙火的修行生活。因為教育讓我才更深入了解基層的生活，我才敢拿起筆寫出我的看法，出版這本書沒有扎實的調研，恐怕我不敢如此篤定地振筆疾書。

我決定長留，長留後發覺大理這個地方，好山好水卻碰上差強人意的公僕。

大理的大自然固然美好，有好山，蒼山十九峰；有好水，洱海及十八溪。但是人為的破壞實在是罄竹難書，這些破壞有個人的素質原因，也有公權力不彰，所造成的不作為與亂作為。

我印象最深的是整治洱海行動，這個以運動形式的公權力運作，其違法亂紀、豪無章法的行動，讓洱海整治以失敗告終。

另一項整治蒼山與十八溪運動也一樣不成功。蒼山的保護與十八條溪需要整治，但是當局採取一刀切的手法，在短時間內以迅雷不及掩耳的霹靂手段，與拆除洱海邊客棧一樣，拆除了蒼山坡地與溪邊上許多違建，整治了許多有害環境的場所，但是行為粗糙，不分青紅皂白一刀切，對溪流強行加蓋改道與水泥化，一樣以失敗告終。

大理當局在整治蒼山洱海的行動中亂搞，筆者目睹了全過程，對當局的不講科學、方法，沒有人性關懷，沒有法治與顧及百姓損失的現象十分震驚與失望。如果在台灣將日月潭或阿里山無厘頭拆遷與毀棄，也不賠償也不道歉，毫不顧惜民眾的權益，肯定會遭到全方位的反擊。在野黨、議會、媒體、司法單位眾多機構一定不會放過執政當局，非得給個說法不可。而在大理卻能如此橫行，我覺得這不是我的尋夢園，並非長留之地。

第二件事就是對待抗戰老兵的事件，對壯烈犧牲的抗戰國軍遺骸未能恢復榮譽入土為安，仍以無名氏或本地無主亡魂亂葬之，禁止建造抗戰紀念碑或紀念館，連發掘抗戰真相，編寫真實抗戰歷史都遮遮掩掩，推託拉扯，不願正視，讓我這老兵之後倍覺憤慨。大理再好的山水都失去了它陪伴英烈的機會，怎能不說是彌天的憾事。

說到底，中共仍沉醉在它打贏了內戰的歡樂中，對國民黨的政策永遠不變，就是消滅它、抹黑它、忘了它；對國民黨去台要追殺，直到滅亡。在中華民國建國、北伐、抗日等功勞要抹黑、貶低、鄙視，要中國大陸新舊幾代忘了民國，就當不存在。

台灣國民黨當局始終對中共缺乏根本認識，你想要的兄弟關係，對方卻要以父子相稱；你要的和平共存，是你放棄獨立人格做它的附庸。你被打敗後就已失去跟它平起平坐的資格，它的統一就是你的滅亡，什麼九二共識、一中各表，都是看不清時勢的一廂情願、痴人說夢。中共與早期蘇聯對待國府都是如出一轍，你有實力才跟我談，否則只有聽我的。

黨化教育下的中國人也是如此，非常崇尚實力。唯物論強調的是實體、是力量，為力是尚，是典型的叢林法則。物競天擇，沒有實力就要被淘汰，這與是非對錯無關，因為存在就是現實。中共贏了，國民黨輸了，現在中國大陸強了台灣弱了，這都是事實。贏者通吃，中國人為何要與台灣人平起平坐？但是如台灣願叫中國一聲老大、大哥、爹，這是可以考慮給台灣一條生路的。每當與中國大陸知識分子談統獨時，無可避免地看到了中國人權勢的傲慢，這是台灣人迴避不了的宿命，無關乎私交有多好。

末了，我對大理諸多的不公不義之事，未能得到公允的對待，對許多社會問題、教育問題、營商問題都感到痛心與不滿。尤其是培養公民社會，經營打造社區總體建設，發揮大社會的能量，提振鄉村與社區自主顯得毫無誠意，種種不得人心的作法，筆者實在難以接受。

觀察：公民社會的幻影

筆者一直希望大理當局參考歐洲瑞士如何經營管理觀光事業，也做了大量的調研，寫了不少的文章，參與了不少活動，但總的來說收效都不大。有關單位，不是光說不練，甚至連說都懶得說，或是說一套做一套，搞得大理觀光業極不專業極不到位，當局卻是整天自我誇耀做出卓越成果。每當我看到有關單位又大發獎狀，大頒錦旗時，我只有無語；每當當局在自誇取得了豐碩的戰果時，我只記得相關業者活不下去欲哭無淚的表情。

筆者參與了大理官方與民間不同體制機構的許多活動，從政治、經濟、文化、教育各個方面，探討大理當前的問題與未來的發展。民間機構報憂不報喜，官方報喜不報憂，雙方交集很少，朝野立場不同難有共識。其實，這也不算大問題，而是雙方都不肯實話實說。在朝的不想說太多缺點，想多說點優點，容易弄成假大空；在野的則想講多點缺點又怕被打壓，不願過多歌功頌德，又怕不被官方認同。總之，真理不重要，政治正確最重要，因此，改革開放之路蹣跚而行，政策反反覆覆，讓有理想的人黯然神傷，興起了胡不歸去的念頭。

兩岸風波起自一六年。

一六年蔡政府上台後兩岸就風波不停，我感受最深的幾件事是，中共停止了自由行，減少了陸生來台就讀，禁止參加台灣金馬獎活動。這三件事讓我近距離觀察了中國人是怎麼看台灣人的。

停了自由行當然對台灣觀光業是個嚴重的打擊，對我則是沒了寫文章做導遊，精神及物質雙層的損失。我沒了東西可寫，沒了客源做導遊，知名度與收入明顯下降，對我這個退休老人，新台幣早就沒得賺，只盼望著人民幣補一補窟窿，如此一來後者也成泡影，損失慘重。

沒有辦法只有到中國去搵食，發現中國大陸也逐漸縮緊政策。中國大陸朋友相告，當局希望盡量少請台灣人演講座談、出書等等交流活動。這下可好了唯一的利藪也乾枯了。

據我觀察，中國人本來就不認為台灣人有啥比他們強的本事，尤其是國學、傳統中華文化。之前是禮失求諸野，現在早就撿回來了，不需要遠來的和尚念經了。但是台灣是復興文化，中國大陸是復古文化，還是有高低優劣之分。中國大陸知識份子對知識的傲慢，根本無所謂也聽不進，國際視野下的大格局學問，在中國大陸是沒發展的，中國人也不屑一顧得。台灣學者迅速地遭邊緣化，的確沒有什麼發展空間。

至於陸生來台就學，原本非常熱門，筆者就有很多中國大陸朋友都打聽讓小孩子來台就讀。但是禁止後，家長們把目光轉到港澳與海外，雖然原本是既有規劃，但停了也就停了，況且，武統聲浪興起，台灣為高風險地區，不去就讀也是順理成章的事。而其深層涵義，是怕被洗腦搞出政治問題，就太不划算了。中國大陸家長都是利己主義的菁英分子，當然避之唯恐不及，怎會蠢到撞此槍口。

中國大陸官方宣傳是兩岸關係惡化的幫兇，兩岸的文化交流常常被無限擴大，上綱上線到敵我矛盾，像金馬獎就因為一個得獎者的感言，就悍然終止了人員與作品的交流，這是何等的幼稚與無知。但是發生了，中國大陸學界與知識份子沒有表示任何不妥，有些還說禁得好。我真的不敢相信兩岸要如何交流，我們又如何做到一家親？

官方有目的的抹黑台灣政治人物、政治體制、政治地位，普遍的共識反對台獨、反對民進黨，打倒各級綠營負責人，醜化台灣政治制度，嘲諷蔡英文以降的政治人物。反美反日，抹黑台灣親美親日。我接觸的學者莫不一致遵循當局主旋律，沒有獨立思考的學術觀點，我們的友誼不終，最大原因也是談到國共關係、民族立場、兩岸關係。對方還停在內戰思維，國退共進地位變化是必然，大國興起，民族復興完成統一是大勢所趨等虛幻，以及極其陳腐的霸權思維，雙方毫無交集。我這個中華民國派，前朝餘孽，蔣粉的眷村人，終究不容於當局的主旋律以及廣大的追隨者。

疫情的肆虐更加深了彼此的隔閡。從兩年多前武漢爆發了疫情開始，兩岸的相互抹黑就沒斷過。此岸批評彼岸掩蓋疫情釀成大禍，彼岸狂批此岸以疫謀獨，證據是夥同西方謀求進入世衛組織。兩邊各不相讓，相互較勁，互不信任，視同仇寇，以犧牲人民利益為籌碼，大打統獨牌。

筆者當時在中國大陸，目睹了許多不公不義的事，人權受到侵犯，政府任性施為，各地傳言四起，惶惶不可終日，尤其是台胞。台胞證不是中國大陸身分證，電腦裡查不到資料，竟然無法做核酸檢測，除非寫下切結書放棄基本權益，否則竟然是黑戶，沒有資格做，也就意味著沒有搭乘公共交通、住宿等基本權益，覺得自己是個二等國民受到歧視性對待。

其次，筆者有高血壓，當局不給打疫苗，而許多場合要審核有無施打疫苗，未打者拒絕服務，對筆者造成很大的困擾。村子裡不斷催打疫苗，弄得我只好回台來打，一連打了三針也沒不良反應，證明內地政府怕擔責與不作為的顢頇作風。

其次，中國大陸官媒大力吹捧抗疫成功，死的人最少，取得了世上最好的成績。但是筆者在基層看到知道的不是這樣，死亡人數少報、匿報，或者弄到別的死亡原因，列入別項死亡名單上，不知多少無從估計。總之弄虛作假，傳媒掌握在官方手上，一切它說了算，真相就更是無法發掘了。

疫情造成公知與大V的嚴重分裂，官方與知識分子的基本認知產生嚴重的衝突與混淆，讀書人的底線受到無情的挑戰。但是大體上官方占了上風，中產階級成為官方最堅實的基礎，我的中產朋友絕大部分不認同西方的觀點，拒絕接受指責，與我產生了很大的歧見。

疫情又讓我看到了人性真偽的一面，許多朋友的事業維持不下去了，跟我借錢周轉解困，一面又為當局說話。這是全球的問題，不是個別政府的施政錯誤。尤其絕大部分認為清零與封城等措施是正確的，否則像西方一樣大量死人。但是真死了多少沒人深究，失業的慘況也無人聞問，自求多福，自掃門前雪。知識分子的獨立思考與言論報國都沒了，萬馬齊闇令人不寒而慄。

我決定回來再認識台灣，唯有再回來，才能更清楚地比較兩岸。二一年九月我歷經艱難回到台灣，雖然酒店隔離兩周，但是政府親切的招呼，致贈禮品，讓遊子有歸鄉的感覺。回家後到醫院健檢，醫治我的痼疾。治療血壓高、牙周病、肩夾疼、醫（健）保都給付了大頭，自己只付了一兩成的費用。疫情期間打疫苗三針完全免費，核酸檢測兩三次也不花一毛錢，比起對岸，經濟多了。我之前很少用健保，如今用得多才知道很好用，光是醫療服務，就看出兩地的差異很大。

二一年剛好又是我六十五歲，依據規定可領老人卡，乘坐車船飛機有許多折扣福利，另有老年年金、敬老金、三倍券五倍券的消費優惠等。估不論一般國民享有的消費券，就連發票中獎率都比中國大陸高的福利，讓我感慨的是首度嚐到做台灣老人的甜頭，這又是在彼岸享受不到的好處，我對兩岸的感觸更深了。

當然，台灣的活力淋漓盡致讓我這老頭子有點消受不了。紛擾的政壇，多樣的政治面貌，社會力量的釋放，多元文化的衝擊，媒體的語不驚人死不休。高度國際化、東洋化、西洋化、南洋化的台灣，已經看不出原汁原味的中原文化。以往我會很擔心，但現在我的觀念改變了，我覺得台灣是時候徹底本土化了，我也得接受這個事實，做個正港的台灣人。

這並不意味著我支持台獨，台獨是個偽命題，是不存在的。而我支持中華民國的再創共和，中華民國在台灣生根。像英國一樣，對外叫大不列顛王國，簡稱英國。台灣對外叫台灣，兩岸叫中華民國，最大公約數是中華民國台灣。

台灣正逐漸走出它自己的路，它逐漸成為華人世界一個成功的範例，身為台灣人應該審視自我的優點，認清發展的方向，界定好自己與對岸的關係，以審慎樂觀的理性態度，走上感性浪漫的未來之路。島內的紛擾是內部矛盾，兩岸的大是大非是敵我矛盾。這點認識不清，台灣沒有前途，兩岸問題沒有真正的解決之道。

結語

「因誤會而結合，因認識而分開」可以概括我的兩岸觀。

綜合筆者大理居住七年，遊走於東南沿海以及各大一、二線城市八年，總計十五年——還不算早在八六年就悄悄去了中國大陸兩趟，八九年至九七年住香港期間進出無數次中國大陸各地，又從九八年直至〇七年更是不斷在網路發聲，當網路博主大V，寫書、開會、辦活動——，筆者對中國大陸的了解，在同輩之中可以說必然排在前段班，以深厚的史地語文基礎，寫下這些感想，不但有現場調研，還有學術根據，更有他人不及的特長與經驗。然而我不得不說，我的思鄉地圖是張再也看不清的地圖了。

這是我在兩岸交流三十幾年經驗中得到的結論，也許很傷心與不捨，但是，誠如愛情僅憑浪漫憧憬是無法得到真愛，需要審慎樂觀，理性對待，一步一腳印，穩紮穩打，步步為營。切忌急功好利，急於求全，不僅沒有實質進展，反而可能功虧一簣，到頭來一場空。

我來，我見，我思，我離

身為外省人的第二代，從小的養成教育在眷村這個封閉的環境完成，又在國民黨反攻大陸解救苦難同胞的召喚下，隨著思鄉地圖與故國史冊的指引，筆者從小就有著與眾不同的家國情節。當台灣的國民黨已經不想重返中原與中共一較高下後，中國人的定義在台灣已發生了變化。絕大部分的台灣人已經不想做中國人了，但我卻已沈浸在秋海棠中無法自拔。我不甘願就此一生做台灣人，我毅然決然遠走天邊，把異鄉當作故鄉，以為可以終老他鄉。

然而三十餘年所見，有歡笑、有哭泣、有興奮、有沮喪；然而哭的時候多，沮喪的時間長。我為大好河山被破壞而哭，為亙古歷史被扭曲而泣，我為中國傳統文化的消逝而悲，我為中國人的祖靈不再而殤。年復一年地只想接近大自然，卻不想再過多的接納更多的祖國同胞。因為我常常問自己，我們是骨肉同胞嗎？

我思索了大半輩子仍然找不到答案，不一樣的護照就不是中國人了嗎？中國人就只能拿一種護照嗎？英國人為何能成為五、六個國家，然而又感覺是一家人的味道。中國人不是也有實質的兩、三個政治實體，東南亞國家都有中國人治理的影子，我住在台灣就不是中國人了嗎？住大理就是嗎？中國人只能有一個祖國嗎？兩岸都是我的祖國可不可以？這個問題很重要嗎？非要搞到動刀動槍嗎？

我的這些奇怪想法困擾著我，這些荒誕不經的念頭在台灣我可以天馬行空任我翱翔，沒人阻止我，更遑論處置我，但是在中國大陸我卻只能有一個想法。把我原來的親媽，餵養我半世紀以上的台灣當作養母忘掉，只能承認一個其實沒有養我幾天的祖國，作為我的母親，嚴格說是乾媽，我實在是辦不到。

我的思想混亂，理不清頭緒，我必須靜下來，獨處一陣子。回台後疫情的關係，讓我有充足的時間反思這些問題，恰好疫情防疫提供了絕佳的實驗組與對照組。我花了一年的時間比較對照，還是覺得必須離開生母一陣子。養母固然沒有血緣關係，但是照顧得比較仔細。當然不會拋棄親媽，其實這都不重要，何況能有兩個媽何其有幸，求都求不到。

無邊的旅途，反轉的終點

筆者在香港住了六年半，差半年就能取得永久居留權，也就是正式的三顆星香港身分證。如果不是香港九七大限的陰影，以及父親病危，我是打算長留香港，再北進廣東深圳廣州，一路北上，向北伐一般的勇往前進。當時還不知道該做什麼，但是我的思鄉地圖卻深深的激盪著我，還有太多太多的華夏大地要探索，太多太多的先賢古蹟要拜訪，想到此就周身奮亢。

然而錯誤的決定一晃十年就在台灣過去了，嘗試了幾個方向都以失敗告終，蹉跎了時光一事無成，眼看心中的秋海棠離我越來越遠，影像越來越模糊，一隻雄赳赳的公雞卻清晰地躍然眼前，那葉秋海棠呢？我不能再等了，必須回去，這年我方過五十歲生日，我要再博它一次。

接下來的經過就不需要再重複了，思鄉地圖與故國史冊發揮了莫大的潛力，藉著出書寫書再出書，故國神遊就成了神州行。無邊的旅途就此開始，像隻小船從來沒想過何處是停泊的港灣，因為航程無限遠，豈是我這小小的小船能航盡的。

但是隨著歲月的飛逝，驛動的心也想停一下。南米北麵、南腔北調固然仍深深吸引著我，但是更深層的文化反思卻聲聲催促著我，還要注意人文關懷啊！要從不同的面向觀察這片秋海棠啊！它固然美麗，但是有沒有破損或傷痕啊？

說實在的，之前還真的只欣賞它美的一面，沒有注意其他的面向，但是這三十年發生翻天覆地的變化，也帶來許多明顯可見的問題，更多的是看不見的隱憂，我無法視而不見，更無法袖手旁觀。因為我只有這一葉秋海棠，被蛀蟲蛀壞了，到哪裡再找一模一樣的美麗秋海棠？

然而子不嫌母醜，兒不嫌家貧，只要一家和樂，窮一點有什麼關係？但是我發覺不是窮不窮的問題，而是家裡發生了摩擦，家人之間發生了不和，一家人對今後怎麼生活，怎麼相處。發生了爭執，公說公有理，婆說婆有理，有人贊成繼續過大家庭的生活，有人希望過小家庭的小日子，有人想搬出去住，很多意見跑出來，處理不善這個家就會散了。

我有一種恐懼感油然而生，在內心深處有一種聲音，告訴我兩岸發生了很嚴重的衝突，明顯跟過去不一樣，因為我在中國大陸與中國人相處，明顯發覺氛圍變了。以往的一家子的感覺少了，憑添了幾許莫名的猜忌與距離，彼岸的朋友急遽減少，內心的惶恐非筆墨所能形容，發生了什麼事？

原因之一，也是最重要的一點，我一直像隻鴕鳥把頭埋在沙堆裡，以為真的交了大把大把的對岸朋友，但是我忽略許多的深層基因。七十年的隔閡，不是幾天可以解開的，我幻想著台灣意識、西方的普世價值應該已在中國大陸生根，而忘了這塊土壤已變了，種了不一樣的莊稼。人們已習慣了新的靈糧、新的信仰、新的價值觀，與我幾十年的價值觀是背道而馳毫無交集的，與我有著共同價值觀的在台灣。養母的奶水與親媽的速食麵，我還是習慣吃前者的。因為吃慣了，沒辦法改，而速食麵卻是親媽的奶水，也餵養了她膝下的子民。雙方由起點又回到了終點，由終點又回到了起點，一切都沒有變。

走不出內戰的陰影，你的寶島我的祖國

淺淺的海峽阻擋不了親情的連結，兩岸原本應該是一家人，但是彼此都走不出內戰的陰影，一家人還要爭個老大老二。親情敵不過權與利的誘惑，親情在它面前是如此微弱不值一提，血脈相連敵不過權勢的連結，大欺小，強欺弱仍是叢林法則、不二法門，親如家人也不例外，我必須正視這個事實。疫情更是讓問題浮現出完整的輪廓，我必須再次擺正我的位

子，但是我的經歷只能代表我自己，是否正確還要再觀察。

回到台灣發熱的腦袋獲得冷卻的機會，我能從更高的角度，更遠的視野回看我在中國大陸的日子，比較生母與養母扶養的孩子們，很明顯的差距很大。兩岸大不同，不是硬件上的不同，而是軟件上不同，台灣沒有高大尚偉光正的黨，沒有高樓大廈鐵公雞建設，沒有世界級的資本遊戲，但是台灣有小而美的小確幸、有人性化的社會、有公理正義的社區營造、有大社會小政府的公民社會。

中國大陸不是沒有，而是非常微弱。黨領導一切，已將國家社會置於它的領導之下，人民與政府與黨的關係變化了，地位顛倒了，我的秋海棠已經不是亞洲第一個民主共和國。鐵公雞已經雄赳赳氣昂昂地矗立遠東，傲視世界，以自我界定的人民民主專政成立的共和國，將要挑戰既有的秩序與價值觀。他說代表了十四億國人的意願，但是，我是要打個問號的。

我希望這本書能起到拋磚引玉的作用，希望更多的人關注兩岸的情勢，尤其身為台灣人，又是廣義的中國人、華人，應該主動積極的研究兩岸情勢，該走哪條路才對台灣有利？該如何面對彼岸尋求共贏？應該拋開歷史的羈絆，走出內戰的陰影。務實比較兩岸的優劣，不要人云亦云，隨著對方魔棒起舞，要做個堂堂正正的台灣人、中國人、華人。

新銳文學38　PG2797

新銳文創
INDEPENDENT & UNIQUE

心鎖
——十五個夢碎桃花源的故事

作　　者	流　萍
責任編輯	陳彥儒
圖文排版	黃莉珊
封面設計	吳咏潔

出版策劃	新銳文創
發 行 人	宋政坤
法律顧問	毛國樑　律師
製作發行	秀威資訊科技股份有限公司 114 台北市內湖區瑞光路76巷65號1樓 電話：+886-2-2796-3638　傳真：+886-2-2796-1377 服務信箱：service@showwe.com.tw http://www.showwe.com.tw
郵政劃撥	19563868　戶名：秀威資訊科技股份有限公司
展售門市	國家書店【松江門市】 104 台北市中山區松江路209號1樓 電話：+886-2-2518-0207　傳真：+886-2-2518-0778
網路訂購	秀威網路書店：https://store.showwe.tw 國家網路書店：https://www.govbooks.com.tw

出版日期	2022年10月　BOD一版 2023年4月　BOD二版
定　　價	450元

讀者回函卡

Printed in Taiwan

國家圖書館出版品預行編目

心鎖 : 十五個夢碎桃花源的故事 / 流萍著. -- 一版. -- 臺北市 : 新銳文創, 2022.10
面； 公分. -- (新銳文學 ; 38)
BOD版
ISBN 978-626-7128-45-9 (平裝)

863.55 111013023